10 18
12, avenue d'Italie — Paris XIIIe

Du même auteur
dans la collection 10/18

Les enquêtes de Frère Cadfael

TRAFIC DE RELIQUES, n° 1994
UN CADAVRE DE TROP, n° 1963
LE CAPUCHON DU MOINE, n° 1993
LA FOIRE DE SAINT-PIERRE, n° 2043
LE LÉPREUX DE SAIN-GILLES, n° 2044
LA VIERGE DANS LA GLACE, n° 2086
LE MOINEAU DU SANCTUAIRE, n° 2087
L'APPRENTI DU DIABLE, n° 2136
LA RANÇON DU MORT, n° 2152
LE PÈLERIN DE LA HAINE, n° 2177
UN INSONDABLE MYSTÈRE, n° 2203
LES AILES DU CORBEAU, n° 2230
UNE ROSE POUR LOYER, n° 2256
L'ERMITE DE LA FORÊT D'EYTON, n° 2290
LA CONFESSION DE FRÈRE HALUIN, n° 2305
L'HÉRÉTIQUE ET SON COMMIS, n° 2333
LE CHAMP DU POTIER, n° 2386
L'ÉTÉ DES DANOIS, n° 2417
LE VOLEUR DE DIEU, n° 2459
UN BÉNÉDICTIN PAS ORDINAIRE, n° 2515
FRÈRE CADFAEL FAIT PÉNITENCE, n° 2619

Les enquêtes de l'inspecteur Felse

LA COLLINE SECRÈTE, n° 2641
PRIS AU PIÈGE, n° 2683
NE TOUCHEZ PAS AUX ÉPITAPHES, n° 2705
UN AIR DE CORNEMUSE, n° 2731
UN CŒUR NOIR, n° 2767
MRS. FELSE JOUE EN SOLO, n° 2831
LA DERNIÈRE MESURE, n° 2862
RAGA MORTEL, n° 2908

UNE MORT JOYEUSE

PAR

ELLIS PETERS

Traduit de l'anglais
par H. MACLIAR

10|18

INÉDIT

« Grands Détectives »
dirigé par Jean-Claude Zylberstein

Si vous désirez être régulièrement tenu au courant
de nos publications, écrivez-nous :

Éditions 10/18
c/o 01 Consultants (titre n° 2546)
35, rue du Sergent Bauchat
75012 Paris

Titre original :
Death and the The Joyful Woman

ISBN 2-264-02024-5

1

La première fois que Dominic Felse vit Kitty Norris, elle dansait pieds nus sur le rebord de la large balustrade de la terrasse du Boat Club, dans un nuage d'étoffe de nylon iris, une sandale argentée dans chaque main. C'était la soirée de clôture de la régate de Comerbourne, la soirée de gala de printemps du club, et de telles démonstrations d'acrobatie n'étaient pas ce soir-là particulièrement surprenantes, même si d'habitude les artistes étaient plutôt de sexe masculin. C'était également la veille du mariage de Leslie Armiger, mais cela, Dominic ne le savait pas, et même s'il l'avait su, il n'y aurait pas vu de signification particulière.

Il rentrait chez lui après sa leçon de musique, un pensum inévitable qui lui était infligé une fois par semaine. Et parce que la nuit était belle et tiède, il avait laissé passer le bus et décidé de parcourir à pied le bon kilomètre qui le séparait de Comerford, par la route du bord de l'eau. A la lisière de la ville, celle-ci l'amena sous la terrasse du club. Les échos de l'orchestre lui parvinrent, et une cacophonie de voix portées par le vent par-dessus la balustrade de bois dériva jusqu'à lui en même temps que la musique. Et là, le long de cette balustrade, à environ trois mètres au-dessus de sa tête, flottait Kitty dans sa robe extravagante, les bras écartés, balançant cette absurde combinaison de lanières arachnéennes et de talons aiguilles démesurés qu'elle appelait chaussures. Des voix cajoleuses — toutes masculines — tentaient de la persuader de se montrer raisonnable et de descendre de là ; deux jeunes gens se frayèrent en hâte un chemin à travers les tables de la terrasse, et l'un d'entre eux, dans sa préoccupation, ne vit pas un serveur et son plateau chargé. Des exclamations de consternation fusèrent, et des mouvements désordonnés agitèrent la scène maintenant inondée de boissons renversées. Kitty continuait de danser, ignorée de tous ; l'éclairage des tables illuminait par en dessous son visage figé dans une concentration enfantine, le bout de sa langue dépassant de ses lèvres entrouvertes. Dominic n'avait jamais vu quelqu'un d'aussi rayonnant de gaieté.

Sa première réaction avait été légèrement méprisante : « S'ils sont déjà dans cet état-là à dix heures moins le quart, qu'est-ce que ce sera à une heure du matin ! » Mais ce n'était que la réflexion spontanée du sentiment de supériorité de la jeunesse, que la curiosité tempérait déjà. Dominic avait tellement expérimenté le tabac au cours de l'année écoulée, à l'insu de ses parents, qu'il en avait épuisé la nouveauté sans en découvrir les charmes ; mais maintenant qu'il considérait la perspective de la découverte de l'alcool, il le faisait avec la même conviction inébranlable que cela devait être merveilleux, puisque les adultes y trouvaient tant de plaisir et s'en réservaient jalousement l'usage. Les pitreries qui se déroulaient là-haut faisaient partie des rites ; Dominic les méprisait, mais il s'immobilisa toutefois dans l'obscurité de la terrasse pour contempler plus à loisir les bacchanales dont il était exclu. Et lorsqu'il aperçut Kitty, il oublia tout le reste.

Objet de tout ce vacarme, elle-même était silencieuse, ce qui contribuait peut-être à cette irrésistible impression de beauté désincarnée. De taille moyenne, elle était si mince qu'elle paraissait grande, et d'autant plus qu'elle se détachait en vacillant au-dessus de lui sur le ciel bleu nuit. Elle semblait également pâle, d'une pâleur presque transparente, alors qu'en réalité elle était vigoureuse, bronzée et forte comme un bull-terrier. Tout comme son corps, tout ce qui l'entourait flottait dans les nuages diaphanes de l'illusion, mais au cœur du rêve il y avait Kitty, bien réelle.

Il demeura bouche bée dans la pénombre, en contrebas, retenant son souffle de peur de la voir tomber ; un des jeunes gens, éclair noir et blanc semblable à une pie, bondit par-dessus la rambarde et tenta de l'attraper, mais elle l'évita dans un tourbillon périlleux qui fit virevolter ses jupes. Le regard levé, fasciné, Dominic entrevit de longues jambes fuselées, une cuisse dorée et lisse. Il détourna les yeux en hâte, mais les releva tout aussi hâtivement. Après tout, qui pouvait le voir ? Elle ne s'en apercevrait pas. Personne ne le regardait, personne ne savait qu'il se trouvait là.

— Kitty, tu vas tomber ! Ne fais pas l'idiote ! implora le jeune homme terrifié, qui lui agrippa la main tandis qu'elle tentait de lui échapper.

Elle jeta un cri de protestation perçant, et laissa tomber une de ses sandales, qui atterrit tout droit dans les mains de Dominic ; là, dans cet objet, se trouvait concentrée la réalité palpable nichée dans le nuage couleur d'iris. C'était peut-être un extravagant accessoire argenté, mais il n'en était pas moins fait pour un pied bien vivant et moderne de taille 39. Dominic le tenait délicatement devant lui comme s'il était doté des propriétés inestimables de l'enchantement, à tel point stupéfait qu'il mit quelques secondes à réaliser que le silence s'était abattu au-dessus de lui. Lorsqu'il leva enfin les yeux, ce fut pour découvrir trois ou quatre têtes penchées au-dessus de la balustrade de bois et qui le regardaient. Une seule de ces têtes revêtait une quelconque importance à ses yeux, et il ne perdit pas de temps à détailler les autres.

— Je suis affreusement désolée, dit Kitty. J'espère que je ne vous ai pas fait mal ? Si j'avais su qu'il y avait quelqu'un, je ne me serais pas aussi mal conduite.

Sa voix claire et nette, directe, était déconcertante, et son ton si poli qu'il s'en trouva encore plus troublé que par ses extravagances précédentes. En fin de compte, elle n'était pas ivre, ni même éméchée. Dès qu'elle eut pris conscience de sa présence, elle lui avait parlé comme un enfant cérémonieux s'adresse à un inconnu. Où s'était donc envolée sa gaieté ? Ses grands yeux violets plaintifs le fixaient depuis l'ombre de ses longs cheveux soyeux châtain clair, et son expression n'avait pas changé tandis qu'elle l'examinait. Dominic était habitué à la condescendance indulgente qui se peignait sur tant de visages lorsqu'ils découvraient sa jeunesse, mais Kitty continua de le considérer du regard inquisiteur, prudent et courtois d'un égal.

Il demeura muet, incapable de se sortir de ce moment d'angoisse : que pouvait-il dire qui n'aurait pas l'air idiot ? Se détestant, écarlate jusqu'aux oreilles, il resta là à transpirer de honte, à se mordre les doigts de ne pas être rentré tout droit chez lui, à regretter que la nuit ne soit pas plus noire, et à prier pour que les imbéciles là-haut avec elle cessent de sourire, ou mieux encore, disparaissent.

— Vous pouvez me la lancer, dit Kitty en toute simplicité. Vraiment, je vous assure, je peux l'attraper.

Ce qu'elle fit, en vérité. Il calcula soigneusement la distance, et expédia avec douceur la sandale en direction de ses mains tendues. Elle attrapa celle-ci au vol aussi légèrement que s'il s'était agi de duvet de chardon, la lui montra, en un geste qui tenait à la fois de l'adieu et du salut, et se baissa pour l'enfiler. L'incident s'acheva ainsi. L'un des jeunes gens passa un bras autour de sa taille, et elle se laissa entraîner vers la salle de bal. L'espace d'un instant, elle jeta un regard en arrière, un dernier coup d'œil de regret, à contrecœur, comme si elle avait conscience d'avoir perturbé gravement la quiétude d'un individu incapable de se défendre. Le visage ovale aux traits nets et généreux rayonnait d'un éclat doré dans l'ombre de la chevelure brunie, et un étonnement plein de tristesse emplissait les grands et sombres yeux violets. Jamais Dominic n'avait vu quelqu'un à l'air si triste. Puis elle disparut.

Son image l'accompagna cependant tout au long du chemin du retour et bouleversa pendant des mois ses habitudes et ses relations. Ses résultats scolaires du trimestre le firent rétrograder de la première à la cinquième place, et il éprouva bien du mal à se concentrer sur son jeu au rugby cet hiver-là. Il ne pouvait parler de Kitty à personne. Sans penser à mal, ses meilleurs amis lui auraient rendu la vie infernale, et se confier à ses parents était impensable. Il sentait instinctivement qu'il était préférable de ne pas parler à sa mère d'une autre femme, dont l'image la privait de la place prépondérante qu'elle occupait dans son cœur. Quant à son père, c'était un homme encore suffisamment jeune et séduisant pour constituer un rival potentiel. Même s'il avait voulu leur ouvrir son cœur, Dominic n'aurait pas su quoi leur dire ; il ne comprenait pas lui-même ce qui lui arrivait.

A quatorze ans, l'amour peut être une expérience d'autant plus bouleversante qu'elle est totalement incompréhensible. Mais Dominic était aussi normal que ce qui lui arrivait ; son appétit s'accrut au lieu de diminuer, il dormit parfaitement, savoura l'essentiel de ce qui lui arrivait, aussi déconcertant que cela lui parût, et surmonta l'épreuve. Lorsqu'il revit la jeune fille, plus d'un an après, il était de nouveau premier de la classe, il s'était pris de passion pour les voitures de sport et s'était lancé dans une offensive pour convaincre son père de lui acheter une moto dès qu'il atteindrait l'âge requis. Il avait presque oublié à quoi ressemblait Kitty. Il n'avait jamais découvert qui elle était, d'ailleurs, il n'avait jamais essayé pour la bonne raison que la moindre question, à qui que ce soit, l'aurait amené à se trahir d'une façon ou d'une autre. Elle était tout simplement Kitty, un souvenir d'une beauté mélancolique et absurde qui s'estompait déjà.

Leur seconde rencontre se produisit à l'occasion de la visite d'automne de l'Unité de transfusion sanguine mobile au collège de Comerbourne, la dernière semaine de septembre. Dominic était resté tard pour son entraînement de rugby, s'était souvenu après la douche d'un détail qu'il voulait vérifier pour sa composition d'histoire, et s'était attardé plus d'une heure à la bibliothèque. Lorsqu'il traversa enfin la cour en direction de la sortie latérale, le crépuscule tombait. Il aperçut la camionnette de la transfusion sanguine garée tout contre le gymnase, et une infirmière se diriger en trottinant vers les portes du bâtiment, les bras chargés de documents et d'appareils. Le camion venait quatre fois par an, et il n'y prêtait jamais attention. Il n'y aurait pas davantage prêté attention ce jour-là si une Karmann-Ghia rouge sombre n'avait été en train de se garer dans l'espace étroit derrière la camionnette. Il s'arrêta net à la vue de la voiture avec un hoquet de ravissement devant sa beauté compacte et subtile, et, lorsque la portière s'ouvrit, il eut du mal à détacher son regard de cette chaste silhouette racée, même pour satisfaire sa curiosité et en découvrir l'heureux propriétaire. Pourtant, l'instant d'après, même la voiture se trouva éclipsée. Une jeune fille balança hors de celle-ci de longues jambes élégantes, et traversa d'un pas lent l'esplanade de béton jusqu'à la porte, comme si son but n'était pas très clair, ou bien comme si elle se demandait quel accueil on allait lui réserver. Cette jeune fille, c'était Kitty.

Dominic l'aurait reconnue n'importe où, en plein jour, au crépuscule ou par une nuit noire. Il lui suffisait d'apparaître, même après quinze mois, et tout ce qui la concernait revêtait une telle importance que le reste du monde s'en trouvait effacé. La camionnette, les fenêtres éclairées derrière lesquelles s'affairaient les infirmières, le concept même de don du sang, tout cela devint pour Dominic une réalité vitale, pour la bonne raison que Kitty allait donner son sang. Il savait qu'il devait rentrer faire ses devoirs, mais il demeurait pétrifié sur place, et lorsqu'il parvint enfin à mettre un pied devant l'autre, il s'aperçut que ses pas l'entraînaient vers le gymnase et non vers la sortie.

De toute façon, il avait probablement raté le car, maintenant, et le suivant ne passait que dans vingt-cinq minutes. S'il partait, une telle occasion ne se reproduirait sans doute jamais. Cette fois-ci, elle ne faisait partie d'aucun groupe, elle ne se trouvait pas sur une terrasse deux mètres plus haut ; n'importe qui pouvait entrer là et la rejoindre au prix d'un litre de sang. Après tout, il s'agissait d'une bonne cause, et même s'ils disposaient d'une liste de donneurs réguliers, ils n'en refuseraient pas un de plus. Je devrais réellement penser plus souvent à ce genre de choses, se dit-il vertueusement, surtout étant donné la situation de Papa, c'est à moi de lui faire honneur, en fait. C'est maintenant ou jamais, lui souffla à l'oreille un démon plus pragmatique : elle est seule parce qu'elle est venue en voiture, mais si tu ne te décides pas rapidement, le car va arriver, et tu n'auras plus une chance de l'approcher. Et tu auras donné un litre de sang pour rien, ajouta malicieusement le démon, faisant voler en éclats l'idée qu'il envisageait ce sacrifice par pur civisme. Mais Dominic, bien loin de pouvoir remarquer les subtilités qui se jouaient au fond de lui-même, poussait déjà la porte battante et se frayait un chemin dans le hall.

Elle était assise toute seule sur une des chaises

alignées contre le mur, l'air un peu perplexe et perdu, comme si elle se demandait ce qu'elle fichait là. Elle portait un ensemble de jersey vert foncé avec une jupe courte et serrée à la mode, et les jambes magnifiques qui avaient fait perdre l'esprit à Dominic brillaient d'un éclat doré des genoux aux chevilles, si parfaitement bronzées qu'il ne parvenait pas à distinguer si elle portait ou non des bas. Elle leva vivement les yeux à son entrée, ravie de ne plus être seule. La lourde torsade de ses cheveux couleur de miel balaya sa joue satinée, et son regard déroutant s'éclaira d'un sourire plein d'espoir.

— Bonjour ! dit-elle presque timidement.

Il comprit qu'elle ne l'avait pas reconnu et saluait simplement en lui un compagnon d'infortune.

— Bonjour, répondit-il avec un sourire hésitant.

Il posa ses livres sur le rebord de la fenêtre et s'assit à quelques mètres de la jeune fille, de peur de s'imposer trop brutalement, simplement parce qu'elle trouvait sa compagnie préférable à la solitude.

— Nous sommes en avance, dit-elle. Ils ne sont pas prêts. Je déteste attendre pour ce genre de chose, pas vous ? C'est la première fois que vous venez ?

— Oui, répondit-il d'un ton froid, parce qu'il crut l'espace d'un instant qu'elle faisait allusion de façon détournée à sa jeunesse.

— Moi aussi, dit-elle, et il comprit qu'il s'était trompé. Je me suis dit qu'il fallait que je fasse quelque chose de bien. Ça me prend de temps en temps. Je ne suis pas douée pour grand-chose, mais au moins, j'ai du sang. En tout cas, je l'espère ! Vous aussi, c'était un cas de conscience ?

Elle lui adressa un large sourire de conspirateur désabusé. Il sentit ses réticences fondre comme neige au soleil.

— Eh bien, c'était plutôt un coup de tête, reconnut-il avec un sourire timide, lui qui était rarement timide et souvent un peu trop sûr de lui. J'ai tardé à partir, j'ai vu la camionnette, et j'ai pensé que je devrais peut-être... vous comprenez, mon père est policier...

— C'est vrai ? dit Kitty impressionnée, en ouvrant de grands yeux qui n'étaient pas réellement couleur de violette mais plutôt de pensée.

— Enfin, il a le grade de détective, précisa-t-il avant de rougir parce que tout cela paraissait spectaculaire, alors qu'il savait que ce n'était pas le cas.

Le qualificatif porte une telle charge de sous-entendus qu'on ne devinerait jamais combien la vie quotidienne d'un membre d'une brigade criminelle de province est monotone.

— Mince ! fit-elle, les yeux agrandis d'un respect ravi. Je ne dois pas vous perdre de vue. Qui sait quand j'aurai besoin d'un ami ? Avec toutes ces limitations de vitesse et les interdictions de stationner à moins d'un kilomètre du centre ville, je risque de me faire arrêter toutes les trente secondes !

Elle rencontra son regard fixe et fasciné, et rit.

— Je parle sans arrêt, n'est-ce pas ? Vous savez pourquoi ? Ce qu'ils vont nous faire me rend nerveuse. Je sais bien que ce n'est rien, mais l'idée qu'on puisse se servir de moi comme d'un robinet à sang, ça ne me plaît pas.

— Moi aussi, j'ai peur, dit Dominic.

En réalité, ce n'était pas vrai, car il n'avait pas véritablement songé une seconde à la prise de sang, mais cela partait d'un bon sentiment. Il ne lui vint pas à l'esprit qu'elle aurait du mal à lui rendre la politesse et à trouver une réplique qui épargne tout autant son amour-propre. Mais, guidée par une sorte de génie instinctif, elle lui lança un regard heureux, puis incrédule, et lui adressa un merveilleux sourire :

— Je ne vous crois pas, dit-elle avec assurance, mais c'est quand même très gentil à vous de le prétendre. Si je crie quand ils me piqueront l'oreille pour avoir un échantillon, vous promettez de crier aussi, pour que je ne me sente pas toute seule à être lâche ?

— Je serai probablement le premier à crier, répliqua-t-il galamment, rouge de ravissement et de gêne.

Une porte s'ouvrit en grand sur leur solitude, et une jeune infirmière potelée passa la tête dans le couloir.

— Tiens, tiens ! s'exclama-t-elle avec cet entrain qui semble faire partie intégrante du métier. Deux clients avant l'heure ! Mais c'est qu'on est impatient de rendre service, ma foi !

— Ma foi, oui, n'est-ce pas ? répondit Kitty en écho, détournant son regard de celui de Dominic avant que le rire ne les submerge tous deux.

— Si vous voulez en finir, les enfants, vous pouvez entrer.

Ils marchèrent ensemble au sacrifice. Une rangée d'étroits lits de camp et deux nymphes les attendaient avec espoir. Une infirmière plus âgée rangea des documents sur une petite table, et les fixa par-dessus ses lunettes sans monture.

— Bonsoir ! dit-elle d'un ton brusque. Vos noms ?

Mais elle adressa un sourire rayonnant à Kitty et continua sans attendre :

— Ah oui, bien sûr ! dit-elle en cochant un des

noms de sa liste. Vous accomplissez là un très beau geste, mon enfant. Je suis ravie de voir des jeunes montrer l'exemple.

Elle se comportait vraiment de façon familière, songea Dominic. Kitty était de toute évidence quelqu'un d'important ; une fille qui conduisait une Karmann-Ghia ne pouvait qu'être quelqu'un d'important. Si seulement la vieille mégère lui avait laissé donner son nom ! Il tenta de déchiffrer la liste à l'envers, mais fut tiré de son effort par le regard entendu des yeux bleu-gris, qui le scrutèrent attentivement.

— Votre nom, s'il vous plaît ?

Il le lui donna. Elle parcourut sa liste, mais rapidement, ne faisant que vérifier ce qu'elle savait déjà.

— Vous n'êtes pas là-dessus, apparemment nous ne vous attendions pas.

Elle le regarda des pieds à la tête, et son visage dur et plein d'expérience s'éclaira d'un large sourire indulgent.

— Non, je suis entré... commença-t-il, mais elle lui agita sous le nez un doigt plein de reproche et d'une voix de stentor assurée et amicale, affirma :

— Toi, tu n'as pas dix-huit ans, mon chou ! Tu ne connais pas le règlement ?

— J'ai seize ans, dit-il avec dignité, tout en la détestant pour sa perspicacité et plus encore pour avoir claironné sa découverte à la cantonade.

Elle avait fait paraître dix-huit ans si jeune, qu'en avouer seize revenait à donner l'impression qu'il n'était encore qu'un bébé à peine sorti de couches, impression renforcée par le fait qu'il était seul à savoir qu'il n'avait seize ans que depuis une semaine exactement. Cette femme terrifiante semblait parfaitement capable de déduire ce détail supplémentaire de sa simple apparence.

— Je croyais que c'était de seize à soixante ans, dit-il avec gêne.

— Non, de dix-huit à soixante-cinq, mon petit, mais merci quand même. Nous ne pouvons pas prendre les enfants, ils ont besoin de toutes leurs forces pour grandir. Rentre chez toi, reviens d'ici deux ans et nous serons ravis de te voir. Mais attention, il nous faudra quand même encore l'autorisation de tes parents.

La jeune infirmière gloussait dans un coin. Même Kitty devait sourire derrière le rideau de sa chevelure. Il savait que ce n'était pas méchamment, mais l'humiliation n'en demeurait pas moins cruelle. Et il avait été réellement persuadé que l'âge minimum requis était de seize ans. Il en aurait mis sa main au feu.

— Vous êtes vraiment sûre ? Autrefois, c'était seize ans, non ?

Elle hocha la tête avec un grand sourire.

— Désolée, mon petit ! Depuis que je suis là, ça a toujours été dix-huit ans. Mais ne t'inquiète pas, la jeunesse est une chose dont le temps te permettra de guérir rapidement.

Il ne lui restait rien d'autre à faire que partir. De son lit de camp, Kitty tendit le cou par-dessus l'épaule de l'infirmière, et le vit se détourner en direction de la porte, réduit au silence. Cette vieille folle n'aurait pas dû lui beugler dessus comme ça. Le pauvre gamin était tellement mortifié qu'il allait sortir sans même dire au revoir.

— Hé, ne partez pas ! dit-elle d'un ton plaintif. Attendez-moi, et je vous raccompagnerai en voiture.

Elle articula sa requête de façon aussi enfantine que possible, pour lui rendre son amour-propre, y ajoutant la proposition de service pour lui faire oublier ses blessures, et elle fut largement récompensée par la lueur qui se ranima dans son regard lorsqu'il se retourna. Elle attribua celle-ci à l'évocation de la voiture, ce qui était intelligent de sa part, bien qu'inexact.

— Vous pourriez au moins venir me faire la conversation, ajouta-t-elle. Je comptais sur vous pour m'empêcher de penser à ce sacré flacon.

Personne ne pouvait croire à son besoin de distraction, mais on laisse aux jeunes filles comme Kitty tout loisir de prétendre faire des caprices.

— Si vous voulez vraiment que je..., dit-il un peu rasséréné.

— Tu peux rester, mon petit, ajouta la matrone rayonnante de bonté, on ne va pas chasser un garçon aussi plein de bonne volonté.

Il lui jeta un regard qu'elle était trop suffisante pour comprendre ; avec autant de finesse, elle était capable d'assommer un gamin à qui elle tapotait la tête, pensa-t-il avec amertume. Mais cela n'avait plus autant d'importance, maintenant que Kitty l'avait rappelé.

— Tenez, dit la jeune infirmière en installant une chaise à côté du lit de Kitty. Asseyez-vous pour parler avec votre amie, et après, je vous apporterai une bonne tasse de thé à tous les deux.

Dominic s'assit. Kitty le regardait, évitant soigneusement des yeux le flacon qui se remplissait petit à petit de son sang. Mais pas parce que sa vue lui était pénible, remarqua-t-il. Elle était secouée de rires, et lorsque la mince silhouette de Dominic s'interposa entre elle et le regard des officiels, elle lui souffla dans un chuchotement de conspirateur :

— Elles vont me faire mourir de rire !

Voilà qui rétablissait la situation. Il s'était ridiculisé mais elle n'avait pas semblé le remarquer. Les infirmières avaient joué leur rôle, en le caricaturant légèrement, et elles la faisaient mourir de rire.

— J'étais vraiment persuadé que c'était possible à seize ans, insista-t-il, toujours rongé par la blessure d'amour-propre, et bien qu'il ne pût s'empêcher de lui rendre son sourire.

— Je sais bien, dit-elle. Je n'aurais jamais pensé qu'il y avait une limite d'âge, mais après tout, ça se comprend. Est-ce que c'est bientôt fini ? Regardez pour moi, je n'aime pas ça.

Il n'aimait pas ça non plus ; l'idée du sang de la jeune fille s'écoulant lentement de son bras potelé et cuivré le faisait presque souffrir physiquement.

— Presque, dit-il en détournant rapidement les yeux. Attention, voilà votre tasse de thé.

Bien entendu, ce n'était pas une bonne tasse de thé. Il était très fort et très sucré, et arborait cette couleur rougeâtre qui indique la présence de lait en boîte. Lorsqu'ils furent à nouveau seuls, Kitty s'assit, plia son bras maintenant pansé, goûta une gorgée de thé, et jeta à la tasse un regard de dégoût incrédule.

— Je sais, dit Dominic d'un ton d'excuse. Moi non plus, je ne l'aime pas sucré, mais vous êtes censée en avoir besoin après cette petite farce. Cela vous rend l'énergie que vous avez perdue, quelque chose dans ce goût-là.

— Je n'ai pas l'impression d'avoir perdu la moindre once d'énergie, reconnut Kitty d'un ton surpris en regardant son pansement d'un air songeur. Je ne sais pas ce qu'ils ont bien pu recueillir dans ce flacon, ajouta-t-elle mystérieusement. Peut-être de la bière.

Devant son regard égaré, elle se hâta d'expliquer, ce qui ne fit que le rendre plus perplexe :

— Après tout, c'est de ça que je vis.

Il la fixa désespérément. Il espérait avoir mal compris, mais comment en être sûr ? Il ne savait rien d'elle, sinon qu'elle était la créature la plus charmante et déroutante qu'il avait jamais rencontré. Et il se souvenait également, c'est vrai, de la petite scène à laquelle elle s'était livrée lors de la soirée du club nautique.

— Oh, je ne me nourris pas de bière, s'empressa-t-elle. J'en « vis », c'est-à-dire que c'est ça qui paie les factures. J'aurais dû me présenter plus tôt : je suis Kitty Norris. Si cela vous dit quelque chose ? Remarquez, il n'y a pas de raison, le rassura-t-elle. Je suis les Bières Norris, c'est ce que je voulais dire, conclut-elle d'un ton résigné, comme si elle faisait part d'une difformité héréditaire curieuse mais pas tragique, à laquelle elle était depuis longtemps habituée, mais que les étrangers pouvaient trouver déconcertante.

— Ah oui, bien sûr, dit Dominic, à la fois soulagé et mortifié.

Que devait-elle penser de lui pour avoir interprété ses paroles au pied de la lettre ? Il aurait dû s'en douter. Katherine Norris, l'héritière des bières du même nom, faisait des apparitions régulières dans les journaux locaux ; il avait déjà dû la voir en photos, bien que celles-ci ne lui aient sûrement pas rendu justice, sinon il n'aurait pas manqué de la reconnaître. Son nom s'étalait sur un tiers des enseignes des pubs du comté, en bref, tous ceux qui n'appartenaient pas à la marque *Armiger's Ales*. N'avait-il pas même été question à un moment de son mariage avec le fils du vieil Armiger ? Dominic fouilla dans ses souvenirs, mais les mariages et les mondanités ne faisaient pas partie des événements qu'il avait pour habitude d'engranger, et il ne parvenait pas à se souvenir de ce qui avait bien pu empêcher la fusion. Mais enfin, le fait en lui-même était déjà suffisant.

— J'aurais dû vous reconnaître, dit-il. Je m'appelle Dominic Felse.

— A votre santé, Dominic ! dit-elle en portant un toast de son thé âcre et sirupeux. Vous savez qu'autrefois ceci était une bouteille de bière brune ? Je veux dire que c'est ce qu'on donnait comme remontant aux victimes après la prise de sang. C'est le vieux Shelley qui me l'a raconté. Je me suis fait avoir, Dominic.

— De la bière Norris ? s'aventura Dominic dans une timide plaisanterie qui connut un succès disproportionné, et il vit Kitty partir d'un large éclat de rire.

— Exact ! Je me suis fait doublement avoir, dit-elle, faussement indignée, tout en posant les pieds par terre et en baissant sa manche sur le pansement qui glissait déjà.

C'était bientôt fini, pensa-t-il en marchant à sa suite vers la sortie. La navette était arrivée et dégorgeait son lot de volontaires dans la cour. Comme toujours à la fin septembre, l'obscurité tombait rapidement, accompagnée d'un froid vif. Elle allait monter dans la Karmann-Ghia, le saluer de la main, amicalement mais sans y penser, puis s'éloigner. Il marcherait jusqu'à l'arrêt de bus avant de rentrer chez lui, et qui sait s'il la reverrait jamais ?

— Où puis-je vous déposer ? dit-elle gaiement en se penchant pour lui ouvrir la portière passager.

Il hésita un instant, se demandant s'il devait, s'il n'allait pas l'ennuyer, et mort d'envie d'accepter même si c'était le cas.

— Merci beaucoup, remercia-t-il la gorge serrée, mais je vais juste à l'arrêt de bus, c'est à côté.

— Vraiment ? dit-elle, impassible. C'est là que vous passez vos nuits ?

— Je veux dire que je n'ai qu'à prendre un bus de là.

— Allez, montez, et dites-moi où vous habitez, ou je vais penser que vous n'aimez pas ma voiture. Vous en avez déjà essayé une comme ça ?

Il se retrouva à l'intérieur, épaule contre épaule avec elle, leurs bras se frôlant. Il éprouvait la sensation de flotter sur de magnifiques nuages dorés, et non d'être assis sur une garniture de cuir. La jeune fille le plongeait déjà dans un état de béatitude absolue, mais la voiture, c'était presque trop pour lui. Kitty démarra et recula vers les arbustes pour tourner, car le camion la gênait. Les buissons agités par le vent en contre-jour, dans l'obscurité tombante, formaient une tache vague derrière elle. Elle enclencha son feu de marche arrière pour voir la place dont elle disposait, et conforta Dominic dans son ravissement et la fierté qu'elle faisait naître en lui en effectuant un parfait demi-tour, se glissant avec adresse derrière le camion à une vitesse impétueuse et franchissant le portail comme un pilote de course. Ils doublèrent tous les véhicules le long de Howard Road et ralentirent au feu.

— Vous ne m'avez toujours pas dit où je devais vous déposer, rappela Kitty.

Il ne put faire autrement que de capituler et lui donner son adresse, dans un état de ravissement confus.

— Comerford, c'est trop près pour bien mettre la voiture en train. On va prendre le chemin des écoliers.

Elle manifesta son intention de tourner à droite, et se plaça merveilleusement bien de façon à laisser passer la voiture qui les suivait. Le conducteur se pencha et cria quelque chose en les doublant, gesticulant en direction des roues arrière de la Karmann-Ghia.

Dominic, qui n'avait pas compris ce qui se passait, s'énerva pour Kitty, mais celle-ci jura, eut un sourire, et fit un rapide signe de la main en retour.

— Bon sang, dit-elle en éteignant son feu arrière, je l'oublie toujours ! La prochaine fois, j'en prendrai un qui s'arrête automatiquement. N'allez pas raconter ça à votre père, hein ? J'essaye vraiment d'y penser. Ce n'est même pas parce que je n'ai pas de mémoire, mais il y a des trucs comme ça, auxquels je ne pense jamais dans une voiture. Ce fichu feu arrière, et l'essence. Si je vous disais le nombre de fois où je suis tombée en panne d'essence en une année !

— Vous n'avez pas de jauge ? demanda-t-il en fouillant en vain du regard le tableau de bord.

— Non, il y a un réservoir de secours. J'ai pensé que ce serait mieux, parce qu'à partir du moment où vous êtes obligé de passer dessus, vous savez qu'il vous reste exactement cinq litres, ce qui est suffisant comme avertissement.

— Et c'est mieux ? s'enquit Dominic avec curiosité.

— Oui et non. Ça marche sur les longues distances, parce que je ne sais jamais à combien de kilomètres je vais trouver une pompe, donc je m'arrête à la première venue dès que je suis passée sur la réserve, et je fais le plein. Mais en ville, quand je fais des courses, je l'enclenche en me disant, oh, encore cinq litres, je n'ai pas de souci à me faire, il y a des pompes partout. Et puis ça me sort de la tête, et je tombe en panne sèche en plein milieu de High Street, ou bien à mi-chemin du golf. Je suis incorrigible, dit-elle d'un air piteux. Mais quand j'avais une jauge sur mon ancienne voiture, j'oubliais toujours de la regarder à temps, alors de toute façon, ça ne servait à rien ! C'est de ma faute, je suis une tête de linotte.

— Vous conduisez vraiment bien, dit Dominic, tâchant de trouver un moyen de la réconforter.

Cette touche d'autodérision perceptible dans la voix de Kitty, à la fois comique et triste, s'était logée dans le cœur de Dominic à une place encore inconnue de lui, comme une clé dans la serrure d'une porte secrète.

— C'est vrai ? Vous êtes sincère ?

— Bien sûr. Vous devez le savoir, que vous êtes une bonne conductrice.

— Ah, mais j'aime me l'entendre dire. La voiture vous plaît, aussi ?

Sur ce sujet-là, au moins, il pouvait se montrer éloquent, d'autant plus qu'il s'agissait de la voiture de Kitty. Ils discutèrent très sérieusement de voitures de sport tout le long du chemin jusqu'à Comerford, et lorsqu'elle s'arrêta devant sa porte, il réintégra brutalement, avec un sursaut, son environnement banal et son train-train quotidien. Ces quelques minutes de liberté et de bien-être en sa compagnie étaient en elles-mêmes le début et la fin de cette aventure, et il devait remercier le ciel de ce petit miracle qui ne se produirait pas une seconde fois. Il descendit lentement de voiture, et le saut dans le temps et l'espace le fit frissonner. Il s'efforça de trouver un commentaire qui ne fasse pas retomber tout ce qui venait de se passer dans la banalité.

— Merci beaucoup de m'avoir raccompagné.

— Il n'y a pas de quoi ! dit-elle en souriant. Merci à vous pour votre soutien. Verser mon sang en votre compagnie était un plaisir.

— Vous êtes sûre que vous vous sentez bien ? fut tout ce qu'il trouva à dire.

Un morceau de gaze dépassait de la manche de Kitty. Elle tira dessus, et la bande sortit tout entortillée, expédiant un bout de compresse sur le siège à côté d'elle. Ils éclatèrent tous les deux d'un rire exagéré.

— Je me sens en pleine forme. Peut-être que j'avais de la tension avant et que maintenant je suis guérie.

Le silence tomba, l'espace d'un instant. Derrière le voilage de la fenêtre, une douce lumière répandait tendrement sa lueur sur les courbes fermes et pleines des lèvres de la jeune fille, tandis que son front et ses yeux demeuraient dans l'ombre. Cette bouche était si fine, et pourtant si décidée, avec ses lèvres soigneusement closes, ses coins marqués et résolus, si grivoise, vulnérable et triste. La joie qui se consumait au cœur de Dominic se transforma en une exquise angoisse, rien qu'en regardant ce sourire d'adieu s'élargir lentement.

— Eh bien, merci... et au revoir !

— On se reverra au prochain versement de sang, lança-t-elle gaiement avant de s'éloigner.

Ses doigts voltigèrent à hauteur de son front, en une sorte de salut, et il demeura figé sur place à la regarder, retenant sa respiration, jusqu'à ce que le sang se mette à rugir à ses oreilles, et que la douleur dans sa poitrine devienne aussi aiguë qu'une rage de dents.

Pourtant, elle le revit plus tôt qu'elle ne l'avait prédit, et dans des circonstances très différentes. Et à cette occasion, le sang en question, qui n'était ni celui de Dominic, ni le sien, avait déjà été versé en quantité considérable.

2

The Jolly Barmaid, le dernier dans la longue lignée des super-pubs d'Alfred Armiger, ouvrit ses portes au public à la fin du mois de septembre, sur une route secondaire, à un peu moins d'un kilomètre de Comerford et un peu plus d'un kilomètre de Comerbourne. A première vue, il ne paraissait pas très bien situé, mais le vieil Armiger s'y entendait pour faire fructifier son argent, et, rares étaient les gens à douter de sa capacité à le rendre rentable. Ceux qui connaissaient le baron de la bière avaient commencé par se demander s'il n'avait pas bénéficié en sous-main d'informations sur la déviation dont on parlait depuis longtemps, et si, le jour où celle-ci se matérialiserait, elle ne déroulerait pas, comme par hasard, son juteux tapis d'asphalte sous les fenêtres du nouvel hôtel. Sept mois s'étaient maintenant écoulés depuis qu'il avait acheté l'endroit et lâché dessus son armée de maçons, de concepteurs et de décorateurs, et tout le monde accourut voir le résultat au soir du gala d'ouverture.

Le sergent George Felse, détective du C.I.D.[1]

1. Département de police judiciaire.

local, vint y faire un tour après le service par pure curiosité. Il avait souvent admiré la maison de pierre décrépie aux fenêtres à meneaux, et regretté de la voir se transformer inexorablement en un taudis pittoresque et sans valeur. Deux vieilles dames y vivaient alors, et comme de tant de sœurs d'une époque révolue, elles étaient mortes à quelques jours d'intervalle. La maison était demeurée inoccupée pendant près d'un an, jusqu'à ce que leur lointain héritier se décide à la vendre pour s'épargner des frais. C'était la seule solution, avec une demeure aussi grande et dans un tel état. Allait-il même dénicher un acquéreur ? Telle était la question. Mais il avait trouvé Alfred Armiger, l'homme le plus futé des trois ou quatre comtés avoisinants lorsqu'il s'agissait de faire une bonne affaire.

George ne comprenait néanmoins toujours pas la raison de cette acquisition, même lorsqu'il poussa la porte Tudor flambant neuve et pénétra dans un hall surchargé de boiseries et de poutres de chêne noires, de bancs à dossier sculpté et d'appliques de verre couleur de cuivre. Il estima que la restauration avait dû engloutir au moins dix mille livres, et ne voyait pas par quel moyen Armiger allait bien pouvoir rentrer dans ses fonds, à moins de déplacer le tout sur la route principale, éventualité susceptible de faire reculer quiconque, eût-il des capacités aussi formidables qu'Armiger. Même s'il continuait à remplir le pub comme ce soir, ce qui était très peu probable, l'endroit, avec tout le personnel requis, lui coûterait plus cher à entretenir qu'il ne pouvait lui rapporter.

Ce soir-là, l'animation était à son comble. George reconnut, dans le *public bar* encombré sur sa gauche, à la décoration « d'époque », jusqu'aux chenets dans la cheminée, la majeure partie de la population bohème de Comerbourne, essentiellement les jeunes. Des barbes en bataille et des pulls de mohair donnaient à l'endroit quelque chose qui évoquait le bouc, de la texture de la peau jusqu'à l'odeur âcre. Le XVIIIe siècle avait eu droit de cité dans les deux petits salons sur la droite, et un nombre assez important des postérieurs les plus rassis du comté occupaient les sièges recouverts de brocart et les canapés confortables. Les affaires marchaient bien aussi dans la grande salle, à en juger par le nombre de serveurs en veste blanche qui faisaient l'aller-retour avec le bar. La plupart d'entre eux étaient étrangers à la région, probablement tout juste embauchés pour l'ouverture. Il ne vit qu'un visage connu, celui du vieux Bennie du *White Horse* de Comerbourne, sans aucun doute transplanté ici pour sa connaissance des habitués. Il était avantageux de disposer sur place de quelqu'un qui connaissait non seulement toutes les célébrités, mais aussi tous les gêneurs.

Le *saloon bar* offrait une clientèle mélangée, sans pontes ni bohèmes. La grande pièce avait été entièrement reconstruite et « tudorisée » d'une main affreusement lourde. Les poutres du plafond étaient trop basses et imposantes, ornées d'un assortiment bien trop disparate de cuivres rutilants, flambant neufs pour la plupart. Armiger savait toujours exactement ce qu'il voulait, et s'il ne pouvait obtenir l'objet d'époque, il en faisait faire la copie, sans s'embarrasser de surprenants anachronismes. Les clients, quant à eux, étaient authentiques – fermiers, commerçants, représentants, ouvriers, et de temps à autre un ancien du comté qui préférait encore ce genre de compagnie.

George se fraya patiemment un chemin jusqu'au bar et commanda une pinte de bière. Une femme blonde, avec une queue de cheval sur la tête aussi imposante que le bonnet à plumes du prince de Galles et des ongles roses démesurés, posa une chope devant lui et l'informa avec un sourire condescendant que toutes les boissons étaient offertes ce soir par la maison, avec les compliments de Mr. Armiger. Ce qui expliquait la foule, pensa-t-il. La soirée était encore jeune, et nul doute qu'avant la fermeture des centaines d'autres personnes auraient vent de la bonne aubaine. Lorsque les boissons étaient gratuites, George préférait s'en tenir à un verre, et d'ailleurs, s'il l'avait su, il aurait sans doute préféré satisfaire sa curiosité un autre soir ; mais il était là maintenant et le spectacle était sans nul doute intéressant. Plus de la moitié des membres du Conseil municipal étaient présents, ainsi qu'une bonne poignée de membres du Conseil régional. Armiger n'avait qu'à lever le petit doigt et les gens accouraient, mais combien venaient par amitié ? Ceux-là ne se comptaient pas sur les doigts d'une seule main.

Il portait sa pinte de bière dans le coin le plus reculé qu'il ait pu découvrir lorsqu'une lourde main s'abattit sur son épaule et qu'une voix aussi éclatante, assurée, et tout aussi bien accordée qu'une fanfare, rugit à son oreille :

— Alors, mon garçon, votre présence est-elle un honneur ou un avertissement ?

Quand on parle du loup...

— Ne vous inquiétez pas, dit George en se retournant avec un sourire vers l'homme qui lui avait offert son verre. Je ne suis pas en service, et c'est la soif qui m'a guidé jusqu'à vous. Merci pour ceci, je ne m'y attendais pas. A la vôtre !

Armiger porta un toast avec le verre de whisky qu'il tenait à la main, et en engloutit le contenu d'un trait. Il n'était pas grand, à peine de taille moyenne, mais bâti comme un taureau, les épaules trapues, pas de nuque, et une grosse tête perpétuellement baissée, prête à charger. Qu'il s'agisse de ses affaires, de la vie, de ses enthousiasmes, de ses rivalités, de quiconque se mettait en travers de son chemin ou de quoi que ce soit qui revêtait une importance particulière pour son portefeuille ou son amour-propre, il fonçait tête baissée. Le teint mat, ses cheveux clairsemés ramenés sur son crâne tanné par le soleil, il portait une courte moustache en brosse chargée d'énergie qui bruissait comme une antenne. Bien que vêtu de façon tout à fait conventionnelle, son menton bleui et ses joues rouge brique lui conféraient une sorte de panache criard. Peut-être avait-il consommé une quantité appréciable de sa propre marchandise, ou peut-être rayonnait-il simplement de son orgueil, du plaisir qu'il prenait à son nouveau jouet et des espoirs débordants qu'il plaçait en lui. A y bien réfléchir, il était très improbable qu'il abuse jamais de l'alcool, il en faisait le commerce et manipulait grâce à lui ses congénères depuis trop longtemps pour succomber lui-même à son influence. C'étaient l'excitation et le contentement de soi qui émanaient de lui et faisaient briller ses yeux vifs et malins.

— Alors, ça vous plaît, ma petite auberge ? J'ai fait du bon travail ?

— Magnifique, répondit George avec respect. Vous croyez vraiment que ça va marcher, en dehors de la ville ? Ce doit être un établissement coûteux à entretenir.

— Mon garçon, vous me connaissez, je ne dépense jamais un sou sans être sûr de le revoir, et sûr qu'il me fera des petits. Ne vous inquiétez pas, ça paiera !

Il assena de nouveau une grande claque dans le dos de George avec un sourire entendu, et s'éloigna tête baissée dans la foule, roulant des épaules, distribuant ici un mot, là une poignée de main, émettant des vagues d'énergie qui déferlaient sur l'assemblée, et ricochaient des boiseries jusqu'au plafond couvert de cuivres. Un *self-made man*, Alfred Armiger, et plus grand que nature. Plus d'un méprisable mortel s'était trouvé renversé dans cette charge vers le succès. Quelques-unes de ses victimes se trouvaient là ce soir, et plus d'un des regards qui suivaient son déplacement triomphal tout au long de ses salons Tudor aurait tué s'il l'avait pu.

— Il est déchaîné, souffla une voix à l'oreille de George. Il est toujours comme ça quand il a piétiné quelques personnes.

Barney Wilson, du département d'architecture, un grand jeune homme sombre au regard sans illusion, se glissa sur le banc près de lui, et posa ses coudes minces sur la table.

— Ne faites pas trop attention à moi, dit-il avec un sourire désabusé devant le regard curieux de George. Je suis partial. J'ai eu à un moment donné l'espoir de reprendre cet endroit, démolir ce qui ne tenait plus debout et transformer le reste en une maison pour ma famille. Je lui en veux toujours. Pourquoi diable a-t-il besoin d'une autre auberge ? Il en a tant qu'il peut à peine les compter.

— C'était un gros travail pour un homme seul que de restaurer cet endroit, il était en très mauvais état, remarqua George en lui lançant un regard pensif.

— C'est vrai, mais j'aurais pu faire le minimum nécessaire, nous aurions emménagé avec Nell et les enfants, et j'aurais pris mon temps pour finir le reste. Avec la tournure que prend l'immobilier en ce moment, un endroit de ce genre, et dans cet état, est à peu près la seule chose que je pouvais obtenir. Tout le monde cherche un pavillon ou un bungalow neuf et moderne, les prix sont devenus astronomiques, mais ces grosses propriétés ne valent rien. On ne peut pas y vivre sans domestiques, c'est du moins ce que pensent les gens, et elles coûtent très cher à entretenir. Mais l'entretien, c'est mon travail, et Nell a été élevée dans une ferme au pays de Galles, elle sait gérer une grande maison avec un minimum d'efforts. Oh ! nous y avons vraiment cru. J'avais même commencé à dessiner les plans de la rénovation, vous vous rendez compte. Mais à la minute où j'ai posé les yeux sur son homme de confiance à la vente aux enchères, j'ai su que c'était fichu. Sans lui, nous aurions emporté la vente pour une bouchée de pain, personne n'en voulait.

Il fixa d'un air lugubre le fond de son verre et soupira.

— Mais non, il a fallu qu'il vienne nous la souffler sous le nez, et la transformer en cette monstruosité. On peut s'attendre à tout de la part de quelqu'un qui a transformé *The Joyful Woman* en *The Jolly Barmaid* !

— C'est comme ça qu'elle s'appelait auparavant ? demanda George, surpris et impressionné. Je ne le savais pas.

— Croyez-moi, je connais l'histoire de cette maison. J'ai fait des recherches dans les archives, à l'époque où j'ai cru que nous allions y vivre. Pendant des siècles, avant d'être utilisée comme maison, c'était un pub, à l'enseigne de « La Femme joyeuse », *The Joyful Woman.* C'est joli, n'est-ce pas ? Cela remonte à 1600, environ. Avant, c'était une propriété privée, et avant cela encore, jusqu'à la séparation des monastères, une grange du prieuré de Charnock. Maintenant, c'est « La Serveuse accorte », *The Jolly Barmaid*, et voilà.

— Les affaires sont les affaires, conclut George d'un ton sentencieux.

— Les affaires n'ont rien à voir là-dedans ! Il est prêt à perdre de l'argent ici plutôt que de voir son fils y mettre un pied, voilà le fin mot de l'histoire.

— Son fils devait y venir ?

— Il venait s'installer avec moi. Nous avions réuni tout l'argent que nous pouvions à nous deux pour les enchères. Nous allions transformer la grange en studio pour Jean et lui, et Nell, les enfants et moi, nous allions disposer de la maison. Vous connaissez la grange ? Juste de l'autre côté de la cour, là où il a aménagé le parking. C'est un bâtiment de pierre, fait pour durer une éternité. Cela aurait fait un studio idéal. Mais son cher père a eu vent de nos projets, d'une façon ou d'une autre, et il a dépensé quelques milliers de livres par pure malveillance envers son fils.

Ni George ni les habitants du district de Comerbourne n'ignoraient les querelles de la famille Armiger. Il était naturel qu'Armiger, *self-made man* ambitieux, débordant d'énergie, souhaite voir son fils lui succéder à la tête de ses affaires, et épouser une héritière de la bière qui doublerait quasiment son empire. Il était également naturel, peut-être, que le fils s'oppose fermement aux plans et à la personnalité de son père, et décline l'honneur de devenir un baron de la bière. Leslie voulait peindre, et l'affrontement serait probablement devenu inévitable, même s'il n'avait pas scellé son destin en se mettant en tête d'épouser une petite employée de la brasserie au lieu de se plier aux dispositions que son père avait prises pour lui. A partir de là, les versions étaient nombreuses et extravagantes. Ce qui était certain, c'est que Leslie avait été jeté dehors sans un sou, que la jeune fille était partie ou bien avait été licenciée, et qu'ils s'étaient mariés civilement le plus rapidement possible. Une fois mariés, ils avaient disparu des gros titres. Ce qui était nouveau, c'était qu'Armiger continue de les poursuivre de sa malveillance au point de les spolier d'un foyer.

— Il devait quand même bien y avoir une limite à la somme qu'il était disposé à gaspiller pour ce genre de chose, remarqua George d'un ton raisonnable. Armiger tient à son argent.

Wilson secoua la tête avec résolution.

— Nous sommes allés jusqu'au bout de nos limites, aux enchères, et lui était prêt à aller encore plus loin. Il tient peut-être à son argent, mais il en a un paquet, et il aime encore plus que rien ne lui résiste.

— Pourtant, Leslie ne devrait pas avoir de mal à obtenir un crédit, avec ses espérances...

— Il n'en a aucune. Il n'a plus de père, point final. Et croyez-moi, les nouvelles sont allées très vite. Tout le monde connaît son Armiger, et personne ne prêtera un sou à Leslie, ne croyez pas ça. Il a le millier de livres qui lui vient de sa mère, et ce qu'il peut gagner, c'est tout. Trouvez-moi donc le nom d'une personne qui va s'allier de bon cœur avec quelqu'un à qui Armiger a déclaré une guerre totale ?

George en fut incapable. L'argent et le pouvoir n'étaient pas les seuls à effrayer les gens, il y avait également la simple puissance de cette personnalité impitoyable. Il existe des gens auxquels seuls peuvent se mesurer les héros, et les héros sont rares.

— Que fait le jeune Leslie ? demanda George.

A bien y réfléchir, voilà qui faisait du jeune Leslie un héros, et un héros qui démarrait dans la vie avec un sérieux handicap.

— Il travaille comme magasinier et homme à tout faire chez Malden's, pour huit livres par semaine, répondit Wilson avec amertume. Le pauvre, on ne lui a jamais appris à gagner sa vie, et ce n'est pas la peinture qui va payer les factures. Et il y a un bébé en train, aussi, Jean ne va pas tarder à être obligée de quitter son travail.

Armiger fit de nouveau irruption dans le *saloon bar*, entraînant de nouveaux arrivants vers le bar, dispensant son hospitalité à grands frais. Ils suivirent le trajet compulsif de sa tête se déplaçant comme un boulet de canon à travers la foule, le regard pensif. Il semblait maintenant avoir autour de lui un groupe d'invités qu'il s'affaira à installer dans un coin éloigné de la grande pièce.

— Quelle que soit la façon dont ils s'y prennent, les parents finissent toujours par revenir sur leurs décisions, dit George sans grande conviction.

— Les parents, oui. Les monolithes, non. Leslie n'a jamais eu qu'un parent, et elle est morte il y a près de trois ans, sinon elle aurait fait front pour soutenir son fils au moment du conflit, et bien qu'elle n'ait jamais exercé une grande influence, la pauvre.

Wilson tendait le cou pour distinguer le groupe d'invités par-dessus la marée d'épaules, et le passage d'un serveur chargé d'un plateau venait d'ouvrir un couloir jusqu'au coin où ils se trouvaient. D'autres que lui étaient également intéressés par le spectacle. Une voix féminine dit calmement : « Petit monstre vulgaire ! », et une voix d'homme, plus passionnée, murmura : « C'était donc la voiture rouge de Kitty qui était sur le parking, je me disais bien qu'il ne pouvait pas y en avoir deux semblables. »

Armiger était accompagné de trois personnes. L'homme représentait tout le contraire d'Armiger, et c'était pour cette raison même qu'il avait pour lui beaucoup de valeur ; George était familier de ce contraste et de ce qu'il impliquait. Là où l'agressivité envahissante d'Armiger n'était pas la bienvenue, les manières affables et l'élégance grisée du grand Raymond Shelley pénétraient sans commentaire ; lorsque les négociations réclamaient un doigté qu'Armiger dédaignait de posséder, il utilisait les grâces de Shelley pour accomplir le travail à sa place. Le titre officiel de Shelley était celui de conseiller juridique appointé en permanence à l'entreprise. En réalité, il constituait l'autre face d'Armiger, montrée ou dissimulée suivant les circonstances. D'âge mûr, calme, bon, il ne débordait pas particulièrement d'énergie ou d'efficacité, mais il fournissait à Armiger ce dont celui-ci avait besoin, et en retour, le même Armiger lui fournissait ce dont lui avait le plus grand besoin, l'argent. Ami intime de son père pendant des années, il était également l'héritier fiduciaire de Kitty Norris. Celle-ci se trouvait à ses côtés, vêtue d'une longue robe noire qui la faisait paraître plus jeune que ses vingt-deux ans, une écharpe irisée sur les épaules et un demi de bière à la main. Ainsi, pensa George en admirant le profil pâle qui se détachait dans la lumière rosée, voilà la jeune fille qui a raccompagné notre Dom l'autre soir. Et tout ce dont il a été capable de parler, c'est de la voiture ! Combien la vie serait simple si l'on restait aussi jeune !

Le troisième convive était une belle femme de quarante-cinq ans, à l'air calme, compétent et résigné, vêtue d'un tailleur sombre, qui plaçait une cigarette dans un court fume-cigarette noir. Les mouvements de ses mains étaient élégants et empreints de force, de même que son corps, sous le tailleur à la coupe stricte. Elle laissait parler les hommes sans intervenir, et son regard intelligent, dénué de toute illusion, passait en revue les visages sans aucune émotion apparente. Ce n'est que lorsqu'elle regardait Kitty qu'elle avait un sourire bref et affectueux, laissant s'établir avec elle un contact qui tenait les hommes à distance. Les femmes aussi efficaces, et aussi au fait des secrets d'affaires de leurs employeurs, que Ruth Hamilton éprouvent souvent un léger mépris pour les temples qu'elle soutiennent de leurs épaules et les dieux qu'elles servent.

— Sa secrétaire, souffla une voix d'homme derrière eux. Depuis vingt ans. On dit qu'elle fait plus que taper ses lettres, si vous voyez ce que je veux dire.

Cette rumeur-là non plus n'était pas neuve, George en saisissait les échos depuis au moins dix ans. Le plus surprenant, c'était encore de l'entendre mentionner. Qu'on y ajoute foi ou pas, elle était admise depuis si longtemps qu'il était vain d'espérer encore faire sensation avec. Sans compter que personne ne pouvait savoir avec certitude si elle était vraie. La légende avait été d'autant plus inévitable que miss Hamilton avait virtuellement géré la maisonnée Armiger tout autant que les bureaux depuis les débuts de la longue et interminable maladie de Mrs. Armiger, un bon nombre d'années auparavant.

Wilson vida sa pinte de bière et repoussa sa chope.

— Jean est une fille tout à fait extraordinaire, mais quelquefois, je me demande comment Leslie a bien pu se débrouiller pour la voir, avec miss Norris dans les parages. Non pas que je croie qu'il ait commis une erreur, attention, ce n'est pas ce que je dis ! Mais... regardez-la !

Bien qu'il ne connût pas Jean Armiger, c'était à peu de chose près ce que pensait George. Lorsque les pères les leur jettent dans les bras avec un peu trop d'insistance, les jeunes gens ont tendance à repousser les filles éblouissantes, songea-t-il, et en l'occurrence, une fois décidé, Armiger avait dû poursuivre son but selon ses habitudes, comme un taureau furieux. Et malgré cela... elle était splendide !

Lorsqu'il quitta le *saloon bar* à dix heures, elle fut la dernière personne vers laquelle il se retourna et qu'il regarda. Elle n'avait pas bougé, et avait à peine dit quelques mots ; elle jouait avec son verre de bière, et bien qu'Armiger eût disparu dans une de ses escarmouches, et que miss Hamilton semblât se préparer à partir, ramassant ses gants et son sac, Kitty demeurait figée, si immobile que les étincelles de son écharpe chatoyante paraissaient des miettes de lumière suspendues dans les airs. Puis la porte battante se referma doucement sur l'ovale grave de son visage, George remonta le col de son manteau, et traversa le hall pour aller retrouver le frisson de cette nuit de septembre.

Le vieux Bennie Blocksidge, un petit gnome noueux et mince, traversait ce même hall avec un plateau vide, son crâne rose et chauve se reflétant à l'infini dans les cuivres du plafond. Il s'arrêta pour échanger un mot avec George, avec un mouvement de tête en direction de la porte de côté qui donnait sur la cour.

— Il est en pleine forme, ce soir. Rien ne l'arrête.

Le « il » ne pouvait concerner qu'Armiger.

— J'avais remarqué qu'il avait disparu, dit George. Qu'est-ce qu'il a encore comme atouts dans sa manche ? J'aurais pensé que le triomphe de ce soir lui suffisait.

— Il vient de partir avec une bouteille de champagne sous le bras, pour montrer sa nouvelle piste de danse à je ne sais qui. C'est de l'autre côté de la cour, là où il y avait la vieille grange. Il voulait absolument l'inaugurer cette semaine, mais ils ont à peine fini la décoration. Il fonde beaucoup d'espoirs dessus, et il fait bien, parce que ça lui a coûté un paquet.

Ainsi donc, voilà où avait disparu le studio de Leslie. George s'écarta pour laisser passer deux personnes qui venaient de sortir à sa suite du *saloon bar*, et regarda miss Hamilton et Raymond Shelley franchir ensemble les portes battantes ainsi que les portes extérieures de bois clouté, ouvertes sur la nuit. Quelques instants plus tard, il entendit une voiture démarrer dans le parking, puis s'éloigner sur la route, et il entrevit l'Austin de Shelley qui tournait en direction de Comerbourne.

— Il nous a dit qu'il voulait pas être dérangé, ajouta Bennie en reniflant, et qu'il reviendrait quand il serait prêt et quand ça lui chanterait. Il a commandé sa voiture pour dix heures, il est dix heures, et voilà qu'il dit « qu'il peut bien attendre jusqu'à ce qu'il soit prêt, même s'il est minuit ». Clayton est assis là-bas dans la Bentley à jurer comme un charretier, mais ça ne sert à rien. Ça ne sert jamais à rien avec lui. Si on aime son boulot, on fait ce qu'il dit, il n'y a pas moyen de s'en sortir autrement.

— Et vous aimez votre boulot, Bennie ?

— Moi ? dit celui-ci avec un sourire en haussant les épaules. J'y suis habitué, je suis le courant. Il y a des patrons pires que lui, si vous faites ce qu'il dit sans vous faire de souci. Tous ces jeunes, ils font trop de chichis.

— Eh bien, espérons qu'il va finir de boire son champagne rapidement et laisser Clayton le raccompagner chez lui.

— C'était une grosse bouteille, un magnum. Il ne pense qu'en magnums.

— Et comment ! acquiesça George en songeant que *The Jolly Barmaid* était un exemple parfait de la boursouflure d'esprit d'Armiger. Bonne nuit, Bennie !

— Bonne nuit, Mr. Felse !

George rentra chez lui à Comerford, et fit à sa femme et son fils un bref compte rendu de ses distractions de la soirée.

— Ta petite amie était là, dit-il en lançant un

regard malicieux à Dominic, encore penché sur un livre en train de travailler, parce qu'il s'y était attelé tard plutôt que par un sens exagéré du devoir.

Celui-ci repoussa sa lampe articulée, l'éteignit vivement pour dissimuler la rougeur qui venait de lui monter aux joues, et assumant celle-ci avec l'adresse d'un animal pris au piège, demanda avec empressement :

— Ah bon ? Tu as vu la voiture ? Elle est chouette, n'est-ce pas ?

— Ce n'est pas la voiture que j'ai regardée.

— Bon sang, ça n'est pas possible ! s'exclama Dominic d'un air dégoûté, et prenant pour une fois le chemin de la chambre à coucher sans que l'on ait besoin de l'y traîner.

Il avait raconté à ses parents son retour à la maison dans la Karmann-Ghia, parce qu'il avait suffisamment d'expérience pour savoir que même s'ils n'avaient pas été personnellement témoins de son arrivée, un des voisins l'aurait certainement vu et transmettrait l'information en accrochant son linge ou en tondant une dernière fois la pelouse pour l'automne. Il était plus sûr de leur offrir lui-même une version tronquée, et la voiture lui fournissait une couverture idéale ; mais si son père s'amusait au genre de petite plaisanterie qu'il venait de faire, Dominic allait devoir rester dans l'ombre ou bien garder perpétuellement le dos tourné à sa famille.

Bunty Felse sortit de son premier sommeil vers minuit, une étrange question en tête, et réveilla George avec la douceur impitoyable qu'emploient les épouses à la place d'une brutalité ouverte.

— George, dit-elle tandis qu'il émettait un grognement ensommeillé dans sa chevelure rousse, tu te souviens de cette chanteuse, l'été dernier à Weston-super-Mare ? Celle qui avait fait participer Dominic à son numéro, comme elles font souvent ?

— Mmmm... marmonna George, ahuri par l'incongruité de la question.

— *Elle*, il l'avait remarquée, non ?

— C'était difficile de faire autrement, elle était pendue à son cou. Comment diable s'était-elle débrouillée pour le faire monter sur scène ? Je ne me souviens plus du truc employé. Je me souviens par contre d'en avoir rougi pour lui.

— Toi, tu as rougi, dit-elle d'un ton plein de sous-entendus. Pas lui. Cet idiot s'en est vanté pendant des jours, au contraire, en disant qu'elle était « canon ».

— Le résultat de ses mauvaises lectures.

— Non, de ses disques de pop music. Le problème, c'est qu'apparemment, la petite Norris est vraiment « canon », et qu'il n'en a rien dit. Pourquoi ?

— Des goûts et des couleurs... remarqua George. Il ne pense peut-être pas qu'elle soit « canon ».

— Pourquoi ? Tout le monde le pense. *Toi*, tu le penses, ajouta Bunty, que cette question continuait de titiller alors qu'elle plongeait de nouveau dans le sommeil — lorsque le téléphone résonna près de leur lit.

— Bon sang ! s'exclama George en se dressant, les yeux grands ouverts pour atteindre le combiné. Qu'est-ce que c'est encore ?

Une voix qu'il eut du mal à identifier comme celle de Bennie Blocksidge chevrota à l'autre bout du fil :

— Mr. Felse ? Oh, Mr. Felse, je sais pas si je fais

bien, mais je préfère que ce soit vous, et vous êtes le plus près, et puis comme vous étiez là ce soir, c'est vous que j'appelle. On a des gros ennuis, ici. C'est le patron, Mr. Armiger. Il est pas revenu. C'était l'heure de la fermeture, et il était pas revenu, et puis onze heures, et onze heures et demie, et il y avait toujours de la lumière là-bas. Et Mr. Calverley s'est inquiété, et puis de fil en aiguille, même s'il avait dit qu'il fallait pas le déranger, ils sont allés voir si tout allait bien...

— Venez-en au fait, dit George en cherchant ses pantoufles. Que s'est-il passé ? Je viens, mais que s'est-il passé ? En trois mots, pas en cent.

— Il est mort, dit Bennie. Là-bas, dans la grange, tout seul, raide mort avec du sang partout.

3

Le moment fatal avait surpris Armiger au beau milieu d'un nouveau plancher quasiment de la taille d'une arène, et couleur de sable fin. Sous la lumière crue de ses lustres flambant neufs, il reposait face contre terre, bras et jambes écartés, sa joue droite aplatie sur le parquet brillant. Si on se penchait pour regarder de près, le profil aux traits épais et rubiconds se détachait nettement, intact, mais la nuque découverte était enfoncée, et le sombre flot de sang qui suintait des cavités fracassées s'écoulait lentement en une flaque qui allait s'agrandissant sur le sol, mêlant en longs rubans de rose l'écarlate du sang et la transparence du vin.

Le sang et le champagne avaient giclé à environ un mètre autour de sa tête et de ses épaules, mais pas autant que le vieux Bennie l'avait décrit, et l'on pouvait facilement s'approcher en enjambant les flaques, tout au moins par-derrière, ce qui devait être la position dans laquelle cette sauvage agression s'était produite, pensa George en s'accroupissant au-dessus du corps. Tout ennemi d'Alfred Armiger avait sans doute préféré éviter de le regarder en face lorsqu'il avait eu enfin l'opportunité de le frapper. Le goulot du magnum de champagne reposait dans les rubans roses de la flaque, près de la tête fracassée, et des éclats de verre brillaient sur les épaules de taureau ; les restes de la bouteille avaient roulé à deux mètres de là lorsqu'elle s'était enfin brisée, laissant un fin sillage de sang sur le plancher.

Eh bien, au moins, l'hésitation habituelle entre le suicide, l'accident ou le meurtre nous est épargnée, pensa George, lugubre. De ces trois causes de décès, celle que l'on associerait le plus naturellement à Armiger est la bonne, et personne ne va aller la contester.

Il avait appelé le poste de Comerbourne avant de partir de chez lui, le rappela après avoir jeté un premier coup d'œil à la scène du crime, puis fit sortir tout le monde de la piste de danse jusqu'à l'arrivée du fourgon de police. L'endroit lui appartenait pour un quart d'heure tout au plus. Il ne ressentait pour l'instant rien à l'égard d'Armiger. Rien que le choc et l'incrédulité à voir une telle énergie démoniaque aussi abruptement balayée de la surface de la terre. La tache noire perdue dans cette immensité pâle paraissait une mouche écrasée sur une vitre.

Il recula en évitant soigneusement les flaques de sang, et examina la pièce. C'était un décor de théâtre sans une once de réalisme, un décor luxueux et vulgaire, dont le rideau se levait sur une énigme policière banale. La grange avait incontestablement formé le hall de l'ancienne maison. Elle était de belles proportions, et son toit aux poutres en traverse avait été magnifique avant qu'Armiger ne s'acharne dessus, avec un résultat dévastateur. Tous les montants, les solives, les entretoises cambrées, les poutres maîtresses et les pannes avaient été dorés et les mètres carrés de chevrons ordinaires entre le doré avaient été peints d'un blanc laqué brillant. Quatre lustres électriques modernes en forme d'araignées tombaient de la poutre centrale. La concentration de lumière réfléchie était impitoyable. Il avait fait construire une galerie en hauteur qui courait tout autour de la pièce, avec un dais pour l'orchestre à une extrémité, et un bar chromé à l'autre. Deux escaliers s'élevaient de la piste jusqu'à l'étage en une volute baroque incongrue. Sous la galerie étaient installées le long des murs des alcôves en demi-cercle garnies de sièges, et dans chacune de celles-ci, une niche voûtée abritait une statue de plâtre blanche figurant un danseur. Cette partie-là, si elle avait un style, était plutôt Empire. De petites tables étaient blotties dans les courbes de la balustrade tout le long de la galerie, et les murs n'étaient que blanc, or et miroirs rutilants.

Les amateurs de palais vont adorer ça, pensa George médusé, mais ce pauvre Leslie Armiger ne verra jamais son magnifique studio spacieux et sobre. De toute façon, il n'aurait jamais eu les moyens de le chauffer convenablement, et il y aurait fait un froid polaire en hiver.

Tel se présentait le décor. A l'exception du corps, il ne régnait dans cet espace vide immaculé que deux signes de désordre notables. L'une des statuettes de plâtre de l'alcôve située à droite de la porte était tombée en miettes au pied du mur, sans raison apparente, puisqu'elle se trouvait à quinze bons mètres d'Armiger, et qu'en dehors des débris, il n'y avait aucune trace de lutte, ni même de pas. L'autre détail était de nature plutôt ironique. Quelqu'un, très probablement Armiger lui-même, était allé chercher deux verres à champagne au bar et les avait posés sur la table la plus proche du dais doré au sommet de l'escalier. De toute évidence, toujours d'excellente humeur, il ne se méfiait pas, tout à la joie de célébrer sa réussite, mais il n'avait même pas eu la possibilité d'ouvrir son magnum.

George parcourut d'un air pensif les quelques mètres séparant les pieds étendus chaussés de souliers sur mesure et le pied de l'escalier. Aucune trace sur le parquet lustré. Il examina le magnum de champagne brisé, qui était incontestablement l'arme du crime. L'objet était gluant de sang, jusqu'au papier doré sur le bouchon, et il n'était pas besoin d'aide artificielle pour distinguer clairement les lambeaux de cheveux et de peau autour de la base.

George jeta un dernier regard circulaire sur la pièce blanche rutilante, puis alla retrouver les trois hommes qui l'attendaient avec nervosité dans la cour.

— Lequel d'entre vous l'a découvert le premier ?

— Clayton et moi sommes entrés ensemble, dit Calverley.

Les hommes qu'Armiger employait comme gérants de ses pubs présentaient tous une sorte de ressemblance générique, et, pour la première fois, George en comprit la raison ; ils étaient tous des doubles d'Armiger. Celui-ci, quoi de plus logique, choisissait des hommes du même type physique et intellectuel que lui. Ce Calverley, assez jeune, était épais mais athlétique, comme un ex-rugbyman très légèrement empâté ; moustachu, plein d'assurance et dur comme de l'acier. A cet instant, de façon tout à fait compréhensible, il n'affichait pas son air le plus débonnaire ; le visage fait pour irradier la chaleur humaine était tendu, d'une pâleur grisâtre, le regard vif entraîné à distinguer le profit comme les ennuis était distinctement branché sur les ennuis, et des ennuis plus personnels qu'il ne l'aurait souhaité. Il avait d'ailleurs pris soin de s'armer contre ceux-ci, semblait-il, en s'adjoignant un compagnon. Les gens qui côtoyaient quotidiennement Armiger apprenaient vite à prendre leurs précautions.

— Quelle heure était-il ?

Ils devaient le savoir à la minute près. Ils avaient surveillé la pendule pendant plus d'une heure, impatients de voir Armiger débarrasser le plancher et de fermer boutique.

— Minuit quatre ou cinq, répondit Calverley en passant sa langue sur ses lèvres.

Il n'était pas encore une heure du matin.

— On lui avait donné jusqu'à minuit, c'est comme ça que je le sais. On l'attendait depuis l'heure de la fermeture, mais il avait dit qu'il ne voulait pas être dérangé, aussi... Eh bien, nous avons attendu. Mais à partir de onze heures et demie, nous avons commencé à nous demander si tout allait bien. On a décidé de lui laisser jusqu'à minuit, puis d'y aller. Et c'est ce qu'on a fait. Quand les douze coups ont retenti, on a tout laissé, et on est venus tout droit ici.

— Toutes les lumières étaient allumées comme ça ? Vous n'avez touché à rien ? La porte était-elle ouverte ou fermée ?

— Fermée.

Clayton sortit une cigarette de la poche de son uniforme bien ajusté et l'alluma. C'était un homme mince et sec, d'un âge indéfinissable, probablement trente-cinq ans, mais il aurait sans doute la même tête à soixante. Ses cheveux blonds et fins étaient coiffés en arrière sur un front étroit, et il fixait George sans cligner des yeux sous la lumière, sans trembler le moins du monde, d'un regard intelligent et dur.

— C'est moi qui suis entré le premier, dit-il, je me suis occupé de la porte. Oui, les lumières étaient allumées. Une fois qu'on l'a aperçu, nous n'avons touché à rien. On s'est juste assez approchés pour voir qu'il n'y avait plus rien à faire. Puis je suis reparti à la maison en courant pour dire à Bennie d'appeler la police, et Mr. Calverley a attendu près de la porte.

— Quelqu'un a-t-il vu Mr. Armiger lorsqu'il était là ? demanda George, en se tournant vers le vieux Bennie qui frissonnait, un peu à l'écart.

— Pas que je sache, Mr. Felse. Personne de la maison n'a traversé pour venir ici. Il n'a pas reparu depuis le moment où il a pris le champagne et est parti avec. Je l'ai vu sortir par la petite porte. Vous savez, Mr. Felse, vous veniez juste d'entrer vous-même dans le hall.

— Je sais. Vous avez une idée de qui pouvait être ce type à qui il voulait montrer la salle de danse ? Vous ne l'avez pas vu ?

— Non, il n'était pas avec Armiger quand je l'ai vu sortir.

— Il a bien insisté sur le fait qu'il ne voulait pas être dérangé ?

— Euh...

Bennie hésita.

— Mr. Armiger avait l'habitude de pas mâcher ses mots, si vous voyez ce que je veux dire, et il a été comme d'habitude.

— Vous vous souvenez de ses paroles exactes ? Ce rendez-vous m'intéresse.

— Ben, je lui ai dit : « Mr. Clayton est là avec la voiture. » Il m'a répondu : « Eh bien, il attendra jusqu'à ce que je sois disposé à rentrer, même si c'est à minuit. Je vais juste montrer à un de mes jeunes amis ma salle de danse, ça va l'intéresser de voir ce qu'on peut faire avec un endroit comme ça, quand on a de l'argent et l'esprit entreprenant... Et je ne veux pas qu'on vienne nous casser les pieds », qu'il m'a dit. « Je reviendrai quand ça me chantera, pas avant. » Et puis il est parti.

— Mais il n'avait pas l'air ennuyé ou en colère à propos de cette rencontre ?

Chez un autre homme, ce discours aurait pu le laisser croire, mais c'était ainsi qu'Armiger traitait habituellement ses troupes.

— Oh non, Mr. Felse, pas du tout, il était heureux comme un pape. Comme il était avant dans la soirée, vous l'avez vu vous-même.

— Bizarre qu'il n'ait pas mentionné le nom de cet ami.

— Quand on a autant d'argent, intervint Clayton de sa voix calme et nette, on peut se permettre d'être bizarre.

— Il rigolait comme un bossu, dit Bennie. Quand il a parlé d'aller montrer sa salle de danse, il jubilait.

— Quelqu'un a bien dû voir cet autre homme, dit George. Nous allons devoir interroger le reste du personnel, mais je suppose que tous ceux qui ne vivent pas ici sont partis depuis longtemps ?

Une fois le corps remis au médecin légiste, ce serait là la première tâche de la police.

— Y a-t-il des serveurs autres que Ben qui résident sur les lieux ?

— Deux, dit Calverley, ainsi que deux filles. Ils sont tous réveillés, j'ai pensé que vous auriez besoin d'eux, bien qu'ils ne sachent pas grand-chose, je suppose. Ma femme aussi est debout.

— Bien, nous la laisserons aller se coucher aussi vite que possible.

Il tendit l'oreille, et saisit le bruit attendu des voitures prenant le virage de la route.

— Les voilà. Bennie, vous voulez bien aller allumer la lumière du coin pour eux ? Je pense que vous pourrez ensuite rejoindre tous les trois le reste de la maisonnée à l'intérieur.

Ils se retirèrent en le remerciant ; il sentit le soulagement et le relâchement de la tension qui transforma leurs premiers pas en petits bonds nerveux. Puis l'ambulance tourna pesamment dans la cour, suivie de près par la voiture impatiente du superintendant Duckett, et la grosse machine du C.I.D. du comté se mit en branle, prenant possession de l'affaire Alfred Armiger. Que le chef du C.I.D. soit sorti de son lit et venu en personne à une heure du matin était un signe indéniable du pouvoir du défunt. Seul l'assassinat de son propre supérieur hiérarchique aurait pu le plonger dans une plus grande consternation. Debout devant le corps, les épaules voûtées dans son pardessus pour combattre la morsure de l'air glacial à cette heure de la nuit, il fit la grimace à la vue de la tête difforme qui ne concevrait plus jamais de fusions ni de plans diaboliques.

— Ça, c'est une fichue histoire, George. Quand je vous ai eu au téléphone, je peux vous assurer que j'ai cru que vous aviez perdu les pédales, ou alors que c'était moi.

— J'ai eu la même réaction. Mais le doute n'est pas permis, n'est-ce pas ?

La mort était aussi concrète que l'avait été sa victime. Le superintendant Duckett considéra la scène, le corps et l'arme du crime, et garda le silence jusqu'à ce que le médecin examine le corps et soulève délicatement le crâne enfoncé. Il jeta alors brièvement, dans un grognement sorti des profondeurs de son col :

— Combien de coups ?

— Plusieurs. Je n'ai pas de certitudes, mais au moins six ou sept. Les derniers ont peut-être été portés alors qu'il était déjà mort. On y a mis du cœur.

Le médecin était un jeune homme, ancien militaire, solide comme un roc, qui vénérait son métier. Il manipulait le corps d'Alfred Armiger avec une affection fascinée ; personne ne l'avait sans doute chéri de cette façon lorsqu'il était encore en vie.

— Et dire que j'ai toujours pensé que s'il mourait un jour, ce serait d'une attaque d'apoplexie. A quand remonte l'heure du décès ?

— Disons onze heures et demie au plus tard, peut-être plus tôt. Je vous en dirai davantage après examen, mais vous ne risquez pas de vous tromper si vous travaillez sur un laps de temps de dix heures et quart à onze heures et demie. Et la plupart des coups ont été assenés alors qu'il gisait à terre, et je dirais immobile.

— Donc, le premier l'a assommé, puis qui que ce soit qui l'ait fait lui a tapé dessus comme un fou pour être sûr qu'il ne s'en relèverait pas.

— Oh, non, pas comme un fou. Les impacts sont trop concentrés et précis. Il a frappé juste à chaque fois. Mais on peut parler de frénésie — il a continué à frapper bien plus longtemps qu'il n'était nécessaire.

— On dirait qu'il ne s'est arrêté que lorsque la bouteille s'est brisée. C'est extraordinaire qu'elle ne se soit pas cassée plus tôt d'ailleurs, mais le verre peut jouer de ces tours. George, aucun détail de tout ceci ne doit filtrer, dit Duckett d'un ton lourd de sous-entendus. Il est mort, d'accord, et de blessures à la tête, si nous sommes vraiment obligés d'aller jusque-là, mais pour le reste, nous sommes muets comme des carpes. Je vais préparer moi-même un communiqué, envoyez-moi tous ceux qui vous poseront des questions. Et prévenez les types qui l'ont trouvé. Rien ne doit filtrer avant que je n'aie un peu éclairci la situation.

— Très bien, acquiesça George. De toute façon, je ne crois pas qu'ils aient tellement envie d'aller se répandre sur le sujet, ils sont trop concernés pour se sentir tout à fait à l'abri. Vous voyez une explication à la statuette brisée ?

Duckett se rapprocha et fixa celle-ci avec un froncement de sourcils lugubre, puis souleva la statue la plus proche, qui représentait un couple de danseurs de tango. Il eut un grognement, surpris par la légèreté de l'objet, puis le retourna pour constater avec un regard de mépris qu'il était creux.

— Du toc, comme tout le reste !

Il reposa la statuette à sa place, puis fit un essai en frappant le mur sur lequel elle reposait, mais malgré sa légèreté, elle demeura solidement sur son large socle, et n'oscilla même pas.

— Même si quelqu'un avait heurté le mur au cours d'une lutte, elle n'aurait pas bougé, constata-t-il. Il a fallu la jeter à terre intentionnellement. Il n'y a pas d'autres débris, rien d'autre n'a été jeté, pas de peinture écaillée. Et puis, si elle était tombée, ce serait à peu près à l'aplomb du mur, or elle est juste dans l'angle. Cela n'a peut-être aucune signification, mais tout de même. Notez donc ça, Loder, tant que vous y êtes. Aucune chance d'y trouver des empreintes, je suppose, la surface est trop rugueuse, mais Johnson peut quand même essayer.

Le photographe, occupé auprès du corps d'Armiger, acquiesça dans un murmure absorbé et continua son travail.

— Et les verres de champagne, dit George.

— Je les ai vus. Vous savez quelles empreintes nous allons trouver dessus, n'est-ce pas ? Ce sera un miracle s'il y en a d'autres que celles de la serveuse qui les a essuyés et rangés après les avoir déballés. Enfin, nous verrons. Prenez aussi la porte, Johnson, bien entendu, toutes les surfaces possibles, la rampe de cet escalier. Et ces saletés, ajouta-t-il en désignant le magnum de champagne du bout du pied. C'est son propre alcool qui a fini par le trahir.

— Celui qui a tenu le goulot de cette bouteille a dû se retrouver les mains maculées de taches. Il y a du sang jusque sur le bouchon. Son pantalon et ses chaussures ont dû également être éclaboussés, mais peut-être pas suffisamment pour attirer l'attention. Il me semble qu'il a dû se tenir de ce côté. Il a pris soin de ne pas marcher dans le sang, il n'y a pas une trace entre la porte et ces taches.

— Bien, dit Duckett, que la contrariété rendait nerveux, racontez-moi tout ce que vous avez pu glaner.

George s'exécuta et fit part également de sa propre rencontre avec Bennie au cours de la soirée.

— Et les deux autres ? Quelle justification de leurs mouvements ont-ils donnée à partir de dix heures ?

— Clayton était assis dans la voiture à l'entrée lorsque je suis parti, quelques minutes après dix heures. Il dit qu'il a rentré la voiture dans la cour vers dix heures vingt, puisque Armiger ne faisait pas mine d'arriver. Il est resté au pub, où il a pris une pinte de bière, jusqu'à l'heure de la fermeture. De dix heures et demie à près de onze heures, il a attendu près de la voiture. Toujours pas de patron. Puis Calverley l'a invité dans son propre salon, et il y est resté avec Calverley et sa femme. Tous les trois en témoignent. Bennie nettoyait les bars avec les autres serveurs, et surveillait le retour d'Armiger, pour avertir Clayton. Vers onze heures et demie, Calverley et Clayton ont commencé à penser qu'ils devaient aller voir ce qui se passait. Ils sont tous habitués à obéir à Armiger au doigt et à l'œil, mais ils savaient également que cela leur retomberait dessus si, après avoir déduit — sans doute par simple télépathie — que quelque chose n'allait pas, ils ne se précipitaient pas. Quoi qu'ils fassent, ils étaient à peu près sûrs de mal faire, la question était de savoir quel serait le pire, l'interrompre alors qu'il ne voulait pas d'eux ou ne pas être là lorsqu'il en avait besoin. Je ne dirais pas qu'ils s'inquiétaient pour lui, mais de leur propre situation par rapport à lui. A minuit, ils se sont dit qu'il valait mieux prendre le risque. Ils y sont allés ensemble et l'ont trouvé mort. Le seul moment où ils ne se couvrent pas mutuellement, c'est à peu près entre dix heures et demie et onze heures, mais je suppose que vous constaterez que le personnel de l'intérieur peut confirmer les mouvements de Calverley à ce moment-là. Clayton, lui, a pu se déplacer dehors sans se faire remarquer. Je n'ai pas encore eu le temps de voir les autres, mais ils m'attendent.

— Encore des bouches à réduire au silence, dit Duckett. Ces trois-là ont déjà dû se répandre largement.

— J'en doute, vous savez. N'oubliez pas que c'était le soir de l'ouverture, et qu'à l'exception de Bennie Blocksidge, le personnel vient des quatre coins du district. Personne ne se connaît encore, et quand ce genre de chose se produit parmi des gens étrangers les uns aux autres, elle peut les pousser à se taire tout autant qu'à parler. Après tout, quelqu'un l'a tué, et ce pourrait tout aussi bien être le type assis à côté de vous.

— Enfin, allez les interroger. Quand nous en aurons fini ici et que nous aurons emmené le corps, je vous laisse tout seul, George. Appelez-moi demain matin tôt, et je vous enverrai la relève.

— Non, je m'en occuperai toute la journée, si cela ne vous ennuie pas, dit George avec fermeté.

Il préférait s'assurer une nuit paisible plutôt qu'une journée de mauvais sommeil solitaire.

— Vous voulez que je contacte le notaire d'Armiger, ou bien vous le faites ?

— *Cui bono* ? dit Duckett d'un air absent. Je m'en occuperai. Vous tirez ce que vous pouvez de tous ceux qui sont là, et j'enverrai Grocott vous aider avec le personnel de jour, lorsque celui-ci arrivera, et la liste des gens qui se trouvaient hier soir au pub.

George les laissa affairés au milieu des appareils photos et des flashes, et alla interroger les serveurs et serveuses effrayés, ainsi que la jolie blonde décolorée qui s'avéra être Mrs. Calverley. Il n'en tira guère plus que ce à quoi il s'attendait, mais déduisit du silence glacial où il les trouva qu'ils avaient justifié sa prédiction en se retranchant en eux-mêmes plutôt qu'en partageant leurs inquiétudes. Il réussit à reconstituer laborieusement l'emploi du temps d'Armiger au cours des deux dernières heures de son existence. D'après Mrs. Calverley, peu avant dix heures, un des garçons, un jeune homme du nom de Turner qui logeait à Comerford, était entré dans le bar et avait transmis un message à Mr. Armiger, qui s'était excusé auprès de ses amis et l'avait suivi à l'extérieur. Il était rentré quelques minutes plus tard, était allé droit au groupe auquel il avait adressé un mot, puis était de nouveau sorti. Il semblait que c'était à ce moment-là que le jeune ami anonyme était arrivé, car Armiger avait déboulé à l'office par la salle à manger, s'était servi d'un magnum de champagne, et s'était éloigné en direction de la petite porte, se heurtant à Bennie et lui donnant à cette occasion les ordres à propos de Clayton et de la voiture. Personne ne l'avait revu vivant.

Lorsque George acheva son dernier interrogatoire, il faisait presque jour, et l'ambulance était partie depuis bien longtemps, même si Johnson, toujours maître de la salle de danse, ratissait infatigablement le moindre centimètre carré à la recherche d'empreintes. George rentra chez lui prendre une douche et un petit déjeuner, eut une discussion brève et inquiète avec Bunty, puis repartit avant que Dominic ne dévale les escaliers et ne se mette à poser des questions.

Il se rendit à la maison où logeait le serveur, et trouva celui-ci dans sa chambre, absorbé par le programme des courses de la journée, à moitié habillé et pas encore rasé. Turner était un Londonien, de cette pâleur citadine à laquelle l'été ne peut rien, mince, à l'œil vif, et se posant déjà des questions sur son avenir à Comerford. Il n'allait pas y faire long feu et regagnerait la ville en un rien de temps. En attendant, il était probablement indifférent aux gens impliqués dans l'affaire, puisqu'il ne les connaissait pas. Que la police lui rende visite ne l'inquiétait pas, mais l'intriguait plutôt.

Oui, confirma-t-il, un peu avant dix heures, peut-être dix heures moins cinq, il ne pouvait pas dire exactement, il traversait le hall quand un jeune homme était entré, l'avait alpagué et avait demandé Mr. Armiger. Il n'avait pas donné de nom, simplement dit de demander à Mr. Armiger s'il avait quelques minutes à lui consacrer, dites-lui que c'est important, et que je ne le retiendrai pas longtemps. Il avait transmis le message, sans rien y voir de spécial, et Mr. Armiger était allé vers son visiteur, qui l'attendait dans le hall. Turner ne les avait revus ni l'un ni l'autre, parce qu'après cela, il était retourné dans la salle à manger. Connaissait-il le jeune homme ? Il ne connaissait personne ici, il venait de débarquer. Pouvait-il le décrire ? Eh bien, il n'avait rien de caractéristique. Un jeune type de vingt-cinq ou vingt-six ans, avec un pardessus noir et un costume gris. Pas de chapeau. Pas petit, mais pas vraiment grand, imberbe, cheveux bruns, rien de remarquable. Mais il le reconnaîtrait s'il le voyait. Ou bien sur une photo ? Eh bien, sans doute, mais avec les photos, on ne peut pas toujours dire. Mais pourquoi ? Pourquoi recherchaient-ils ce type ? Que s'était-il passé ?

George le lui apprit, formulant l'annonce de la façon la plus brève et la plus surprenante possible, observant la cigarette qui pendait de la lèvre pâle. La cendre ne tomba même pas, mais au moins, cette fois-ci, Turner ouvrit grand les yeux, et fixa George avec une curiosité et une excitation dénuées de toute frayeur ou même de toute prudence, et une indubitable étincelle de plaisir. Vous comprenez, il n'avait rien contre le patron, mais après tout, il l'avait à peine entrevu une ou deux fois, et ce n'est pas tous les jours qu'on est mêlé de si près à une affaire de meurtre.

— Vous rigolez ! dit-il, rayonnant. Ah ben, que je sois pendu !...

Si cela lui arrivait un jour, pensa George, ce ne serait en tout cas pas pour la mort d'Armiger.

— Vous pensez que c'est ce type que j'ai vu qui a fait le coup ?

— Ce n'est qu'une de nos pistes, répliqua sèchement George. Pour l'instant, j'essaie simplement de reconstituer tous les détails de la soirée. A quelle heure avez-vous quitté votre travail hier soir ?

— Vers onze heures moins vingt.

L'idée qu'il pouvait avoir à justifier de ses mouvements n'avait pas le moins du monde ébranlé son assurance.

— Je suis rentré ici avant onze heures, la vieille vous le dira. En plus, un des autres garçons est rentré avec moi, un type qui s'appelle Stokes, vous le trouverez un peu plus haut dans la rue, chez Mrs. Lewis.

Il écarta le journal de la main ; même les courses ne pouvaient plus retenir son attention.

— Vous vous rendez compte ! dit-il en laissant échapper un long sifflement. Là-bas à Londres, ils sont persuadés qu'il n'y a que chez eux qu'il se passe des choses !

George redescendit les escaliers miteux en retournant la remarque dans son esprit, et paria, mais sans y trouver aucune satisfaction tant il en avait la certitude, que Turner irait travailler avant l'heure, ce jour-là, si tant est qu'il y allait.

La nouvelle ne s'était pas encore répandue, ou tout au moins, elle n'était pas encore tombée dans le domaine public, car aucun badaud ne traînait devant *The Jolly Barmaid* lorsque George retrouva ses portes flambant neuves. Il téléphona à Duckett, à qui il rendit compte de ses faits et gestes et du peu d'informations récoltées, et entreprit d'établir, avec l'aide de Bennie Blocksidge, une liste des gens présents la veille à la soirée d'inauguration. Le pub n'ouvrirait pas aujourd'hui, c'était hors de question après la mort de l'empereur ; et lorsqu'il serait dix heures et demie et que le premier client se trouverait face à une porte close et un avis laconique, le secret ne le resterait pas longtemps.

Lorsque leur liste parut aussi complète que possible à l'aide de leurs souvenirs conjoints, Grocott et Price avaient rejoint les lieux et attendaient les ordres. George les chargea des visites de routine les plus prometteuses, et retourna téléphoner à Duckett. A cette heure-ci, même les notaires devaient travailler, et *Cui bono ?* demeurait une des questions essentielles. Armiger avait-il réellement déshérité en totalité son fils, ou bien n'avait-il fait que le menacer pour le laisser mariner un peu dans son jus ? Non pas dans l'espoir de le ramener à sa botte, car on ne se débarrasse pas aussi facilement que cela d'un mariage, même pour plaire à un Armiger ; mais peut-être simplement par un mouvement d'humeur, pour punir son fils de sa rébellion en le laissant tâter de la pauvreté avant de le reprendre dans son giron, châtié et repentant.

Mais accompagné d'une femme, une ex-secrétaire qui serait, pour un beau-père dénué de toute affection à son égard, un rappel constant de sa défaite ? Non, après tout, ça, c'était difficile à imaginer. George baissa le pouce tout en composant le numéro de Duckett. Cent contre un que Leslie ne figurait pas dans le testament, sinon de façon particulièrement blessante et humiliante. La femme d'Armiger était morte depuis quelques années, et il n'avait pas d'autre enfant. Donc, quelqu'un était bon pour recevoir la manne. Mort ou vivant, Armiger n'aurait jamais dispersé son empire. Il n'était guère concevable non plus qu'il ait négligé de réviser son testament, ni même qu'il ait remis cette révision à plus tard en se donnant un temps de réflexion. Il n'avait jamais réfléchi, mais toujours chargé, et cette fois-ci ne ferait pas exception.

— J'ai parlé au vieil Hartley, dit Duckett. Au premier abord, les termes du testament ne nous sont pas d'un grand secours, mais ils sont intéressants, très intéressants. Il a fait détruire son ancien testament et dicté le nouveau le jour où il a jeté son fils dehors. Le garçon n'est même pas mentionné. Visiblement, il aurait tout aussi bien pu être mort aux yeux de son père.

— J'avais parié qu'il ne diviserait pas sa fortune, dit George. J'ai raison ?

— Oui. Amasser, il avait ça dans le sang, et il ne voulait pas que ce soit éparpillé après sa disparition. Il y a une longue liste de legs mineurs au personnel, sans aucun intérêt pour nous, ça ne vaudrait même pas la peine de tuer une mouche pour la somme qu'il considère comme une juste rétribution des services rendus. Enfin, il payait de bons gages de son vivant, je ne crois pas que ce soit de l'avarice, mais simplement ses tendances de bâtisseur d'empire. Mais le reste de sa fortune, après paiement de ces aumônes, va à... Vous avez deviné ?

— Certainement pas. Je n'ai pas de nom. Il n'aurait pas, par hasard, pensé à d'éventuels petits-enfants, à qui il la laisserait en fidéicommis ?

— Jamais de la vie. Toute la dynastie disparaît, et il effectue un nouveau et surprenant départ. Le nom, c'est celui de Katherine Norris, George. Alors, qu'est-ce que vous dites de ça ?

4

Qu'est-ce que George pouvait bien dire de *ça* ? Armiger avait-il agi par pure malveillance ? Avait-il tout légué à Kitty Norris simplement parce que Leslie avait changé d'avis et épousé quelqu'un d'autre ? Était-ce la façon la plus dure de punir Leslie que de contrarier ses espérances en offrant sa fortune à la fille qu'il avait refusée ? Il ne pouvait s'agir d'un geste de consolation envers Kitty, Armiger n'était pas maladroit à ce point, même animé par la colère. Ou bien y avait-il dans cette démarche une signification plus profonde ? C'était de toute évidence une étape vers la fusion d'*Armiger's Ales* et *Norris's Beers*, intéressant directement Kitty au tout premier chef après sa mort ; mais le geste n'était-il pas avant tout conçu comme une étape dans une stratégie qui devait se jouer du vivant d'Armiger, alors que celui-ci était en possession de tous ses moyens ? Il offrait le gâteau à Kitty une fois disparu, pourvu d'en être le maître tant qu'il était en vie. La désigner comme son héritière pouvait constituer un gage de bonne volonté pour conclure une affaire qui lui avait jusqu'à présent échappé, affaire qui consistait à acquérir les Bières Norris et les ajouter aux joyaux de sa couronne. Après tout, une fois Leslie écarté, déclarer son intention de tout léguer à Kitty ne représentait guère un sacrifice pour Armiger, qui n'avait pas de proches parents et n'emporterait pas sa fortune avec lui dans l'au-delà. Il devait en disposer d'une façon ou d'une autre ; et quel meilleur moyen pour cela que de l'utiliser à gagner autre chose encore, tant qu'il était encore là pour en jouir ?

A supposer qu'une proposition d'association ait été formulée, pensa George, et que le gérant de miss Norris l'ait refusée — ce qu'il ne pouvait manquer de faire, car une fois la fusion opérée, il ne faisait guère de doute qu'on verrait rapidement qui était le patron —, une telle disposition future n'aurait-elle pas considérablement renforcé la position d'Armiger ? Et de toute façon, qu'avait-il à y perdre ? S'il ratait son coup, ce testament était aussi facilement révocable que le précédent. Cela valait au moins la peine d'essayer. Armiger obtenait généralement ce qu'il voulait, ce qui expliquait la violence définitive de sa réaction la seule et unique fois où il avait échoué.

George sortit sa voiture, s'assit au volant et réfléchit tranquillement à sa prochaine manœuvre. A bien y songer, c'était tout de même une drôle de situation que le vieux Norris avait bâtie là, en nommant le bras droit d'Armiger curateur de sa fille, mais après tout, les trois hommes avaient été d'assez proches amis, et personne n'avait jamais mis en doute l'intégrité de Shelley ; dans la pratique, l'affaire semblait parfaitement fonctionner. George ne savait pas si le fidéicommis était terminé, maintenant que la jeune fille était majeure. En fait, il ignorait beaucoup de choses en rapport avec cette affaire, mais il n'avait pour l'instant aucune raison valable d'enquêter dans ce domaine. Il n'y avait qu'une personne qu'il avait parfaitement le droit d'interroger sur les faits et gestes de Kitty Norris, et c'était Kitty Norris elle-même. Elle s'était trouvée la veille au *Jolly Barmaid*, elle avait vu Armiger, qui lui avait parlé, entre autres personnes, juste avant de disparaître pour faire joyeusement étalage de son nouveau jouet criard. Tôt ou tard, George serait obligé de la rencontrer. Autant que ce soit le plus tôt possible, se dit-il en faisant démarrer sa voiture.

Kitty possédait un appartement à Comerbourne, non loin du principal centre commercial, mais à l'écart dans une rue tranquille à l'abri de l'église, et donc de la circulation qui rendait la ville infernale tout au long de la journée. Pourtant, même là, se garer demeurait un problème, et George dut conduire sa Morris bien au-delà de l'immeuble avant de trouver un endroit où glisser son véhicule. Il avait de la chance, la Karmann-Ghia était là, le long du trottoir, et Kitty se trouvait donc chez elle. Il était presque midi lorsqu'elle lui ouvrit, vêtue d'une jupe et d'un sweat-shirt, et chaussée de sandales plates qui lui donnaient une allure enfantine. Elle le regarda un moment, les yeux pleins d'une surprise patiente, attendant qu'il annonce ce qui l'amenait.

— Je m'appelle Felse. Je suis officier de police, miss Norris.

La surprise s'évanouit si rapidement de son regard, et elle recula sur le seuil si instantanément, qu'il comprit qu'elle savait.

— Vous êtes au courant, pour Mr. Armiger ? demanda-t-il.

— Mr. Shelley m'a appelée. Entrez, Mr. Felse.

Il remarqua qu'elle l'observait avec une certaine curiosité, emplie de gravité, qui ne s'adressait pas seulement à sa fonction mais également à lui en tant qu'individu, et il était assez humain et viril pour se trouver flatté et désarmé par cette attention. Certaines personnes sont incapables de vous regarder droit dans les yeux en parlant, même quand elles n'ont rien à cacher. Kitty, elle, devait vous regarder directement même si elle avait un secret à dissimuler, pensa-t-il, tout simplement parce qu'elle était comme ça et devait être incapable d'agir autrement.

— J'enquête sur la mort de Mr. Armiger, expliqua-t-il, et il y a des points sur lesquels vous pouvez peut-être m'éclairer, si cela ne vous ennuie pas. Je promets de ne pas vous déranger trop longtemps.

— Je ne faisais rien de particulier, dit-elle en le précédant dans une grande pièce aux tons pastel, haute de plafond et étonnamment ensoleillée, car elle se trouvait au quatrième et dominait les toits des maisons qui lui faisaient face.

— Asseyez-vous, Mr. Felse. Je peux vous offrir un verre ? On dirait du Raymond Chandler, dit-elle en se retournant et en lui adressant un petit sourire désabusé. Mais j'allais vraiment prendre un sherry. Et puis, après tout, vous n'êtes pas détective privé, n'est-ce pas ?

— Non, plutôt un détective public, rétorqua-t-il.

Les choses ne se déroulaient pas comme il s'y était attendu, mais il était tout à fait disposé à laisser la conversation s'égarer. En laissant faire, il pouvait aboutir à des réflexions intéressantes.

— J'espère que vous l'aimez sec, dit-elle avec l'air de s'excuser. C'est tout ce que j'ai.

Il remarqua qu'elle lui tendait le verre d'une main qui manquait d'assurance, mais après tout, elle avait toutes les excuses possibles.

— Oui, merci. Vous avez dû éprouver un grand choc, miss Norris. Je parle de la mort de Mr. Armiger.

— Oui, dit-elle d'un ton bas en s'asseyant juste en face de lui et en le regardant droit dans les yeux, comme il l'avait prévu. Mr. Shelley et miss Hamilton m'ont appelée tous les deux. Je ne voulais pas le croire. Vous comprenez ce que je veux dire. Il était tellement vital. Qu'on l'aime ou qu'on le déteste, il était là, et il était impossible d'imaginer le monde sans lui. Et il avait des côtés tout à fait admirables, vous savez. Il était courageux. Il est parti de rien, et il s'est battu contre le monde entier pour en arriver là où il était. Et même une fois au sommet, rien ne l'a jamais effrayé. Les gens découvrent souvent la peur quand ils ont beaucoup à perdre, mais lui n'a jamais eu peur de rien. Il pouvait également se montrer généreux et amusant. Quand vous étiez un enfant, il n'éprouvait aucune honte à jouer avec vous comme un enfant — même s'il n'y avait vraiment plus rien d'enfantin chez lui. Je crois que les enfants représentaient pour lui de bons jouets, parce qu'ils se contentent de beaucoup d'action sans jamais faire de difficultés de principe, comme les adultes. A cette époque-là, c'était très facile de s'entendre avec lui. Plus tard, c'est devenu beaucoup plus dur.

Elle regarda le fond de son verre, et pour la première fois George distingua, comme Dominic avant lui, la tristesse intrinsèque de son visage. Et comme Dominic, il en fut à la fois confondu et séduit, inextricablement pris au piège du mystère de sa solitude et de sa réserve.

Elle semblait se mouvoir selon une trajectoire toute tracée, songea-t-il, comme si sa propre volonté n'existait pas, soumise depuis bien longtemps à une autre influence qui disposait d'elle selon son bon vouloir. Ce n'était pas l'influence d'Armiger, elle ne se serait pas exprimée de cette façon à son égard. Peut-être ne fallait-il même y voir l'influence de personne, simplement le cours des choses, par lequel elle se laissait porter, un flot auquel elle se confiait parce qu'elle n'avait pas d'autre alternative.

— Personne n'est parfait, dit George en essayant de s'exprimer aussi simplement qu'elle l'avait fait, et espérant qu'il ne lui paraîtrait pas aussi pompeux qu'il s'en donnait l'impression. Je crois qu'il aurait aimé ce que vous venez de dire de lui.

— Je lui reprochais beaucoup de choses, dit-elle en prenant soin de choisir ses mots. C'est la raison pour laquelle je veux lui rendre justice. Si je puis vous aider en quoi que ce soit, je le ferai.

— Vous étiez avec lui hier, tout au moins une partie de la soirée. D'après ce que m'a raconté un des serveurs, quelqu'un a demandé à Mr. Armiger de lui accorder un entretien de quelques minutes, vers dix heures, et Mr. Armiger est sorti. Puis il est revenu, s'est adressé à vous et aux autres convives qui se trouvaient à sa table, avant de repartir. Est-ce exact ?

— Je n'ai pas regardé l'heure, mais je pense que c'est à peu près ça. Oui, il est revenu s'excuser de s'absenter pour un quart d'heure, il devait voir quelqu'un, mais il allait revenir, et espérait que nous l'attendrions.

— Il n'a rien ajouté ? Il n'a pas cité de nom, rien de ce genre ?

— Non. Il est parti, puis Ruth a annoncé qu'elle devait rentrer, parce qu'elle attendait un coup de téléphone de sa sœur de Londres, vers onze heures moins le quart, et lui avait promis d'être à l'heure. Ruth, c'est miss Hamilton, vous savez, la secrétaire de Mr. Armiger. Comme c'est Mr. Shelley qui l'avait amenée, il a dû partir en même temps, et je suis restée seule. J'ai d'abord pensé attendre, puis j'ai renoncé. J'étais fatiguée, je me suis dit que j'allais me coucher tôt. Il devait être un peu plus de dix heures et quart lorsque je suis partie, mais peut-être quelqu'un d'autre peut-il vous renseigner plus précisément. La voiture retient souvent l'attention, ajouta-t-elle sans une ombre d'ironie dans la voix, on m'a peut-être vue quitter les lieux.

C'était effectivement le cas. Clayton avait été témoin de son départ, tandis qu'il s'impatientait dans la Bentley de son patron devant *The Jolly Barmaid*, environ cinq minutes avant de se résigner à une longue attente et de garer la voiture dans la cour. Il l'avait observée sortir du parking et tourner à droite en direction de Comerbourne. Et tout amateur enthousiaste d'automobile qu'il ait été, il était peu probable qu'il n'ait regardé que la Karmann-Ghia.

— Bien, dit George. Vous étiez donc probablement rentrée un peu après dix heures et demie.

— Oh ! sûrement avant ! Le trajet ne me prend que dix minutes, même en comptant le temps de ranger la voiture. Seigneur ! se reprit-elle, trop tard comme d'habitude. Je ne devrais pas vous dire ça, n'est-ce pas ?

— Ne vous inquiétez pas, je suis incapable de faire le calcul sans un papier et un crayon, la rassura-t-il avec un sourire.

Même lorsqu'elle vous faisait rire, il y avait chez elle quelque chose qui vous mettait au bord des larmes, sans aucune raison. La mort d'Armiger ne lui avait pas brisé le cœur, elle avait fait part de son sentiment à son égard de façon précise ; elle était peut-être bouleversée, mais ce n'était pas cela qui troublait son sourire et jusqu'à cette façon douce et triste qu'elle avait de faire le pitre.

— Me permettez-vous de vous poser quelques questions personnelles sur vos affaires, miss Norris ? Elles vous paraîtront peut-être sans objet, mais je crois que si vous voulez bien me répondre, vous pourrez m'aider.

— Mais s'il s'agit réellement d'affaires, il y a fort à parier que je ne connaîtrai pas les réponses.

— Si je ne me trompe pas, votre père vous a laissé sa fortune en fidéicommis, étant donné qu'il est mort lorsque vous étiez enfant. Pouvez-vous me dire si ce fidéicommis s'est achevé lorsque vous êtes devenue majeure ?

— Là, je connais la réponse, dit-elle, légèrement surprise. C'est effectivement le cas. Je peux faire n'importe quelle bêtise avec mon argent, ils ne peuvent que me conseiller. En réalité, tout continue comme par le passé, mais c'est la situation légale.

— Donc, si l'éventualité d'une fusion entre les bières Armiger et Norris se présentait, ce serait entièrement à vous de décider si vous le voulez ou non ?

— Oui, dit-elle, si simplement qu'il comprit qu'elle avait saisi la question qui suivait et qu'il n'avait pas posée. C'est ce qu'il voulait, vous avez raison. Il y a un moment qu'il s'était mis en tête de conclure ce projet. Les gens chez nous n'étaient pas très chauds, mais obstiné comme il l'était, il aurait fini par emporter le morceau. Pourtant, rien n'était encore fait, et la question n'est plus d'actualité.

— Et vous, que vouliez-vous ?

— Je ne voulais rien. Je ne voulais rien savoir de cette histoire, j'aurais voulu être ailleurs et ne pas avoir à y penser. J'aurais été heureuse de lui donner tout et de m'en débarrasser, quant à moi, mais il y a des gens qui travaillent là-bas, beaucoup de gens, et cela signifie bien plus pour eux que pour moi. On ne devrait pas être propriétaire de quelque chose qui a plus de valeur pour les autres que pour vous. Si je savais comment m'y prendre, ou si je pouvais persuader Ray Shelley de comprendre ce que je veux, j'aimerais le leur donner, à *eux*.

George eut le sentiment d'avoir été balayé par un courant qui le détournait désespérément de sa course, et qui pourtant, inévitablement, allait l'entraîner tout au long de son cours erratique vers un océan de vérité. Il ne maîtrisait plus la navigation, et elle non plus sans doute, mais elle nageait en pleine harmonie avec ce tourbillon, la simplicité et la franchise étant son élément naturel. Ce qu'elle venait de dire était parfaitement sincère, il n'y avait aucun doute là-dessus ; elle attendait de lui qu'il l'accepte tout aussi honnêtement, et bon sang, c'était exactement ce qu'il faisait.

Il tenta de remettre le pied sur la terre ferme :

— Cette idée de réunir les deux entreprises n'était pas nouvelle, n'est-ce pas ? Pardonnez-moi si je m'aventure en terrain délicat, mais le sentiment général est que Mr. Armiger avait déjà eu le même but en vue et avait essayé d'y aboutir de façon différente, grâce à un lien direct entre vos deux familles.

— Oui, il voulait que Leslie m'épouse, dit-elle avec une telle simplicité qu'il eut honte de sa propre verbosité.

Elle leva le regard de son verre vide, et il plongea jusqu'au fond de ses yeux écartés, semblables au velours cuivré de deux ailes de papillon. On pouvait y plonger sans fin, et la distinguer clairement, elle, au sein de sa tour de cristal, mais si loin de soi qu'il n'y avait aucun espoir de jamais l'atteindre.

— Mais c'était son idée, pas la nôtre. On ne décide

pas de ces choses-là pour les autres. Il aurait dû le savoir. Il n'y a jamais rien eu entre Leslie et moi.

Un silence tomba. Elle soutint son regard et ses joues pâlirent légèrement. Il avait encore une question à lui poser, mais il patienta jusqu'au moment de se lever pour partir, puis, se retournant comme si un détail venait de lui traverser l'esprit, il demanda doucement :

— Connaissez-vous les dispositions du testament de Mr. Armiger ?

— Non, dit-elle vivement en relevant la tête d'un mouvement brusque, ses grands yeux de velours le dévisageant avidement.

Il vit une lueur d'espoir s'élever en elle comme si quelqu'un venait d'allumer une lampe. Un seul mot, et quelque chose qui ressemblait à de la joie allait s'embraser dans la tour de cristal de sa solitude. Qu'attendait-elle de lui ? Au-delà des besoins relativement modestes de sa voiture, de sa garde-robe et de cet appartement quasi monacal, l'argent ne semblait pas revêtir une grande importance à ses yeux. Il devait aller jusqu'au bout, il devait découvrir si ce qu'il avait à lui dire était ce qu'elle voulait savoir.

— Il vous a tout légué.

La petite flamme s'éteignit brutalement, mais ce ne fut là que la moindre des choses. Elle le fixa bouche bée, et le sang se retira lentement de son visage. Ses genoux fléchirent, elle tendit une main en arrière pour saisir à tâtons le bras d'un fauteuil, et s'assit, hébétée, les doigts croisés sur ses genoux.

— Oh *non* ! fit-elle dans un soupir hoquetant où se mêlaient de façon inextricable la déception, la consternation et la colère, ainsi qu'une sorte de désespoir que toute l'imagination de George ne parvenait pas à comprendre. Oh ! Seigneur, non ! J'espérais qu'il n'avait pas vraiment mis sa menace à exécution... ou s'il l'avait fait, qu'il était revenu sur sa décision. Je veux dire à propos de Leslie ! Il jurait toujours qu'il ne reviendrait pas dessus, mais même s'il l'avait fait, il aurait refusé de l'admettre, vous comprenez. Et maintenant... Le salaud ! dit-elle, désespérée. Pourquoi a-t-il fait ça ? Il n'y avait aucune raison, il n'en a jamais été question. Il savait que je n'en avais pas besoin, que je n'en voudrais pas. Pourquoi ?

— Il était obligé de le laisser à quelqu'un, dit George, raisonnable, et comme tout un chacun, il était parfaitement libre de choisir ce qu'il ferait de ce qui lui appartenait. Vous ne devez pas vous sentir responsable de la spoliation de quelqu'un d'autre, vous n'avez rien à voir là-dedans.

— Non, dit-elle d'un ton morne, laissant la syllabe résonner comme si elle avait eu l'intention d'ajouter quelque chose, mais sans pouvoir trouver les mots adéquats.

Elle se leva de nouveau avec résignation et le guida poliment jusqu'à la porte, mais toujours avec ce regard perdu. Lorsque la porte se fut refermée entre eux, il s'éloigna de trois enjambées bruyantes en direction de l'escalier, puis revint silencieusement sur ses pas. Elle n'avait pas bougé de l'autre côté du battant, appuyée contre le mur, essayant de se reprendre. Il l'entendit dire à voix haute : « Mon Dieu, Mon Dieu, Mon Dieu ! » d'un ton de reproche enfantin, comme si elle appelait à son secours une divinité déraisonnable.

Que lui avait donc fait Armiger ? Que pouvait-il bien avoir fait ? Une fois admis qu'elle ne voulait pas de l'argent, et qu'elle pensait que celui-ci aurait dû aller à Leslie, pourquoi avait-elle réagi à la nouvelle comme si celle-ci comportait une part d'attaque personnelle particulièrement insidieuse ? George ne pouvait pas nier avoir provoqué des réactions intéressantes, le problème était qu'il ne savait pas quelle signification leur attribuer.

Mécontent de lui, presque honteux, il descendit les escaliers garnis de tapis sans même se donner la peine d'essayer d'ajuster les morceaux du puzzle, si peu nombreux et sans queue ni tête qu'il n'y en avait pas deux qui puissent déjà se relier. Lorsqu'il atteignit la Morris, il y trouva Dominic, négligemment appuyé sur le capot.

Le garçon était encore un peu à bout de souffle, après avoir couru jusqu'à la voiture tandis que George descendait le dernier étage, mais celui-ci était trop préoccupé pour relever ce détail. Le large sourire inquisiteur était normal, le « Salut, Papa ! » aussi, et George n'y prêta guère attention.

— Bonjour ! Qu'est-ce que tu fais là ? demanda-t-il.

C'était la troisième fois que Dominic sautait la cantine et se contentait d'un sandwich en ville, pour avoir le temps de remonter et descendre lentement Church Lane dans l'espoir d'entrevoir Kitty. L'annuaire du téléphone lui avait fourni son adresse, une fois qu'elle lui avait donné son nom. Il n'avait pas encore tout à fait surmonté le choc éprouvé lorsqu'en passant d'un pas nonchalant devant la porte ouverte de l'immeuble, il avait reconnu sans aucun doute possible la silhouette de son père dans l'escalier ; et s'il n'avait pas été pris d'une inspiration soudaine à la vue de la voiture, il aurait été loin à cette heure.

— Je faisais une course pour Chuck, expliqua-t-il en maîtrisant soigneusement sa respiration.

Chuck était le moins insultant des nombreux surnoms dont était affublé son professeur principal.

— Ici ? demanda George, devinant une improbabilité là où il n'avait a priori aucune raison de se montrer suspicieux.

— Chez le pasteur, dit Dominic d'un ton ferme avec un signe de tête en direction du mur d'enceinte de l'église.

Grâce à Dieu, le pasteur faisait partie des administrateurs de l'école et était aumônier des petits.

— J'ai vu la voiture et j'ai traîné un peu dans le coin au cas où. Comme il est bientôt midi et demi, je me suis dit qu'avec un peu de chance, tu me paierais peut-être à déjeuner.

Après réflexion, George accepta. Les barons de la bière pouvaient bien disparaître, le reste du monde n'en continuait pas moins à manger.

— Monte, dit-il d'un ton résigné à son rejeton, qu'il décida de conduire dans un restaurant voisin de l'école pour qu'il ne risque pas d'être en retard aux cours de l'après-midi. Et Chuck ? ajouta-t-il. Il n'y avait pas de réponse à la course ?

— Non, non, pas de problème.

Le plus bizarre, c'est qu'il n'avait pas du tout l'impression de mentir. Mais bien qu'elle n'ait rien de coupable ou honteux, il était impensable que quiconque puisse découvrir ou même entrevoir la vérité. Ce besoin essentiel d'intimité était entièrement nouveau pour Dominic. Depuis qu'il allait à l'école, c'est-à-dire depuis l'âge de cinq ans, il avait de temps en temps menti pour garder quelque chose exclusivement pour lui, comme la plupart des enfants, mais sans jamais réfléchir véritablement à ce qu'il faisait, et très rarement car ses parents, et surtout sa mère, lui avaient toujours facilité les choses, et il pouvait se confier à eux sans aucune restriction. Mais ce qui lui arrivait était différent, si pressant et vital qu'il se serait fait hacher menu plutôt que de le laisser découvrir. Pourtant, il allait devoir agir de telle sorte qu'il s'exposait à ce risque ; il le fallait, car que pouvait bien fabriquer son père dans l'immeuble où vivait Kitty, et le lendemain même de la mort du vieil Armiger ? Le lendemain du soir où Kitty s'était trouvée avec lui au *Jolly Barmaid* ? « Ton amie y était... » Et maintenant, cette visite. Ils étaient obligés de voir tous les gens qui s'étaient trouvés au pub, bien sûr, mais pourquoi Kitty, et pourquoi si tôt ?

— Tu travailles sur cet assassinat, hein ? demanda-t-il en s'efforçant de mettre dans sa voix la note exacte de curiosité excitée. Maman m'a dit ce matin que le vieil Armiger était mort. Ça, c'est une nouvelle ! Je n'ai rien dit aux copains, bien sûr, mais ça a commencé à se répandre à l'heure de la récréation. Toute la ville est au courant, maintenant. A l'heure qu'il est, toute l'école a passé une demi-douzaine de personnes sur le gril et en a arrêté une ou deux.

— Normal, dit son père d'un ton placide. Avec le nombre de gens qui sont capables de faire ce travail à ma place, c'est un miracle que j'ai réussi à décrocher le poste. Et qui est donné comme favori ?

On n'attrape pas les mouches avec du vinaigre. Dominic tendit un appât de choix et espéra ramener une touche.

— Clayton. Je parie que tu ne savais pas qu'il avait été renvoyé ?

— Bon sang ! s'exclama George en se demandant si Grocott avait déjà recueilli cette information, et en se demandant également de quel criminologiste en herbe provenait le renseignement.

— Alors, tu ne le savais pas ! Le fils du jardinier du

vieil Armiger est dans notre classe. Il y a trois jours, il y a eu une sacrée dispute. Clayton a explosé et dit qu'il en avait marre de se faire bousculer à toute heure du jour et de la nuit, et Armiger lui a jeté qu'il avait déjà fait de la prison pour vol et recel de voiture volée, et qu'il avait foutrement de la chance d'avoir du boulot...

— Pas de gros mots, dit son père mécaniquement en se garant le long du trottoir.

— Pardon, je citais Armiger. Et puis il l'a renvoyé. Tu savais que Clayton avait un casier ?

— Oui, on le savait. Une affaire vieille de dix ans. Pas de quoi le faire pendre.

— Le vol n'est pas un crime.

— J'espère que tu n'as pas l'intention de devenir avocat. C'était une figure de style.

George ferma la voiture et fit entrer son fils dans la salle de restaurant du *Flying Horse*. Ils trouvèrent une table dans un coin et se plongèrent dans l'étude du menu. Le moment était mal choisi, pensa Dominic, contrarié. « Je vais devoir poser la question de but en blanc. »

— Tu as déjà une piste ?

Le regard sérieux et l'expression passionnée allaient faire illusion auprès de son père. Ce fut Dominic lui-même qui souffrit d'être obligé de déguiser un sentiment aussi profond et important pour lui. Son père était effectivement fantastique, et il éprouvait réellement un intérêt passionné et subjectif pour toutes les affaires dont celui-ci s'occupait. Mais là, il affichait l'expression adéquate et parodiait l'adoration bien réelle qu'il éprouvait pour atteindre son propre but égoïste, et lorsque George lui adressa un sourire et une petite claque affectueux, il en éprouva presque une douleur physique.

— Pour l'instant, nous n'en sommes qu'à la routine, Dom. Nous venons à peine de commencer, la route est longue.

— Qui devais-tu voir dans Church Lane ? Il y a des suspects là-bas ?

Son père répondit calmement après un instant de réflexion :

— Je suis allé chez miss Norris. La routine, rien de plus, comme je te l'ai dit. Je dois rendre une visite à toute une série de gens qui se trouvaient sur les lieux hier soir.

— Et tu n'as rien de sérieux encore ? Je suppose qu'elle n'a pas pu t'apprendre grand-chose, non ?

— Quasiment rien que je ne savais déjà. Allez, mange, et arrête d'essayer de me tirer les vers du nez.

Dominic ne découvrirait rien de plus, malgré ses subtiles manipulations. Il tenta le coup encore une ou deux fois, tout en sachant que c'était inutile. Et peut-être d'ailleurs n'y avait-il réellement rien de plus à extorquer à son père, littéralement rien. Mais Dominic n'était pas heureux, et comment aurait-il pu l'être, alors que l'aile du meurtre frôlait Kitty de si près que son ombre s'interposait entre elle et le soleil ?

5

— Oui, dit Jean Armiger, je suis au courant. C'était dans les journaux du matin. Je vous attendais.

C'était une mince jeune femme brune, pleine d'énergie, aux cheveux coupés court autour d'une tête bien proportionnée, au petit visage aux traits épanouis et passionnés. Elle ne devait guère être âgée de plus de vingt-trois ou vingt-quatre ans. Solidement plantée au milieu de son studio affreux et encombré de meubles au second étage de la pension minable de Mrs. Harkness, dans un quartier reculé à la périphérie de la ville, elle affronta George et le flot de lumière en provenance de la fenêtre qui inondait la pièce, et visiblement, ni l'un ni l'autre ne la faisait reculer. Une taille légèrement épaissie sous l'ample robe bleue atténuait la légèreté et la précision de ses mouvements, mais ces qualités se lisaient néanmoins de façon indéniable dans le moindre geste de ses mains ou de sa tête. Il ne savait pourquoi, peut-être parce que l'éclat de Kitty éclipsait tous ceux qui l'entouraient, George ne s'attendait pas à une personnalité aussi séduisante et éclatante. Jean était une fille exceptionnelle, comme l'avait dit Wilson. Il n'était pas si difficile que cela de comprendre comment Leslie avait trouvé le moyen de la remarquer, même en présence de Kitty. Il avait grandi comme un frère aux côtés de Kitty.

— Vous comprenez que je suis obligé de procéder à une enquête de routine. Vous trouviez-vous à la maison hier soir, Mrs. Armiger ?

La phrase provoqua une moue méprisante, et elle jeta un rapide regard autour de la pièce qu'il venait d'élever à cette dignité. Évidemment, il y avait une minuscule kitchenette sur le palier, et un abri dans le jardin où Leslie avait l'autorisation d'entreposer ses toiles et son matériel de peinture. Mais ça... une « maison » ?

— Oui, répondit-elle en s'abstenant de commenter le regard, de lui-même suffisamment éloquent. Toute la soirée.

— Et votre mari ?

— Oui, Leslie est resté là aussi, à l'exception d'un moment, vers neuf heures et demie, où il est sorti poster quelques lettres et prendre un peu l'air. Il a passé toute la journée d'hier enfermé au magasin à faire des paquets, il avait besoin de respirer. Mais il ne s'est pas absenté plus d'une demi-heure.

— Il était donc rentré à dix heures ?

— Un peu avant, je crois. En tout cas, à dix heures, j'en suis sûre.

— Et il n'est pas ressorti ?

— Non. Vous pourrez lui poser la question, bien sûr, dit-elle avec dédain.

A cette même minute, si tout se déroulait conformément au plan, Grocott devait être dans le bureau du gérant chez Malden, en train de poser discrètement les mêmes questions à Leslie Armiger, de sorte que les employés, sans doute déjà en ébullition, n'en concluent pas immédiatement qu'il allait être arrêté d'une seconde à l'autre. Mais cela, Jean Armiger ne le savait pas, bien entendu. George n'était même pas sûr de la raison qui lui avait fait prendre la précaution de prévoir ces deux interrogatoires simultanément ; il n'avait pour l'instant aucune raison de se défier du jeune couple plus que de n'importe quel autre suspect, mais il avait appris à obéir à ses intuitions, et si les jeunes gens n'avaient pas de mensonges à lui raconter, il ne leur serait fait aucun tort.

— C'est ce que nous ferons, dit-il pour demi-vérité. Dites-moi, Mrs. Armiger, avez-vous été en contact avec votre beau-père depuis votre mariage ? L'avez-vous jamais vu ou lui avez-vous parlé ?

— Non, jamais, répliqua-t-elle d'un ton ferme, qui indiquait sans le moindre doute que c'était elle qui en avait décidé ainsi.

— Et votre mari ?

— Il ne l'a pas vu non plus. Il lui a écrit une fois, une seule fois, il y a quelques mois.

— Un essai de réconciliation ?

— Pour demander de l'aide, articula-t-elle violemment avant de serrer les dents et de se taire.

— Avec votre consentement ?

— *Non !*

Bien qu'elle ne prît pas la peine de dissimuler ses sentiments, elle n'avait pas eu l'intention de cracher ce « Non » avec tant d'amertume. Elle détourna un instant la tête, se mordant la lèvre, mais ne fit aucun effort pour nuancer sa réponse ou revenir dessus.

— Et quel a été le résultat ?

— Il n'y a pas eu de résultat. Il a envoyé une

réponse méprisante et refusé de faire quoi que ce soit pour nous.

Elle avait été reconnaissante à Armiger d'épargner ainsi l'orgueil que Leslie avait involontairement blessé en lançant cet appel.

— Et il n'y a pas eu d'autre tentative de rapprochement ?

— Pour autant que je sache, non. Je suis sûre que non, en fait.

Après réflexion, George décida de l'informer des dispositions du testament d'Armiger. La piste était justifiée.

— Cela vous surprend-il, Mrs. Armiger ?

— Non, dit-elle d'un ton égal. Pourquoi serait-ce le cas ? Il fallait bien qu'il laisse son argent à quelqu'un, et il s'était fâché avec tous ses parents.

— Vous n'étiez pas au courant de son intention de tout léguer à miss Norris ?

— Tout ce que nous savions, c'est que Leslie était définitivement rayé de la liste, aussi cela ne nous concernait-il plus. Son père n'avait laissé aucun doute là-dessus.

George s'aperçut que l'alliance qu'elle retournait à son doigt était un peu trop grande. La chevelure sombre bouclait sur une joue plus émaciée qu'elle n'aurait dû l'être, peut-être à cause de la fatigue et des soucis, de l'enfant à venir, de ce semblant de foyer oppressant et encombré, du travail à mi-temps pour augmenter un peu les revenus ; ou bien peut-être à cause d'un autre souci, qui la rongeait de l'intérieur. Une chose terrifiante et destructrice lui était arrivée lorsque Leslie avait cédé et écrit à son père. Il avait commis là un acte peut-être irréparable ; grâce à son vieux démon implacable de père, il bénéficiait d'une nouvelle chance de répondre aux espérances de sa femme, s'il en était capable ; mais après ce faux pas, alors qu'elle avait sans doute jusque-là eu sereinement toute confiance en lui, il devrait maintenant lui prouver qu'il en était digne. Et pourtant, George comprenait également le point de vue de Leslie. Il devait aimer profondément sa femme, sinon il n'aurait pas ainsi brûlé ses vaisseaux ; et la voir se tourmenter, la perspective de voir s'écouler ici les premiers mois de la vie de son fils, tout cela avait sans doute suffi à lui faire plier l'échine, même à contrecœur. On pouvait même soutenir que son attitude était plus responsable que celle de sa femme. Ce qui était certain, c'est que par ce seul geste plein de bonnes intentions, il avait failli réduire son mariage à néant.

— Je ne vous dérangerai pas plus longtemps, Mrs. Armiger. Merci de votre aide.

Il se leva, et elle le raccompagna en silence, dédaignant d'ajouter ou demander quoi que ce soit. Ou bien de cacher quoi que ce soit ? Non, cela, elle le ferait si elle y était obligée. Peut-être ne tarderait-il pas à apprendre qu'elle dissimulait déjà quelque chose ?

L'escalier était étroit et sombre, et la maison sentait la toile cirée, le renfermé et l'encaustique. La prétention glaciale de Mrs. Harkness ne supporterait pas de trop nombreuses visites de la police, même en civil. George avait déjà remarqué qu'aucun câble de téléphone n'était relié à la maison, et qu'il y avait une cabine à une cinquantaine de mètres au coin de la rue. Il s'éloigna en voiture dans la direction opposée, puis tourna à gauche, et faisant le tour du pâté de maisons, se gara sous les arbres, en vue de la cage rouge vif. Il attendit un quart d'heure, vingt, vingt-cinq minutes, mais Jean Armiger ne vint pas.

Il en fut ravi. Elle lui avait plu, il voulait qu'elle soit franche, et bien qu'il ait dans le passé subi de nombreux revers, il n'avait pas encore appris à se garder suffisamment de l'optimisme avec lequel il considérait les motifs et les agissements des gens qui lui faisaient bonne impression. Il traversa néanmoins une période de scepticisme ; il ne s'aventurerait pas à croire en elle résolument tant qu'il n'aurait pas appelé Grocott, qui était de retour au bureau et devait attendre que le téléphone sonne.

Le coup de fil tendit à confirmer que Jean était honnête, et son témoignage valable. Le jeune Leslie, discrètement tiré de son entrepôt poussiéreux derrière le grand magasin de Duke Street, avait raconté une histoire qui concordait en tous points avec celle de sa femme. Au lieu de rentrer directement après avoir posté ses lettres, il était allé faire le tour du parc. Il s'était absenté un peu moins d'une demi-heure, car il était certain que la cloche de l'église n'avait pas encore sonné dix heures lorsqu'il était rentré chez lui. Le récit était très simple et hautement vraisemblable, et il était certain qu'il n'y avait eu aucun contact entre le mari et la femme. Pourtant, de façon perverse, cela eut pour résultat de faire revenir George sur ses convictions ; le doute était toujours permis. Comme Jean avait imprudemment révélé qu'elle le savait, le communiqué laconique de Duckett était repris dans les journaux du matin. Le corps d'Armiger avait été découvert la veille au soir au pub *The Jolly Barmaid.* Il portait de sérieuses blessures à la tête, et l'hypothèse d'un meurtre n'était donc pas écartée, mais Duckett avait évité de s'engager plus avant. Voilà qui était suffisant pour mettre en garde le fils déshérité et son épouse furieusement loyale. Innocents ou coupables, ils devaient savoir qu'ils auraient à rendre compte de leurs faits et gestes ce soir-là, et innocents ou coupables, ils s'étaient peut-être trouvés sans autre garantie qu'eux-mêmes, et s'étaient hâtés de coordonner les détails de leur récit avant qu'on ne leur pose des questions. Entre l'apparition des premières éditions des journaux et celle de George à deux heures et demie, il y avait largement le temps d'un coup de téléphone. George, déprimé, chercha le détail qui effacerait ses doutes, mais n'en trouva aucun. Étant donné l'intelligence dont Jean ne manquait certes pas, la collusion était possible.

— Quelle était l'attitude de Leslie ?

— Un peu bouleversé, bien sûr, mais il n'a pas prétendu avoir été en bons termes avec son père, ni même véritablement affecté. En fait, s'il l'était, il ne le laisserait pas voir. C'est un type très réservé, et il était un peu sur la défensive.

— Effrayé ?

— Je ne dirais pas cela. Mais il sait qu'il se trouve dans une position où il attire... disons l'attention fâcheuse du public curieux en même temps que la nôtre. Ce n'est pas un imbécile, et il sait que ses histoires sont du domaine public. Il sait également que son meilleur atout réside dans le fait qu'il n'avait rien à gagner à la mort de son père.

— A-t-il pris soin de vous souligner ce fait ?

— Vous le sous-estimez, dit Grocott avec un petit rire. Il s'en remet à notre capacité de comprendre ça tout seuls. Il m'a juste paru avoir tendance à se rassurer en se reposant là-dessus à chaque fois que la situation devenait difficile.

— Comment s'entend-il avec les chauffeurs et les magasiniers ? demanda George avec curiosité.

Les petites communautés n'acceptent pas toujours facilement les jeunes gens de manières et d'éducation supérieures que le hasard jette en leur sein, surtout si l'élément étranger a tendance à se montrer réservé.

— Étonnamment bien. Ils semblent l'apprécier, l'appellent Les, et le laissent se mêler à eux ou bien rester dans son coin suivant son humeur. Je crois que le principal, c'est qu'il n'y a rien d'artificiel chez lui. Il n'essaye pas de se mettre à tu et à toi avec tout le monde, de modifier son accent pour prendre le leur. Si c'était le cas, ils le tiendraient à l'écart, mais il est bien trop sensé pour ça. Ou bien trop orgueilleux. En tout cas, cela a tourné à son avantage.

Le portrait qui se dégageait, pensa George en regagnant sa voiture, était bien séduisant, mais il devait se garder de tabler trop vite sur l'innocence de Leslie Armiger à cause de cela. L'argent ne constitue pas le seul motif d'un meurtre. D'un côté, il y avait l'héritière, déjà tellement riche que l'argent ne constituait pas une raison de tuer, et de l'autre côté, ce jeune couple, très pauvre, il est vrai, mais qui n'avait rien à gagner à la mort d'Armiger. Au contraire même, tant qu'il restait en vie, il avait une valeur potentielle, car il pouvait avec le temps se laisser fléchir, surtout avec un petit-fils ou une petite-fille en perspective. Cependant, ceux qui le connaissaient le mieux avaient dit qu'il était peu probable qu'il change jamais d'avis — et n'importe qui peut se laisser aller dans un accès de rage, même s'il n'a rien d'autre à y gagner que le défoulement d'une irrésistible pulsion de haine et du sentiment intense d'avoir été lésé.

Mais son propre fils n'était pas le seul à lui en vouloir. Il s'avérait que Clayton, ce dur à cuire silencieux en uniforme, venait d'être renvoyé, et Armiger lui avait apparemment balancé son casier judiciaire dans les gencives, en ajoutant « qu'il avait foutrement de la chance d'avoir du boulot ». N'était-ce là qu'une réflexion au hasard, ou bien Armiger avait-il sérieusement laissé entendre qu'il pouvait, s'il le voulait, l'empêcher de retrouver du travail dans les Midlands ? Des gens s'étaient déjà fait tuer pour des raisons moins solides que celle-là. Il y avait également Barney Wilson, qui s'était fait dépouiller de la maison qu'il avait choisie, uniquement pour satisfaire le désir de vengeance d'Armiger vis-à-vis de son fils. Le sentiment d'avoir été lésé pouvait être d'autant plus fort que le coup n'avait même pas été spécialement dirigé contre lui. Et il y en avait encore d'autres, des gens qui avaient fait affaire avec Armiger à leurs dépens, des gens qui avaient travaillé pour lui.

George demeurait assis dans sa voiture à contempler l'étendue des possibilités qui s'offraient à lui et qui ne le menaient nulle part. Il se tira d'une rêverie momentanée et se dirigea vers le siège d'*Armiger's Ales*, un immeuble moderne de béton et de métal sur une esplanade surplombant la tranchée que formait la rivière. La brasserie principale se trouvait plus loin derrière les lignes de chemin de fer, dans la fumée et la suie du vieux Comerbourne, mais la direction disposait de larges pelouses et d'arbres en fleurs devant ses fenêtres, ainsi que de courts de tennis et d'un beau parking tout neuf pour ses voitures tout aussi belles et neuves. La Riley de miss Hamilton était le seul véhicule un peu ancien, mais sa longueur extravagante et sa dignité démesurée ajoutaient à l'ensemble une touche de distinction.

Miss Hamilton conduisait bien, George l'avait souvent aperçue au volant et avait toujours admiré son calme imperturbable et sa compétence. De temps en temps, les week-ends d'été, elle était accompagnée de deux ou trois adolescents, des recrues du club des jeunes du centre ville, où elle assistait le délégué à la liberté surveillée. Peut-être l'amour de cette vieille Riley magnifiquement entretenue avait-il contribué à sauver un ou deux délinquants en puissance ces dernières années.

Lorsque George y pénétra, Raymond Shelley traversait le hall d'entrée. Il s'arrêta net, de toute évidence prêt à rebrousser chemin.

— Vous voulez me voir ? J'allais sortir, mais si vous avez besoin de moi, je peux bien sûr...

Il tenait sa serviette sous le bras, et son chapeau gris perle à la main. Les traits de son visage allongé et bien dessiné étaient tirés et inquiets, un tic nerveux agitait sa joue, mais ses manières demeuraient impeccables, et il n'aurait jamais abandonné son habituelle expression de bienveillance aristocratique.

— Un de vos hommes est venu ce matin, et j'en avais conclu que vous en aviez fini avec nous pour aujourd'hui. Je me préparais à aller voir miss Norris. Mais je peux téléphoner et reporter ma visite d'une heure ou deux.

— Surtout pas, je vous en prie. Je vais voir miss Hamilton, si elle est disponible. Faites ce que vous aviez prévu.

— Vous êtes sûr ? Bien entendu, si je peux vous aider encore davantage, je n'en serai que trop ravi. Au moins, je vais vous guider jusque chez Ruth.

Il tendit une main longue et fine vers la rampe de l'escalier et ouvrit la marche.

— Nous avons déjà rendu compte de nos mouvements hier soir, bien sûr, dit-il avec un sourire désabusé.

— Il se trouve que je vous ai vu quitter les lieux avec miss Hamilton, dit George en lui retournant son sourire. J'étais dans l'entrée lorsque vous êtes parti.

— Bien, voilà qui nous place dans une bonne position. J'aurais aimé que tous les autres problèmes soient aussi facilement résolus, ajouta-t-il d'un ton pitoyable. C'est une vilaine affaire, Mr. Felse.

— Le meurtre est toujours une vilaine affaire, Mr. Shelley.

Il se figea un instant.

— Est-il absolument certain qu'il s'agisse d'un meurtre ? Le communiqué officiel envisage toutes les hypothèses, et ce matin, votre homme s'est montré très discret sur le sujet. Eh bien...

Il déboucha à l'étage, et tourna à droite dans le large couloir lambrissé.

— Je ne ferai pas semblant d'être surpris, tout avait l'air de l'indiquer. Pour l'instant, je ne parviens pas à réaliser ce qui s'est passé. Je réfléchis et je comprends, mais rien ne s'imprime dans mon cerveau. Il va s'écouler un bon moment avant que nous ne nous habituions à son absence.

— Je m'en doute. Vous travailliez avec lui depuis de nombreuses années. Vous et miss Hamilton l'avez sans doute mieux connu que n'importe qui. Il va vous manquer.

— Oui.

Il laissa retomber la syllabe, sans prétendre à une quelconque affection. Il paraissait lui-même surpris de l'étendue du vide qu'Armiger laissait dans sa vie. Il frappa à la porte du bureau de la secrétaire et passa la tête dans la pièce.

— Une visite pour vous, Ruth, dit-il, avant de s'éloigner et de les laisser seuls.

Elle se dressa derrière son bureau, grande et silencieuse, vêtue d'un noir professionnel qui s'était transformé en noir de deuil, sa brune chevelure lisse séparée par une raie au milieu et ramenée sur sa nuque. Elle avait été au service d'Armiger pendant vingt ans. Elle savait quasiment tout de lui et de sa famille, et peut-être la compréhension est-elle un sérieux gage de pardon. Elle arborait un calme aussi olympien que d'habitude, mais son visage portait les traces du choc et de la tension. Ses minces sourcils noirs se contractèrent à sa vue, dans un réflexe de retrait et de chagrin, mais elle lui fit néanmoins bonne figure, et s'assit face à lui devant son bureau, au lieu d'aller se retirer derrière celui-ci, pour bien marquer qu'elle renonçait à son statut officiel.

George s'adressa à elle avec franchise.

— Je suis venu voir en vous la personne la plus à même de m'aider à comprendre la situation familiale. Tout ce qui a un rapport avec les relations et les affaires de Mr. Armiger peut avoir une importance vitale, je sais que vous comprenez cela. Pouvez-vous me raconter avec exactitude les tenants et les aboutissants de la querelle de Mr. Armiger avec son fils, vous qui pouvez vous permettre d'être objective vis-à-vis des deux hommes ?

Elle posa sur le rebord du bureau, entre eux deux, une boîte de cigarettes ouverte et un lourd cendrier de cristal et s'accorda un moment de réflexion avant de répondre. Il s'imprégna de l'atmosphère de la pièce, sur laquelle sa personnalité forte et austère avait fini par déteindre au fil d'une longue association. C'était elle qui avait choisi la petite pendule noire au cadran efficace et à l'esthétique simple, ainsi que les élégantes garnitures de bureau. Au mur étaient suspendues deux grandes photographies encadrées, et une troisième plus petite reposait dans un cadre sur le bureau. Toutes les trois représentaient des groupes de garçons au club du délégué à l'éducation surveillée. Elle avait probablement pris les deux premières elle-même au cours de camps d'été, et elle apparaissait sur la troisième au milieu d'une douzaine de garçons, dans le local du club. Elle paraissait parfaitement à l'aise en leur sein, ferme et autoritaire, mais belle et féminine de façon flatteuse, et n'importe quel adolescent instable de seize ans ne pouvait manquer de se sentir grandir à chaque fois qu'elle l'autorisait à lui allumer sa cigarette ou à l'enlacer pour un fox-trot. Quel gâchis, pensa George ; vingt ans sans se consacrer à rien de plus personnel que ce bureau. Elle aurait dû avoir à se préoccuper de deux de ses propres garçons, au lieu de ramasser les rejetés des familles irresponsables qui ont une douzaine d'enfants et les négligent tous.

— Les torts étaient des deux côtés, dit-elle enfin, de façon un peu banale après un tel laps de temps de réflexion.

Mais elle sentit elle-même l'insuffisance de sa réponse, et sourit.

— En fait, Mr. Armiger avait tous les torts. Je n'ai pas besoin de vous dire à quel point c'était un homme difficile, aussi bien en tant que patron qu'en tant que parent. Ce n'était pas délibéré de sa part, simplement il était incapable de concevoir le point de vue de quelqu'un d'autre. Il était sincèrement convaincu que tout et tous devaient graviter autour de lui et faire ce qu'il attendait d'eux. Leslie a été horriblement gâté lorsqu'il était enfant. Il pouvait obtenir ce qu'il voulait, à condition de ne pas contrecarrer la volonté de son père et, bien entendu, il n'y a jamais eu de véritable affrontement entre eux à cette époque. Tous ses dons, sa peinture par exemple, tous les domaines dans lesquels il brillait, tout cela flattait son père. Et il n'a jamais été puni que pour ce qui mécontentait son père, voyez-vous. Lorsque Mrs. Armiger est devenue invalide et a dû garder la chambre, ils m'ont demandé d'emménager avec eux. A cette époque, Mr. Armiger passait beaucoup plus de temps chez lui, gérait de là-bas une grande partie de ses affaires, avant que cet immeuble ici ne soit achevé. J'ai fait de mon mieux pour redresser la situation, les quelques années que j'ai passées là-bas, mais il était un peu tard pour prendre Leslie en main, le mal était fait. Comme vous pouvez l'imaginer, Leslie a commencé à grandir, à mener sa propre vie, et les conflits ont démarré. Ils se sont périodiquement affrontés pendant quatre ou cinq ans avant la rupture définitive, et Mr. Armiger est sorti vainqueur de ces précédentes disputes. Il avait toutes les armes de son côté. Mais lorsque les problèmes en jeu sont devenus de plus en plus importants, les choses ne se sont plus passées de la même façon. Leslie peint très bien, il voulait sérieusement se consacrer à la peinture, mais son père l'en empêchait et l'obligeait à venir travailler ici. Tout le monde devait se plier à ses desiderata. Leslie était censé épouser Kitty Norris et se vouer au commerce de la bière de façon encore plus importante que son père. Et avant même qu'ils aient fini de se battre à propos de sa peinture, Leslie a rencontré Jean, et un conflit encore plus sérieux s'est préparé.

— Il l'a rencontrée ici, dans les bureaux ?

— La première fois, oui. Puis ils ont commencé à se fréquenter, sans même se cacher, et Mr. Armiger est devenu furieux. Il y a eu une scène terrible, il a intimé l'ordre à Leslie de ne pas la revoir, et a clairement mis les choses au point en ce qui concernait l'avenir de Leslie : il obéissait ou il prenait la porte. Je ne crois pas qu'il ait parlé sérieusement à ce moment-là, il essayait simplement de faire plier Leslie, mais le fond du problème avait enfin été exprimé, et les règles du jeu n'ont plus été respectées. Leslie aurait dû céder et promettre de se conduire comme un bon garçon. Au lieu de cela, il est sorti, a emmené Jean danser et s'est fiancé sur-le-champ.

— S'il n'a envisagé le mariage que comme un moyen de se rebeller contre son père, ce n'est pas la meilleure des perspectives, suggéra George.

— Oh, ce n'était pas ça, dit-elle en secouant la tête avec énergie. Son père lui a fait comprendre toute l'importance des questions qui étaient en jeu et la force de ses propres aspirations. A la minute où Leslie a saisi tout cela, il a fait son choix, en garçon intelligent, et il s'y est tenu, même si les conséquences auraient fait dresser les cheveux sur la tête de n'importe qui. Le lendemain, il est allé tout droit au bureau de son père, et lui a débité à toute vitesse qu'il était fiancé. C'était sans doute la seule façon d'y arriver. Vous savez, même à ce moment-là, Mr. Armiger a vraiment pensé qu'il pouvait simplement lui ordonner de rompre. Quand il a découvert que non, j'ai cru que le choc allait le tuer. Leslie a tenu bon et dit, non, non, et non. Mr. Armiger ne parvenait pas à croire que cela lui arrivait, à lui. Lorsqu'il a enfin compris, il les a jetés dehors, et cette fois-ci, pour de bon. D'accord, a-t-il dit, si tu la veux, si elle représente tellement pour toi, prends-la. Prends-la maintenant, tout de suite, et ne remettez plus jamais les pieds ici. Leslie a dit : Très bien, il est descendu, et c'est ce qu'il a fait : il a embarqué Jean avec son manteau et son chapeau et il est parti avec elle. Elle est restée dans sa chambre meublée et lui à l'hôtel, et ils ont cherché un endroit où vivre avant de se marier. Leslie n'est retourné chez lui qu'une fois, pour prendre ses affaires, mais autant que je sache, il n'a jamais revu son père. Il n'a rien trouvé de mieux qu'un appartement meublé, et quand il s'est agi de trouver un travail, bien entendu, il n'avait ni qualification ni expérience. La seule chose qu'il avait véritablement étudiée à Oxford, c'était la peinture. Il a été obligé de se faire embaucher plus ou moins comme manœuvre. Je crois qu'il a rattrapé en une seule fois tous ses arriérés de discipline, ajouta-t-elle d'un ton triste. S'il s'en sort intact, il sera capable de surmonter n'importe quelle épreuve future.

— Serait-il jamais revenu sur sa décision ?

— Mr. Armiger ? Non, jamais. Contrecarrer sa volonté était un blasphème impardonnable. A quatre-vingt-dix ans, devenu sénile, il aurait peut-être pu souhaiter une réconciliation, par sentimentalisme... mais jamais tant qu'il aurait joui de toutes ses facultés.

— Quelqu'un a-t-il tenté de le raisonner ?

Elle sourit, interprétant fort justement sa question, qui signifiait en réalité : « Avez-vous tenté de le raisonner ? »

— Oui, Ray Shelley s'y est cassé les dents pendant des semaines, et Kitty a fait de son mieux, elle aussi. Elle était bouleversée, se sentait presque responsable. Pour ma part, je sais reconnaître un roc quand j'en vois un. Je n'ai pas dit un mot. D'abord parce que je savais que cela ne servirait à rien, ensuite parce que si par chance, il éprouvait au fond de lui une petite envie de défaire ce qu'il avait fait, discuter avec lui n'aurait fait que le braquer encore plus.

— Auriez-vous par hasard vu la lettre que Leslie a écrite à son père il y a deux mois ?

Elle le scruta de son regard sombre et franc.

— C'est Leslie qui vous en a parlé ?

— Non, c'est sa femme. Je n'ai même pas encore rencontré Leslie.

— Oui, je l'ai vue, dit-elle d'un ton calme. Au cas où vous ne sauriez pas ce qu'elle contenait, ce n'était pas du tout une lettre méprisable. Plutôt guindée, au contraire, même si bien sûr, le fait de l'écrire représentait en soi une sorte de capitulation. De toute évidence, ils venaient d'apprendre avec certitude que Jean était enceinte. Le poids de ses responsabilités devait accabler le pauvre garçon, et je crois qu'il ne devait pas se sentir à la hauteur. Il disait à son père que l'enfant était attendu, et lui demandait de les aider au moins à obtenir un toit, puisqu'il les avait dépouillés de celui qu'ils espéraient obtenir. Je ne sais pas si vous êtes au courant ?

— Je le suis. Continuez.

— Mr. Armiger lui a fait une réponse très malveillante, traitant l'appel à l'aide de son fils comme une lettre d'affaires, lui répétant que leur relation était terminée et que les responsabilités familiales de

Leslie étaient entièrement le problème de celui-ci. Tout cela était énoncé de façon à ne laisser aucun espoir de réconciliation, jamais. Il prétendait n'avoir jamais su que Leslie voulait la grange, mais achevait sa lettre en disant que puisque l'endroit l'intéressait, il lui envoyait un souvenir de son acquisition, et c'était le dernier cadeau qu'ils auraient de lui. Leslie, en tant que futur peintre, serait tout à fait à même de l'apprécier, ajoutait-il. Il s'agissait de la vieille enseigne, datant du temps où l'endroit était une auberge.

— *The Joyful Woman*, dit George, la femme joyeuse.

— Elle s'appelait comme ça ? Je ne le savais pas, mais cela s'explique. Je l'ai vue lorsque Mr. Armiger l'a amenée pour qu'on l'emballe, en bas. Une peinture assez grossière représentant un buste de femme riant, découverte au grenier lorsque les maçons étaient arrivés. C'était un panneau de bois épais, très sale et abîmé, la croûte habituelle. Une des voitures de l'entreprise l'a emportée et l'a laissée chez la propriétaire de Leslie le lendemain du jour où la lettre a été écrite.

Jean n'avait rien dit du cadeau, n'avait mentionné que la lettre sèche et définitive. Mais peut-être n'y avait-il rien de particulier dans cette omission, puisque le présent n'avait d'autre but que d'être insultant et de souligner le contenu de la lettre. Voilà tout ce que tu peux attendre de moi, mort ou vif, et voilà tout ce que tu posséderas jamais de *The Joyful Woman*. Tant pis pour toi !

— Leslie n'a plus téléphoné ou écrit ?

— Plus jamais, pour autant que je sache. Mais je le saurais, si cela avait été le cas.

Et dire que toute la journée, songea George, j'ai écarté une certaine hypothèse parce que j'étais persuadé que, d'abord, si Leslie demandait à voir son père, celui-ci refuserait, et d'autre part, que si jamais Armiger acceptait tout de même, ce ne serait sûrement pas pour l'accueillir chaleureusement avec du champagne et une visite à son épouvantable salle de danse. Mais après tout, peut-être était-ce exactement là la façon dont il était capable de le recevoir, pour raviver les blessures, l'asticoter avec les minables miracles que pouvait accomplir l'argent. Par ce beau soir de réussite et de triomphe, peut-être cette attitude était-elle plus caractéristique, non pas la colère directe mais la cruauté détournée et barbare. « Ça va l'intéresser de voir ce qu'on peut faire avec un endroit comme ça, quand on a de l'argent et l'esprit entreprenant... » « Il était heureux comme un pape. »

— Miss Hamilton, disposez-vous d'une photo relativement récente de Leslie ?

Elle lui jeta un long regard pensif, comme si elle se demandait s'il pouvait avoir besoin d'un tel objet dans un but positif, et si une dénégation pouvait servir à autre chose qu'à retarder l'inévitable. Puis elle se leva sans un mot, contourna son bureau, et sortit de l'un des tiroirs un cliché qu'elle lui tendit avec un léger sourire triste au coin des lèvres. Il avait dû être un jour encadré, car la lumière avait laissé intacts les bords. Il avait été plus récemment déchiré en deux morceaux soigneusement recollés avec du scotch et de la colle. Les bords avaient été rapprochés avec soin, mais la déchirure formait néanmoins comme une cicatrice sauvage sur le jeune visage délicat et éveillé.

George leva les yeux de la photo et regarda la femme derrière le bureau.

— Oui, dit-elle. Je l'ai repêchée dans sa corbeille à papiers, je l'ai réparée et gardée. Je ne sais pas très bien pourquoi. Je n'ai jamais été particulièrement proche de Leslie, mais je l'ai vu grandir, et je n'ai pas apprécié de voir les dernières traces qui restaient de lui balayées de cette façon. Cela vous aide peut-être à comprendre ce qui s'est passé entre eux. La photo a deux ans, ajouta-t-elle, mais c'est la seule qu'il avait au bureau. Je suis certaine qu'il serait inutile de chercher celles qu'il avait à la maison.

George s'en doutait. Et le garçon avait pourtant dû être photographié en quantité. Il imagina un feu de joie de bébés aux joues rebondies, d'enfants aux grands yeux, d'écoliers sérieux, d'athlètes passionnés, de jeunes gens gauches, le brasier d'Armiger se nourrissant, tel un dieu Moloch, des images de son fils.

— Merci, miss Hamilton, je veillerai à ce qu'on vous la rende, fut tout ce qu'il dit.

Tandis qu'il regagnait sa voiture, le visage du jeune homme flottait encore devant ses yeux. Leslie Armiger ne ressemblait pas à son père de façon flagrante. Il était plus grand et plus mince, avec une charpente plus fine. Des cheveux bruns plus clairs que ceux de son père bouclaient au-dessus d'un grand front, et il avait un regard droit et vif, avec cette étincelle d'extravagance sauvage des personnalités jeunes et fougueuses. Le même émerveillement et la même insécurité se lisaient dans les courbes de sa bouche, marques d'une hypersensibilité plutôt que d'une irrésolution. A première vue, il n'était pas de taille face à son père, dans la perspective d'un conflit ouvert. Pourtant, en dépit de la destruction rituelle de son image, le jeune Leslie était encore vivant ; le taureau avait gratté la poussière et chargé pour la dernière fois.

Il était quatre heures, et Dominic remontait Hill Street en direction de l'arrêt d'autobus. Comme il devait passer devant le poste de police principal, il avait pour habitude d'y faire un saut, les jours où il n'était pas allé à l'école en bicyclette, au cas où son père se trouverait là avec la voiture, prêt à rentrer à la maison ; il avait quelquefois cette chance. Ce jour-là, George le prit au coin et l'emmena au bureau avec lui le temps d'écrire son dernier rapport. Puis ils repartirent ensemble en voiture.

— Une dernière visite à faire, puis en route pour le thé, dit George. Ça ne t'ennuie pas de m'attendre une minute ? Ce ne sera pas long.

— Tu auras fini pour la journée, après ?

Dominic examina furtivement le visage de son père d'un regard inquiet, tentant de deviner ses pensées. Il aurait bien voulu demander de but en blanc si George avait découvert quelque chose de positif, si Kitty était définitivement hors de cause ; mais comment était-ce possible ? Un code familial était depuis longtemps établi en ce qui concernait le travail de George, et ses règles non formulées n'en étaient pas moins sacrées ; déjà une fois, aujourd'hui, il lui avait été enjoint de ne pas les transgresser. On ne posait pas de questions. On avait le droit d'écouter lorsque l'information était offerte, et de faire des suggestions lorsqu'elles étaient requises, mais on n'avait pas le droit de demander. Un silence aussi inviolable que celui du confessionnal scellait tout ce qui se disait dans le cadre d'une affaire. Dominic contrôla donc sa douleur et attendit avec confiance, mais ce ne fut pas sans mal.

— Je ne sais pas encore, Dom, cela dépendra de ce que j'apprendrai ici, dit George en s'engageant sur le parking désert de *The Jolly Barmaid*. Si mon homme est là, je n'en ai que pour cinq minutes, quel que soit le résultat.

Mais il ne s'écoula même pas cinq minutes, car Turner était assis au bar, la cigarette au bec, en train de dévorer les résultats des courses, et il ne lui suffit que d'un regard au portrait de Leslie Armiger pour satisfaire la curiosité de George.

— C'est lui. C'est le jeune type qui a demandé après Mr. Armiger. Il a attendu sur le pas de la porte, mais je l'ai vu à la lumière quand il est rentré la première fois. Il n'était pas habillé pareil, bien sûr, mais c'est bien lui, je le reconnaîtrais n'importe où.

— Vous seriez prêt à en jurer ?

— Quand vous voulez, mon vieux. Il est arrivé vers dix heures moins cinq. Mr. Armiger est venu le rejoindre, et c'est la dernière fois que je les ai vus.

— Merci, c'est tout ce que je voulais savoir.

George rempocha la photo et retourna à sa voiture en remâchant son mécontentement : « Alors comme ça, on était rentré chez soi à dix heures, mon garçon ! Tu as résolu le problème que j'ai toujours voulu élucider, comment se trouver en deux endroits à la fois. Je me demande si tu vas avoir la bonté de me l'expliquer ? »

6

Leslie Armiger n'était pas doué pour le mensonge. Lorsqu'il leva les yeux de la photo pour fixer George puis les baissa de nouveau, il y avait au fond de ceux-ci autant de soulagement que de peur. Jean vint se placer à ses côtés, et il passa un instant le bras autour de sa taille, dans un curieux geste de protection, comme s'il avait voulu l'étreindre avec ardeur, mais en était incapable, soit à cause de George, soit à cause de sa situation fâcheuse, ou encore à cause de sa réserve à elle.

— Le mieux que vous puissiez faire maintenant, dit George d'un ton sévère, c'est de tout me dire. Vous voyez ce qui se passe si vous ne le faites pas. Vous aussi, Mrs. Armiger. La situation n'aurait-elle pas été infiniment meilleure si vous aviez commencé par me dire la vérité, au lieu de nous laisser la découvrir de cette façon ?

— Une seconde ! intervint Leslie, dont les narines frémissaient de tension nerveuse. Jean n'a rien à voir la-dedans. Elle n'a pas la notion de l'heure et ne l'a jamais eue. En disant que j'étais rentré à dix heures, elle n'a procédé que par vague intuition.

— Et fourni une heure et des détails qui correspondaient mot pour mot à votre propre version ? Ce témoignage a été concocté à l'avance, Mr. Armiger, et vous le savez aussi bien que moi.

— Non, c'est faux. Jean a simplement commis une erreur...

— Et vous avez appuyé sa déclaration plutôt que de la mettre dans l'embarras ? Allons, il va falloir trouver mieux que ça. Avez-vous oublié que votre témoignage et le sien ont été faits au même moment, à un kilomètre de distance ? Mon garçon, vous êtes en train de me pousser à vous passer un savon !

— Seigneur ! soupira Leslie d'un ton désespéré en se laissant tomber sur une chaise. Je ne suis pas doué pour ce genre de chose !

— Pas du tout, je suis ravi de vous l'entendre dire. Maintenant, asseyons-nous autour de cette table comme des gens raisonnables et dites-moi la vérité.

Jean s'était un peu éloignée, hésitante.

— Je vais faire du café, dit-elle d'un ton calme, et elle s'éclipsa en direction de la kitchenette encombrée sur le palier.

George remarqua pourtant qu'elle laissait la porte ouverte. Quels que puissent être les griefs intimes qu'elle entretenait à l'égard de son mari, elle serait à ses côtés en l'espace d'un éclair si la police faisait mine de le rudoyer.

— Allons, cette fois-ci, donnez-moi la bonne version. A quelle heure êtes-vous réellement rentré ?

— Il devait être onze heures moins dix, dit Leslie d'un ton morne. Je suis bien allé à son pub, et j'ai demandé à le voir, mais je vous donne ma parole que Jean n'en savait rien. Elle s'est simplement inquiétée à cause des horaires, parce qu'il y avait trois quarts d'heure dont je ne pouvais rendre compte. Mais je ne lui ai pas dit où j'étais allé.

George n'eut aucune peine à le croire. Chacun des regards qu'ils se lançaient, chaque mouvement hésitant qu'ils esquissaient l'un vers l'autre, avec un tressaillement doux et contraint, en était la preuve. Il était clair qu'ils savaient combien ils étaient distants l'un de l'autre et s'effrayaient du gouffre qui s'était ouvert entre eux. Cette jeune femme farouche, maintenant si silencieuse et attentive derrière la porte à demi ouverte, ressentait les affres du doute. Leslie avait-il véritablement le courage d'affronter la vie ? Ce désastreux appel à l'aide lancé à son père n'était-il qu'une défaillance momentanée ou le symptôme d'une faiblesse inhérente ? George pensa qu'ils s'étaient amèrement battus, s'étaient effrayés et blessés mutuellement, mais maintenant, c'était lui l'ennemi, et ils l'affrontaient ensemble en une alliance solide. Il était fort possible que par sa simple présence il soit en train de leur rendre un grand service.

— Alors, vous devriez peut-être le lui dire maintenant, non ? dit-il fermement. Il vaut mieux que cela vienne de vous. Et elle sera sans doute beaucoup plus heureuse de le savoir plutôt que de rester dans l'ignorance.

— Vous avez raison.

Pourtant, il n'avait pas l'air entièrement convaincu, il était trop perturbé et misérable pour savoir où il allait. Il encaissa l'humiliation de la leçon et se mit à parler.

— Bien, je suis allé poster mes lettres, puis j'ai continué à marcher, je suis allé droit au pub et j'ai demandé à parler à mon père. Je ne voulais pas entrer, je suis juste resté à la porte jusqu'à ce qu'il vienne. Il se trouve que je n'ai rencontré personne de ma connaissance — le garçon m'était inconnu —, voilà pourquoi, quand l'affaire a éclaté ce matin, j'ai été assez idiot pour penser que je pouvais passer sous silence ma présence sur les lieux. Mais vous ne devez pas blâmer Jean pour avoir essayé de m'aider.

— Nous ne mêlerons pas votre femme à tout cela. Pourquoi êtes-vous allé demander cette entrevue ? Pour lui lancer un nouvel appel à l'aide ?

— Non, dit Leslie d'un air lugubre. C'était fini. Je n'allais plus rien lui demander. Non, je suis allé lui reprendre quelque chose qui m'appartenait et qu'il avait pris... ou tout au moins, si je ne pouvais pas le récupérer, lui dire ce que je pensais de lui.

Maintenant qu'il était lancé, Leslie ne s'arrêterait plus. George écouta sans rien dire l'histoire de son premier appel, et la réponse que celui-ci avait reçue, le cadeau cruel de la vieille enseigne comme souvenir de la défaite de Leslie et de la victoire de son père. Il ne trahit en rien qu'il entendait ce récit pour la seconde fois de la journée.

— Et puis, il y a deux semaines, il s'est produit une chose étrange. Il a brusquement changé d'avis. Un soir, après que je fus rentré à la maison, le vieux Ray Shelley a débarqué, absolument radieux à l'idée des bonnes nouvelles qu'il apportait. Je savais qu'il était intervenu en ma faveur au moment de la rupture, il a toujours été bon, et il était ravi du message qu'il avait à me transmettre. Il m'a dit que mon père était revenu sur ce qu'il avait fait, qu'il en était venu à la conclusion que, bien que tout soit fini entre nous, me piquer au vif avec son cadeau avait vraiment constitué un sale tour de sa part. Il avait compris que c'était une plaisanterie cruelle et voulait se racheter. Mais étant mon père, il lui était impossible de venir le reconnaître lui-même, et il avait donc envoyé Shelley faire le travail à sa place. Celui-ci devait reprendre l'enseigne, et il m'avait apporté à la place cinq cents livres en liquide, pour se dédouaner, mais sans oublier de répéter que c'était bien les derniers subsides que nous pouvions espérer recevoir de lui. Il ne pouvait pas me laisser mourir de faim ou crouler sous les dettes pour une telle somme, avait-il dit, mais à partir de maintenant, je devrais me débrouiller tout seul.

Jean avait apporté le café et l'avait servi en silence. Comme son mari, dans sa concentration, ne touchait pas à la tasse posée près de son coude, elle vint se placer derrière lui et lui effleura le bras pour attirer son attention. Elle n'aurait pu se risquer à établir le contact avec un inconnu avec autant de précautions. Il sursauta et frissonna à son toucher, et leva le regard vers elle avec un éclat dans ses yeux bruns à la fois malheureux et empli d'espoir. Les ondes qui passaient entre eux faisaient vibrer la pièce encombrée et mal éclairée comme les cordes d'un archet.

— Continuez, intima George d'un ton péremptoire. Qu'avez-vous répondu à son offre ?

— Je l'ai refusée.

Il tirait maintenant courage de l'élan même de ses sentiments, se souvenant de ses humiliations et retrouvant sa colère. La voix prudente s'échauffa ; il y avait même là, lorsqu'il l'élevait, une note familière, celle de la musique tonitruante d'Armiger.

— J'en avais eu assez, toute cette affaire était pour moi terminée et pouvait en rester là. Ce qui est dommage, c'est que c'est ce pauvre vieux Shelley qui a pris, après tout ce qu'il avait essayé de faire pour moi, mais c'était comme ça. Il est parti bouleversé. Il a même essayé de me faire accepter un prêt de sa poche, mais je ne pouvais pas accepter ça de sa part. Je le connais, même avec tout ce qu'il gagne, il dépense tous ses revenus, et vit même quelquefois au-dessus de ses moyens. Nous avons essayé de le calmer de notre mieux, parce qu'après tout, bon sang, ce n'était pas de sa faute. Il nous a dit qu'il espérait que nous ne couperions pas complètement les ponts avec lui. Il a demandé s'il ne pouvait pas venir nous voir de temps en temps, s'assurer que tout allait bien, et, bien entendu, nous l'avons invité quand il en avait envie, nous serions ravis de le recevoir s'il supportait cet appartement. Et nous lui avons donné toutes les indications pour nous trouver, parce que la vieille bique en bas n'aime pas être obligée d'ouvrir la porte aux visiteurs, même si elle ne se prive pas de bien les reluquer, au cas où elle aurait quelque chose de palpitant à jeter en pâture par-dessus la clôture du jardin à l'autre harpie de la porte à côté. Elle laisse la porte d'entrée au loquet quand elle est là, de cette façon n'importe qui peut monter directement nous voir. Nous avons même dit à Shelley où trouver la clé de notre chambre, au cas où il viendrait un peu trop tôt et voudrait nous attendre. Je sais, dit Leslie en relevant le regard légèrement intrigué et inquisiteur de George. Vous vous demandez si ce détail a vraiment une importance. Et comment ! Avant-hier, alors que nous étions tous les deux absents, dans l'après-midi, quelqu'un a pénétré dans cette pièce et s'est emparé de la lettre de mon père.

— La lettre ? Celle qui accompagnait l'enseigne ? Pourquoi quelqu'un voudrait-il la voler ?

— Si vous trouvez plus d'une bonne raison à ce vol, vous êtes meilleur que moi. Il n'y en a qu'une. Mon père tenait vraiment à récupérer cette enseigne. Voilà pourquoi il avait envoyé Shelley. Il la voulait, et il était prêt à sacrifier cinq cents livres pour mettre la main dessus. Et quand il a échoué, il ne lui restait qu'à reprendre possession de la seule preuve qu'il me l'avait donnée. Sans cette lettre, pour me justifier de la propriété de cette enseigne, c'était sa parole contre la mienne, et que croyez-vous que vaudrait la mienne ?

— Ce n'est pas tout à fait vrai, tenta de raisonner George. Miss Hamilton a tapé cette lettre à la machine, elle en connaît exactement le contenu et m'a déjà parlé de ce cadeau. Il y aurait également le témoignage des gens qui l'ont empaqueté et qui vous l'ont livré. Vous ne seriez pas seul.

Leslie éclata d'un rire un peu amer, mais plus encore véritablement amusé.

— Vraiment, vous ne savez pas le genre de rapports qu'il entretenait avec son personnel ? Hamilton a peut-être été terriblement franche avec vous maintenant qu'il est mort, mais s'il avait été vivant, elle aurait fait et dit ce qu'il voulait, c'est son unique point de référence. Elle aurait oublié tout ce qui pouvait le mettre dans une situation embarrassante, vous pouvez me croire, de même que les types du bureau, ou celui qui conduisait la camionnette. Oh ! non, ce n'est pas cela qui lui aurait compliqué la vie. La lettre, écrite noir sur blanc, voilà ce qui représentait la seule preuve. Mon père voulait récupérer l'enseigne, il était prêt pour cela à me donner cinq cents livres, et lorsqu'il a échoué, il s'est arrangé pour pouvoir arguer de sa propriété de toute façon, alors même que je n'avais pas voulu m'en débarrasser.

— Suggérez-vous que Mr. Shelley était au courant ?

— Oh non ! Tout au moins, pas consciemment. Mon Dieu, je ne sais pas ! Je n'ai jamais su jusqu'à quel point il était conscient de se faire manipuler par mon père. Cela fonctionnait toujours comme ça, chaque fois qu'il avait besoin d'une façade bienveillante et convenable pour affaiblir l'opposition. Vous avez déjà dû les voir à l'œuvre. Et lorsqu'on vous utilise comme couverture, pouvez-vous véritablement en être totalement inconscient ? Pendant des années et des années ? Peut-être se contente-t-il de fermer les yeux, peut-être ne voit-il rien. Bien entendu, il n'est pas retourné voir mon père pour lui dire : Mon vieux, c'est facile, vous rentrez, la porte est au loquet, et la clé est en haut du placard sur le palier. Mais il le lui a dit, consciemment ou non, parce que mon père n'avait aucun autre moyen de l'apprendre. Et il est venu, lui ou quelqu'un qui lui obéissait. *Quelqu'un* s'est introduit ici, et la lettre a disparu.

— Vous n'avez pas demandé à Mrs. Harkness si elle avait vu le visiteur ? Elle devait être là, sinon la porte de la rue aurait été verrouillée.

— Elle était là, et je parie qu'elle sait qui est venu, mais à quoi bon lui poser la question ? Elle se contenterait de nier éprouver un quelconque intérêt pour mes visiteurs, elle monterait sur ses grands chevaux et deviendrait odieuse, parce qu'elle sait fichtrement bien que je sais qu'elle laisse la porte de sa cuisine entrouverte pour espionner. Ce n'était même pas la peine d'essayer.

— Oui, cela nous sera sans doute plus facile qu'à vous, encore que tout aussi inefficace. Une autre question se pose. Je remarque que vous n'avez pas parlé de l'enseigne elle-même. S'il faisait enlever toute preuve du cadeau, pourquoi ne pas enlever celui-ci en même temps ?

— Il ne le pouvait pas, il n'était pas là. Je me suis intéressé à l'objet. Il a été peint et repeint si souvent qu'on ne sait jamais ce qui peut se trouver en dessous, et il y a dans les formes et les proportions du tableau lui-même quelque chose qui n'est pas du tout XIXe. Je ne crois pas que cela vaille grand-chose, en termes d'argent, mais j'aimerais connaître un peu de son histoire, et voir s'il n'y a pas quelque chose de plus intéressant sous les premières couches. J'en ai donc discuté avec Barney Wilson. Il m'a dit d'en parler à ce propriétaire de la galerie sur Abbey Place, de l'autre côté de la ville ; il aura peut-être envie d'y jeter un coup d'œil pour nous. Il a donc emmené l'enseigne pour lui demander son avis, et elle est toujours chez lui.

— Quand la lui avez-vous envoyée ? Avant que la lettre ne soit volée, de toute évidence, mais était-ce également avant que Mr. Shelley ne vienne vous rendre visite ?

Leslie compta visiblement les jours écoulés ; ses joues avaient repris des couleurs, et son regard abritait un semblant d'excitation.

— Bon Dieu, oui, c'est vrai ! Shelley est venu jeudi soir. Barney a emporté l'enseigne dans sa camionnette trois jours avant, le lundi matin.

— Vous y voyez une signification ?

— Pas vous ? J'ai gardé l'objet six semaines, et Papa n'a pas fait montre du moindre intérêt. Puis l'objet se retrouve en dépôt chez ce marchand de tableaux, et trois jours après, Papa entre en campagne pour le récupérer. Vous ne croyez pas qu'il y a un lien ?

— Vous pensez que le marchand l'a directement renseigné sur la valeur potentielle de cette enseigne ?

— Ce n'est pas nécessaire. Il a peut-être suffi qu'il revienne aux oreilles de mon père que je me renseignais dessus. S'il avait pensé m'avoir par hasard donné quelque chose de valeur, et que la plaisanterie se retourne contre lui, il en serait tombé raide mort.

L'expression mal venue le fit frissonner, et la conscience de la position dans laquelle il se trouvait lui revint avec un sursaut douloureux.

— N'en parlons plus, dit tranquillement George. La lettre s'est évanouie. Et puis ?

— Eh bien, hier soir, comme je vous l'ai dit, je me suis soudain décidé à l'attaquer de front sur le sujet, sans rien en dire à Jean. Je ne voulais pas aller le voir à la maison, et hier soir, je savais exactement où il se trouverait. Je suppose également que j'étais d'humeur à me quereller, fou de rage. Pas à ce point-là, pourtant, reprit-il avec un sourire forcé devant le regard évaluateur de George. Je ne l'ai pas touché. J'ai dû arriver là-bas un peu avant dix heures, et j'ai demandé à votre serveur de lui transmettre mon message. Je n'ai pas donné de nom parce que j'ai pensé qu'il pourrait ne pas venir, mais je crois, à en juger par la suite, qu'il serait venu quand même. Il est sorti, rayonnant, et s'est mis à rire en me voyant, puis il m'a donné une grande claque dans le dos comme si j'étais la dernière personne qui lui manquait pour que sa soirée soit réussie. Il allait juste avertir ses amis qu'il s'absentait, m'a-t-il dit, et il serait à moi dans une minute, puis il m'a poussé par la porte de côté en me disant, vas-y, regarde la grange, maintenant, dis-moi si tu reconnais ce vieux taudis. Vas-y, la porte est ouverte, a-t-il dit, et je me préparais à m'y rendre un peu plus tard, de toute façon.

« J'y suis allé, comme il me l'avait demandé. Je me doutais bien de ce qu'il voulait, mais j'avais besoin d'un peu d'intimité pour ce que j'avais à lui dire, aussi cela me convenait-il également. Je suppose que vous avez vu l'endroit, vous savez ce qu'il en a fait. Quelques minutes plus tard, il a déboulé, ravi, un magnum de champagne sous le bras. “Alors, qu'est-ce que tu penses de ta maison idéale, maintenant ? Ça te fait un choc, n'est-ce pas ?” Mais je n'étais pas venu pour lui faire plaisir, et ça ne me faisait ni chaud ni froid. Je l'ai traité de tous les noms, lui ai dit ce que je pensais de ses saloperies, et l'ai accusé d'avoir volé la lettre. Il m'a simplement ri au nez en niant absolument tout. “Tu es fou, a-t-il dit, pourquoi irais-je voler ma propre lettre ?” Je pense que je ne m'attendais pas à éprouver d'autre satisfaction que celle de pouvoir vider mon sac, et c'est ce que j'ai fait. Je lui ai dit quelle sorte de salaud menteur et trompeur il était, et j'ai juré de m'opposer à lui jusqu'au bout, sur cette enseigne, sur ma carrière, sur tout.

— Et une demi-heure plus tard, il était mort, dit George posément.

— Je sais, mais je ne l'ai pas touché.

Jean avança sa main sur la table jusqu'à effleurer

celle de Leslie ; ce fut tout, mais l'étincelle qui passa entre eux vibra dans toute la pièce.

— Je ne l'ai pas touché, répéta Leslie sur un ton plus doux. Il se promenait sur la galerie là-haut, il a sorti du bar des verres à champagne, et je lui ai demandé s'il avait l'intention de célébrer notre rupture définitive, parce que c'était le moment. « Ce n'est pas pour toi, ça, mon garçon, j'attends une meilleure compagnie », m'a-t-il rétorqué. Alors je suis parti. J'ai quitté la salle, et je l'ai laissé bien vivant. Il ne devait pas être dix heures et demie, car seules une ou deux voitures étaient parties, et il n'y avait aucun signe de fermeture. Je suis rentré à pied à la maison, en marchant vite parce que je fulminais toujours. J'étais chez moi vers onze heures moins dix.

— Avez-vous aperçu quelqu'un lorsque vous avez quitté les lieux ? Ou sur le chemin du retour ? Simplement pour confirmer l'heure ?

— Personne que j'aie remarqué, dit Leslie en pâlissant. Je ne pensais pas avoir besoin d'une quelconque confirmation, sinon, j'aurais agi en conséquence. J'étais plutôt d'humeur à passer ma colère tout seul dans mon coin.

— Je peux confirmer l'heure à laquelle il est rentré, intervint Jean d'un ton décidé, et la main qui s'était posée sur celle de son mari se referma sur celle-ci et l'agrippa fermement. Il y a un carillon à l'église un peu plus bas dans la rue. Je l'ai entendu sonner les trois quarts d'heure deux ou trois minutes avant que Leslie ne rentre.

— Eh bien, peut-être d'autres personnes l'ont-elles également remarqué sur son chemin, vous savez. Nous allons tenter de les trouver.

Pourtant, même dans ce cas, il avait pu laisser

Armiger tout aussi bien mort que vivant. D'après le légiste, l'heure de la mort pouvait remonter jusqu'à dix heures et quart.

— Je suppose que Mrs. Harkness ne vous a pas ouvert ? Vous avez votre propre clé ?

— Oui. Et elle ne m'aura probablement pas entendu rentrer. Elle se couche tôt et dort de l'autre côté de la maison.

Il était passé d'un extrême à l'autre, maintenant, offrant de lui-même tous les indices les plus défavorables pour lui avant que d'autres n'aillent les découvrir.

— N'insistez pas, dit George avec un léger sourire en se levant de sa chaise. D'autres vont avoir à rendre compte de leurs mouvements, eux aussi. Si vous n'avez rien fait de mal, alors vous n'avez rien à cacher, et aucun motif d'inquiétude. Laissez-moi vous donner un conseil : ne dissimulez rien, et cessez de vous faire du souci.

Il boutonna son manteau en étouffant un bâillement. Le café avait été bienvenu, mais il avait besoin de sommeil.

— Entre-temps, vous restez à notre disposition, n'est-ce pas ?

— Je ne bougerai pas d'ici, répondit Leslie d'une voix que la peur qui l'envahissait de nouveau rendait un peu enrouée.

Lorsque George se retourna en haut de l'escalier, la dernière vision qu'il eut d'eux fut celle de deux visages pâles et inébranlables, côte à côte, presque au même niveau, qui le fixaient d'un regard dilaté, et de deux mains jointes entre leurs corps, agrippées l'une à l'autre comme si elles défiaient le monde de les séparer.

7

— J'aurais tendance à le croire, dit George en examinant le paquet de notes gribouillées coincées sous sa tasse de café. Lorsque son père lui a dit d'aller dans la grange, il raconte que le vieux lui a déclaré : « Vas-y, la porte est ouverte et je me préparais à m'y rendre, de toute façon. » Puis, à propos du champagne, ce qui m'a d'abord déconcerté : « Ce n'est pas pour toi, ça, mon garçon, j'attends une meilleure compagnie. » Cela sonne vrai et correspond aux faits. Si le champagne participait de son triomphe face à Leslie, il aurait eu le temps de l'ouvrir. Or la bouteille était fermée. L'alternative paraît beaucoup plus probable. Il s'attendait à célébrer son succès avec quelqu'un, mais il ne s'agissait pas de Leslie. Celui-ci n'a constitué qu'un intermède plaisant que lui amenait le hasard, pour passer le temps avant l'arrivée de l'autre personne. Le meilleur était à venir. Et si je ne me trompe pas, c'est à cause de cette autre personne, et non de Leslie, qu'il ne voulait pas être dérangé. Qu'en avait-il à faire qu'on l'entende s'acharner sur son fils ? Au contraire, une assistance n'aurait pu que le réjouir davantage.

— Miss Norris ne t'a-t-elle pas raconté qu'il avait dit en avoir pour un quart d'heure ? demanda Bunty. Cela rend son emploi du temps plutôt serré, non ?

— En effet. En réalité, elle est la seule à avoir utilisé cette phrase. D'après miss Hamilton et Shelley, il a simplement dit qu'il allait revenir, et qu'il espérait qu'ils l'attendraient. Peut-être ses souvenirs ne sont-ils pas très précis, ou bien s'est-il, lui, montré assez vague. De plus, les rendez-vous importants peuvent très bien ne durer qu'un quart d'heure.

— A supposer que Leslie soit bien rentré à onze heures moins dix, aurait-il eu le temps d'accomplir le meurtre ? Il n'a pas de voiture, il n'y a pas de bus à cette heure-là, le fait qu'il ait marché doit être vrai, et même en marchant vite, le trajet lui prendrait bien vingt minutes. Il a donc dû quitter les lieux au plus tard à dix heures et demie.

Lorsqu'elle était admise en conférence de cette façon, Bunty s'exprimait d'une voix calme et posée, attentive à ne pas briser le fil du raisonnement de George. Quelquefois, elle lui suggérait des hypothèses, ou bien lui montrait du doigt des choses dont il avait déjà conscience.

— Oui, il avait le temps, dit George, même s'il n'avait pas intérêt à perdre une seconde. Le rapport du légiste confirme que l'heure de la mort se situe n'importe quand entre dix heures et onze heures et demie.

— Et, bien entendu, défoncer le crâne de quelqu'un à coups de bouteille puis s'enfuir ne doit pas prendre bien longtemps, reconnut-elle.

— Ce n'est pas tout à fait aussi simple que cela. Un coup n'a pas suffi à le tuer. Il semble qu'au moins neuf coups aient été portés, tous sur l'arrière et le côté gauche du crâne. Il y a plusieurs fractures et fêlures, ainsi qu'une large écorchure sur sa joue et sa tempe droites, résultant apparemment de sa chute après le premier coup. Mais celui-ci ne l'aurait pas tué, tout au plus assommé. Au moins quatre des coups auraient pu être fatals. Ce n'est peut-être pas très long de démolir le crâne d'un homme de cette façon, mais c'est tout de même plus long que de lui assener juste un coup et de prendre ses jambes à son cou. Si c'est Leslie le coupable, il a agi vite.

— C'est aussi très salissant, remarqua Bunty.

— Oui, nous ne l'oublions pas. Le rapport de Johnson n'est pas d'un grand secours, sauf qu'il établit le fait que quelqu'un s'est trouvé obligé de se débarrasser ensuite d'une paire de gants maculés de sang. Aucune empreinte sur la bouteille ou les verres, à l'exception de celles d'Armiger, rien à tirer de cette statuette brisée, et toutes les empreintes relevées un peu partout dans la pièce sont soit celles d'Armiger, soit celles des décorateurs et électriciens qui ont travaillé sur place. Il n'y en a qu'une ou deux dont on n'ait pas encore retrouvé les propriétaires. Celles de Clayton se trouvent sur la poignée de la porte, mais nulle part ailleurs, et il y en a d'autres sur cette poignée que nous devons comparer à celles de Leslie.

Il fit un tas de ses notes et prit un toast.

— Bien, si le superintendant est d'accord, je vais suivre la piste de cette bizarre histoire d'enseigne. Autant s'assurer qu'il n'y a rien là-dessous.

Dominic se tenait sur le seuil de la pièce, son cartable sous le bras. Il était là depuis un moment, attendant que l'on remarque sa présence, et réticent à interrompre le fil des pensées de son père avant de pouvoir saisir son regard. La matinée était ensoleillée, la sérénité ambiante merveilleusement rassurante, et ils n'avaient pas dit un mot qui tende à incriminer Kitty. Non qu'il se réjouît de sacrifier d'autres personnes, mais il ne pouvait s'empêcher d'être ravi que Kitty ait disparu de la conversation.

— Je prends mon vélo, ce matin, ou bien tu vas au poste, Papa ? demanda-t-il en sautant sur l'occasion.

— Oui, j'y vais, je t'emmène. Je suis prêt dans cinq minutes.

Dominic avait espéré que son père se montrerait communicatif durant le trajet, mais ce ne fut pas le cas. Il demeura préoccupé, et ils n'échangèrent pas un mot jusqu'à ce qu'ils se séparent au coin du poste de police. Ne pas poser de questions représentait toujours un effort pour Dominic, mais comme les investigations semblaient se détourner largement de Kitty, refréner sa curiosité demeura tout de même moins pénible.

— Je peux rentrer avec toi cet après-midi ? Je serai un peu en retard, il y a entraînement de rugby. On dit cinq heures moins le quart ?

— J'espère en avoir fini, acquiesça George. De toute façon, passe voir, je serai là.

Il regarda son fils empoigner son sac et s'éloigner dans la rue. Il avait grandi, ces temps-ci, et atteignait presque une stature d'homme, même s'il demeurait très mince. Il commençait également à contrôler son corps, à se débrouiller de ses mains et de ses pieds. Encore un an, et il aurait acquis la complète élégance de ses mouvements. C'était curieux comme ils grandissaient par à-coups, de telle façon qu'aussi attentivement et affectueusement qu'on les surveille, ils se débrouillaient quand même pour muter tandis que vous aviez le dos tourné, et vous confrontaient tous les trois mois à des inconnus intimidants. Les cheveux châtains, plein de taches de rousseur, il n'avait d'autre beauté que celle de ses yeux, peut-être ; mais comme sa mère, à laquelle il ressemblait de façon si attachante, il n'avait guère besoin de la beauté. George les trouvait tous les deux suffisamment extraordinaires comme ça.

Il se rendit à sa réunion avec le superintendant Duckett en rassemblant dans son esprit les détails de son interrogatoire de la veille avec Jean et Leslie Armiger. Duckett trouva ceux-ci tout aussi intéressants que George, et approuva sa proposition de se pencher sur la curieuse histoire de l'enseigne. La recherche obstinée et monotone de vêtements tachés de sang, l'interrogatoire exhaustif de tous ceux qui s'étaient trouvés présents à la soirée d'ouverture de *The Jolly Barmaid* se poursuivraient toute la journée et probablement encore quelques jours ; si une piste prometteuse pouvait raccourcir le développement de l'enquête, tant mieux pour eux tous.

George téléphona à l'administration du comté avant de se mettre en route, pour vérifier les faits avec Wilson.

— C'est vrai, confirma celui-ci avec amabilité, j'ai proposé à Leslie de prendre l'enseigne et de l'emmener chez Cranmer. Oh oui, je crois que c'est un type bien, il connaît son affaire. Depuis que j'ai découvert son magasin, il a eu une ou deux choses de valeur. A propos du panneau de Leslie, non, je ne sais rien. Je l'ai vu, bien entendu, mais au premier abord, il n'a rien d'exceptionnel — sauf peut-être la qualité et la solidité du bois sur lequel il est peint.

J'aimerais voir le ver qui réussirait à s'y mettre. Non, je ne peux pas dire que je connaisse bien Cranmer, je n'ai jamais fait que jeter de temps en temps un coup d'œil dans sa boutique, et lui acheter une ou deux petites choses. Il est là depuis quelques années, maintenant. C'est le genre d'antiquaire habituel, vieux, desséché, un paquet de muscles.

La description correspondait parfaitement à Mr. Cranmer, pensa George lorsqu'il pénétra dans la petite boutique d'Abbey Place et considéra la personne qui tournicotait sans bruit à l'arrière-plan, attendant pour intervenir de savoir s'il voulait simplement jeter un œil ou faire des affaires. Le quartier faisait partie de la vieille ville, datant du début de l'époque Tudor, et la façade basse aux poutres noires du magasin était très belle. Le colombage noir et blanc anglais, par rapport à ses cousins européens, est magnifiquement discipliné, et transforme une rue entière en une harmonie de dessins régulière, plutôt qu'en une cadence gothique. L'intérieur était lui-même entièrement blanc, sous les énormes poutres du plafond, et parfaitement rangé. L'homme, de taille moyenne, se tenait légèrement voûté, gris de cheveux, de teint et de vêtements, et d'une maigreur noueuse semblable à celle des racines ou des muscles, de tout ce qui est le plus durable dans la nature. Il portait des lunettes aux verres épais qui rendaient ses yeux énormes et incroyablement bleus. On éprouvait un choc lorsqu'on s'approchait de lui et que ce large regard bleu vous fixait.

La voix qui accompagnait la silhouette grise était âgée, prosaïque et discrète ; si discrète qu'elle ne délivra aucune information d'aucune sorte, sans que cela paraisse délibéré, avant que George ne fasse état de sa qualité d'officier de police. Sans paraître en aucune façon faire volte-face, l'antiquaire devint alors loquace. Oui, la peinture se trouvait dans son atelier, et on lui avait dit qu'il s'agissait de l'ancienne enseigne d'une auberge baptisée *The Joyful Woman*. Oui, il était possible qu'elle ait quelque valeur, mais sans doute peu.

— Elle a été plusieurs fois maladroitement repeinte, vous comprenez, très exposée aux intempéries lorsqu'elle remplissait sa fonction, et donc fréquemment retouchée et vernie, comme la plupart des objets de ce type. Mais j'ai l'impression — attention, ce n'est qu'une impression — qu'elle est peut-être inspirée d'un portrait du XVIIIe siècle peint par un artiste local du nom de Cotsworth. Je doute que vous ayez entendu parler de lui. Si c'est le cas, ce n'est pas très important, mais intéressant. Un collectionneur local en donnerait quelques centaines de livres.

Il trottina jusque dans son arrière-boutique, dont il ramena une toile carrée encadrée, représentant un quelconque notable mort depuis belle lurette.

— Voici un Cotsworth, annonça-t-il, triomphant.

Le tableau parut à George affreusement prétentieux, maladroit et laid, mais il se garda bien d'en faire la remarque.

— Je crois que vous avez le tableau depuis une quinzaine de jours, n'est-ce pas ? Avez-vous procédé à des essais dessus ? Le jeune Mr. Armiger vous en a-t-il donné l'autorisation, ou vous a-t-il simplement demandé une opinion ?

— Il n'a fait que me demander mon avis, mais s'il est d'accord, j'aimerais essayer de dévoiler au moins un coin du panneau, pour voir si mon hypothèse se confirme. Si c'est le cas, je serais disposé à en offrir moi-même deux cent cinquante livres à Mr. Armiger.

— C'est une belle somme, Mr. Cranmer. Avez-vous informé Mr. Armiger senior, ou quiconque à son service, que vous disposiez de ce tableau et qu'il pouvait avoir quelque valeur ?

Les deux cent cinquante livres constituaient la première fausse note ; s'il était prêt à mentionner une telle somme, il devait penser en termes de milliers de livres. Lorsque cette évaluation eut mis la puce à l'oreille de George, toute la boutique parut prendre l'air aussi artificiel que le bleu exagéré du regard de l'antiquaire.

— Certainement pas, dit le vieil homme d'un air offusqué. Elle m'a été confiée comme la propriété de Mr. Armiger junior, par l'intermédiaire de Mr. Wilson, et il ne me viendrait pas à l'idée d'en parler à quelqu'un d'autre. Excepté, bien sûr, à la police, lorsque celle-ci me demande de coopérer.

Il avait adopté pour son discours un ton chargé de reproche digne et plaintif, que George ne releva pas. Il n'en demeurait pas moins qu'on ne lui avait pas demandé de coopérer au point de citer un chiffre. Cela lui était inutile, à moins, bien entendu, qu'il n'ait ainsi voulu voir transmettre son offre à son propriétaire de la façon la plus respectable qui soit, à travers la police. Cela ne prendrait peut-être pas, mais il n'avait rien à perdre à essayer.

Tout ceci est très convenable, réfléchit George, qui s'arrêta un moment dehors pour soupeser du regard les trois médiocres toiles modernes dans la vitrine Henry VII. Enfin, maintenant qu'Armiger était mort, Cranmer ne pouvait que se montrer convenable et prudent. La dernière chose dont il avait envie, c'était de se retrouver mêlé à cette affaire. Néanmoins, George le soupçonnait d'avoir rapidement fait signe à Armiger : attention, vous vendez un objet de valeur ! Il ne savait probablement pas qu'Armiger avait offert jusqu'à cinq cents livres dans sa tentative pour le récupérer, sinon il ne s'en serait pas tenu lui-même à deux cent cinquante livres, l'écart était trop flagrant pour passer inaperçu. Évidemment, il n'avait pas fait d'offre formelle, simplement laissé entendre qu'il serait prêt à le faire. Pas de doute, il aurait récolté une bonne commission, s'il avait aidé Armiger à triompher de Leslie, et gagné dans l'affaire le patronage formidable du grand homme. Maintenant que tout était à l'eau, il s'engageait personnellement. Tout ceci, songea George en regagnant sans hâte sa voiture, dépend de savoir si Mr. Cranmer connaissait l'origine du tableau. Mais puisqu'il provenait du jeune Armiger, et qu'il sait de toute évidence qu'il s'agit de l'enseigne de *The Joyful Woman*, on peut conclure sans trop se tromper qu'il en a déduit qu'Armiger l'avait jetée comme un objet sans valeur, même si Wilson ne lui en a rien dit. Ce qu'il a pourtant probablement fait, car il est bavard et se confie facilement.

Le résultat, pensa-t-il en enclenchant le levier de vitesses, c'est que le jeune Leslie devrait reprendre son tableau, résister à toutes les offres d'achat, et le confier à une autorité compétente dénuée de toute arrière-pensée. Et c'est ce que je vais lui conseiller, s'il est d'humeur à m'écouter, et si un événement inattendu ne le propulse pas en prison entre-temps.

Il passa le reste de la matinée dans son bureau à rattraper son retard de paperasserie sur l'affaire, puis le début de l'après-midi avec Duckett en visite chez le chef de la police du comté, inquiet d'obtenir des résultats rapides, en partie parce que l'affaire impliquait une famille tellement connue dans les Midlands, mais surtout parce qu'il avait l'intention de partir chasser pour le week-end. La réunion ne rasséréna personne, étant donné que le chef de la police considérait et traitait encore tout un chacun comme un pion à classer dans une hiérarchie militaire, et que Duckett, sur une affaire importante, avait tendance à se montrer de plus en plus laconique, au point que sa brusquerie finissait par se transformer en insolence.

— Quelle perte de temps ! grogna-t-il tandis qu'ils reprenaient le chemin de Comerbourne, conduisant à une allure sûre et respectueuse du code de la route également symptomatique de sa plus mauvaise humeur. Ne laissez jamais votre gamin entrer dans la police, George.

— Il ne veut pas, de toute façon. Au contraire, il donne souvent l'impression d'être du côté du criminel.

— Toute cette génération est antisociale, dit Duckett avec répugnance.

— Oh non, je crois qu'il s'agit d'une sympathie naturelle pour le gibier lorsqu'il est pris en chasse. Et puis, peut-être aussi le sentiment que notre société engendre ses propres criminels, et qu'elle n'a donc que ceux qu'elle mérite.

Il se demanda s'il ne projetait pas sur Dominic ses propres scrupules occasionnels ; si c'était le cas, il était préférable de ne pas trop se pencher sur la question. La dépression qui suivait parfois le succès d'une arrestation suffisait amplement, sans y ajouter les doutes qui pouvaient le paralyser au beau milieu de la chasse.

— Laissons tomber, dit-il d'un ton apaisant. Qui sait si pendant que nous théorisions, il ne s'est pas produit quelque chose de nouveau ?

Lorsqu'ils prirent le virage qui débouchait dans Hill Street, et découvrirent l'esplanade de béton devant le poste de police bruissante d'une foule agitée, il apparut qu'il s'était en effet produit quelque chose. Le poste de police s'étendait le long de la rue sur l'extérieur du virage, avec un petit jardin et deux sièges sous ses fenêtres, et une esplanade de béton transformée en quatre places de parking. L'un de ces emplacements était occupé par une charrette plate à deux roues, qui supportait une malle en fer-blanc, un petit tas de boulons en acier et de ferraille, une montagne de vieux vêtements et de chiffons, et par-dessus le tout, trois petits enfants silencieux, les yeux écarquillés. Un enfant un peu plus grand, vêtu des pantalons coupés de son père et d'un pull gris effiloché, tenait par la tête un gros poney marron hirsute. Un agent en uniforme, avec le détachement imperturbable qui ne s'acquiert qu'après avoir été ridiculisé en public un nombre incalculable de fois, effectuait d'un pas nonchalant l'aller-retour entre la porte et la famille qui attendait, repoussant doucement la foule lorsqu'elle se montrait trop stagnante et essayant de lui communiquer une indifférence aussi monumentale que la sienne.

— Seigneur ! s'exclama Duckett en garant sa voiture.

L'agent se permit un léger sourire en coin, du côté masqué au public et visible pour eux.

— Grocott a perdu la tête et a décidé d'arrêter tous les romanos ?

— Non, monsieur, celui-là est venu tout seul. Il dit qu'il a des informations importantes à communiquer.

— Et il s'est bien rincé la dalle avant la fermeture des pubs et avant d'amener la moitié de la ville avec lui, diagnostiqua Duckett d'un ton dégoûté en regardant les enfants sages et dignes, qui lui rendirent calmement son regard.

Qui des deux était l'étranger et le sauvage, ils n'éprouvaient pas le moindre doute là-dessus. Ils n'étaient pas complètement gitans, ils n'en avaient pas les traits doux et mystérieux d'Indiens, le regard attendrissant, les membres délicats. Leur apparence était plus rude, ils avaient quelque chose de plus sauvage, plus nerveux, un teint plus olivâtre et un velouté de poussière.

— Ce sont des Lay ? demanda Duckett d'un ton bourru.

— Non, monsieur, des Creavey.

— Quelle différence, de toute façon ? Personne ne sait qui est marié avec qui, ou à quels parents appartiennent les gamins. Si vous êtes un Creavey, vous êtes un Lay.

Il pénétra dans le poste et monta les trois étages qui menaient à son bureau au pas de charge, George sur les talons. Grocott apparut sur le seuil avant même qu'il ait eu le temps de l'appeler.

— Déballez-moi tout, dit Duckett. C'est le poney de Joe Creavey, non ?

Joe était le Creavey (ou le Lay) qui ne posait quasiment pas de problème. Une soûlerie occasionnelle quand les affaires de ferraille et de vieux chiffons marchaient bien, une agression caractérisée contre sa femme avec un cendrier, mais pas de délits majeurs retenus contre lui. Il nourrissait ses enfants, s'occupait de ce qui le regardait sans trop embêter les autres, et était sans aucun doute possible un homme heureux et bien intégré.

— Oui, monsieur. Joe est en bas avec Lockyer. Il est arrivé il y a une heure, en disant qu'il avait des renseignements importants dans l'affaire Armiger.

Joe était bien connu dans les bas quartiers de Comerbourne, où il effectuait des tournées régulières avec sa carriole pour récupérer déchets et vieux chiffons, et beaucoup d'habitants lui mettaient automatiquement de côté leurs vieux vêtements. Faire appel à lui était utile, car il vous débarrassait de tas de trucs encombrants et invendables qui faisaient froncer les sourcils du département d'hygiène si vous aviez l'imprudence de les leur montrer ; néanmoins, ce qu'il faisait ensuite de certains de ces objets, personne ne se souciait de le lui demander. Ce matin-là, il s'était rendu dans le quartier pauvre mais digne où se trouvait la résidence de Mrs. Harkness, et en plus de collecter un sac à chiffons, il avait poussé l'intérêt jusqu'à soulever le couvercle de sa poubelle au cas où il s'y trouverait quelque chose à sauver. Les gens mettent souvent de vieilles chaussures dans les poubelles, dans un état qui n'était qu'à demi usé aux yeux de Joe. Cette fois-ci, ce ne fut pas des chaussures qu'il trouva, mais des gants ; vieux, certes, néanmoins une paire de cuir de qualité, portant à l'intérieur les initiales L.A. Il les avait pris par réflexe, et ce n'est que plus tard qu'il les avait examinés de près, alors qu'il s'était arrêté dans un pub et était installé devant sa première pinte de la journée. C'est alors qu'il avait découvert que la paume et les doigts du gant droit étaient tachés et raides d'une substance brune, et que le gant gauche portait ici et là quelques éclaboussures d'une substance similaire. Joe savait très bien qui logeait chez Mrs. Harkness, c'était une de ses clientes régulières. Il savait ce que représentaient les initiales L.A. ; et il savait, ou tout du moins il était convaincu de savoir, ce qui avait imprégné et abîmé cette paire de gants, et pourquoi ils avaient été fourrés dans la poubelle. Il connaissait également son devoir : la police devait être mise au courant. Mais son trajet jusqu'au poste de police lui avait d'abord fait visiter quatre pubs, et s'il restait à cette heure-là quelqu'un dans Comerbourne qui ne savait pas que Leslie Armiger avait assassiné son père et que Joe Creavey en détenait la preuve, il devait se promener depuis des heures avec les oreilles bouchées.

— Il a raconté ça à toute la ville, et en a amené une kyrielle avec lui. Il n'est pas vraiment ivre — selon ses critères, tout au moins —, juste un peu parti. Vous voulez le voir ?

— Non, laissez-le mariner un peu, dit Duckett. Je veux voir les gants, et il me faut aussi le jeune Armiger. Si tout ça n'a aucune signification, autant lui parler tout de suite, avant d'en être sûr. Jetons-y un coup d'œil, d'abord.

Les gants furent posés sur la table, paume en l'air, et dévoilèrent les taches rouge foncé incrustées qui ressemblaient fortement à du sang.

— Alors, qu'en pensez-vous, George ?

— Cela sent la créosote, dit George promptement en reniflant les doigts raides, ce qui ne veut pas dire qu'il n'y ait que ça.

— Non, il y a également des traces de peinture de toiture. Johnson ferait mieux de les envoyer au labo, et nous verrons ensuite.

— Vous ne pensez pas garder Joe toute la nuit au poste, n'est-ce pas ? demanda Grocott.

— Hein ? Toute la nuit ? Et déposer sa tribu de gamins au foyer pour enfants ? L'éducateur me tuerait ! Vous, George, allez nous chercher le jeune homme.

Celui-ci accomplit de son mieux une tâche qu'il n'avait jamais aimée, et se rendit discrètement au bureau du gérant du magasin sans se faire annoncer. Il énonça sa convocation comme s'il formulait une simple demande ; Leslie, déboulant en hâte de l'entrepôt, ne put néanmoins s'empêcher de pâlir et de se figer à sa vue. Une fois qu'il eut compris ce qu'on attendait de lui, il se ressaisit un peu ; son visage retrouva ses couleurs et son regard une dureté pleine de défi. Il sortit au côté de George d'un air calme et d'un pas tranquille, comme si un vieil ami était venu le chercher. Ils devaient traverser soit le magasin, soit la cour, et George espéra ne pas s'être trompé en choisissant de sortir par la cour, où Leslie était plus connu et apprécié.

Personne ne fut dupe, bien sûr, ils n'avaient cessé de parler et de se poser des questions toute la journée ; mais un conducteur de camion accrocha le regard de Leslie, et avec un sourire, leva à son adresse un pouce assuré. Un des magasiniers croisa leur chemin d'un pas délibéré et lui offrit en passant un paquet de cigarettes fripé. Le jeune homme, à l'air plus harcelé que réconforté, sourit néanmoins et accepta le cadeau. Il inspira une profonde bouffée, et les rides qui s'étaient formées autour de sa bouche s'évanouirent. Il s'assit à côté de George dans la voiture, et tenta de se préparer à l'aide d'inspirations profondes et régulières.

— Mr. Felse, dit-il d'une voix contrainte, tandis que George ralentissait au feu, pourriez-vous faire quelque chose pour moi ? Je vous serai très reconnaissant de prévenir ma femme.

— Vous allez la voir d'ici une heure ou deux, répondit George d'un ton égal. Non ?

— Vous croyez ?

— Cela dépendra de ce que vous avez fait, et vous êtes donc le seul à connaître la réponse.

— J'espère que vous ne vous trompez pas, dit Leslie avec ferveur. Je suppose que vous ne pouvez pas me dire de quoi il s'agit ?

— Vous avez raison. Vous n'allez pas tarder à le savoir, mais je ne peux vous en dire plus pour l'instant. J'aimerais maintenant vous poser la seule question que je ne vous ai encore jamais posée. L'avez-vous tué ?

— Non, répondit Leslie avec simplicité, presque gentiment.

— Alors vous rentrerez retrouver votre femme, et le pire qui puisse vous arriver, c'est d'être un peu en retard. Elle vous aura pardonné bien avant de nous pardonner pour vous avoir fait peur.

Le ton de George calma Leslie au point qu'il en oublia de se sentir offensé par l'hypothèse qu'il était effrayé. Il pénétra d'un pas vif dans le poste de police, pressé d'affronter l'obstacle, et se retrouvant d'un coup tout seul, il dut se retourner pour attendre George. Celui-ci s'était arrêté pour parler à un adolescent en uniforme de lycéen qui se tenait dans l'entrée.

— C'était mon fils, expliqua-t-il en venant reprendre sa tâche. Il espère — et moi aussi — que je pourrai le raccompagner à la maison. A cette heure-ci, je ne devrais plus être en service.

— Oh, écoutez, je ne veux pas vous déranger, dit Leslie avec un éclair malicieux dans le regard, je peux revenir une autre fois, vous savez.

— Bravo ! s'exclama George en lui assenant une tape sur l'épaule. Continuez comme ça, et tout ira bien. A condition que vous nous disiez la vérité, bien sûr. Allons, il y a trois étages à monter, et le contribuable ne nous a pas encore offert d'ascenseur.

Dominic les regarda grimper la première volée de marches et disparaître ainsi, la main de son père sur l'épaule du jeune homme. Était-il donc possible que tout soit déjà terminé ? Leslie Armiger n'avait pas l'air d'un meurtrier. Au fait, quel meurtrier en a vraiment l'air ? Mais lui, *non* !

Dominic était bouleversé par cette partie secrète de lui-même qui ne pouvait s'empêcher de s'identifier à ceux qui étaient malheureux, aux gens pris au piège des circonstances et acculés, qu'ils le méritent ou pas, par la foule des citoyens respectueux des lois. Il sentait le démon qui s'éveillait dans sa propre nature, et tremblait à l'étendue de ses possibilités. Il était obligé de laisser une partie de sa sympathie s'adresser au gibier, car il pouvait si facilement lui-même se retrouver dans la position de la proie. Et plus terrible encore, celle-ci pouvait être quelqu'un qui revêtait pour lui une telle importance qu'il irait jusqu'à en oublier sa propre personne. Ce pourrait être Kitty ! Et pourtant, il ne voulait pas se réjouir du fait que ce soit le jeune homme au costume de bonne coupe usé, au sourire las et au regard inquiet.

Le soulagement qui gonflait sa poitrine le scandalisa, et l'éloigna du regard amical mais inquisiteur du sergent de garde. Il alla se réfugier dans le crépuscule impersonnel de cette soirée de septembre, sur l'un des bancs du carré de jardin devant le poste de police.

C'est ainsi qu'il assista à l'arrivée de la Karmann-Ghia rouge, qui se gara d'un seul mouvement à côté de la carriole du chiffonnier. Kitty balança ses longues jambes minces par la portière du conducteur, et le cœur de Dominic accomplit l'acrobatie terrifiante qui commençait à lui devenir familière, et qui consistait à se retourner dans sa poitrine avant de se mettre à enfler comme s'il allait lui faire exploser les côtes.

Elle referma la portière avec une lenteur et un calme inaccoutumés, et se dirigea d'un pas mal assuré vers la porte. Mais plus elle se rapprochait, plus elle ralentissait le pas, jusqu'à ce que parvenue sur le seuil, elle finisse par s'immobiliser sur place, les mains serrés devant elle, en proie à l'indécision la plus totale. Elle jeta un coup d'œil à droite puis à gauche comme pour chercher le courage d'avancer, et vit Dominic, immobile et silencieux sur le coin du banc de bois, serrant convulsivement son cartable contre lui.

Même lorsque le regard de Kitty s'éclaira à sa vue, il ne put croire qu'il allait retirer quelque chose de tout ceci. Il n'était qu'un garçon qu'elle avait croisé un jour par hasard, sans jamais penser le revoir. Elle ne se souviendrait probablement même pas de lui. Pourtant, ses yeux brillèrent de façon merveilleuse, et un pâle sourire illumina un instant son visage, comme s'il n'avait servi qu'à souligner l'angoisse désespérée qui l'effaça instantanément. Elle se dirigea vers lui. Il bondit, tellement bouleversé par les battements de son cœur qu'il entendit à peine les premiers mots qu'elle lui adressa.

— Dominic ! Je suis si heureuse de vous trouver là !

Il émergea d'un nuage d'extase et de contentement pour se retrouver assis à côté d'elle, ses mains serrées dans celles de Kitty, ses grands yeux semblables à un insondable lac violet tout près de son visage. Elle répétait pour la seconde fois, d'un ton pressant et éperdu :

— Est-ce que Leslie est là ? On m'a dit dans les magasins que la police était allée le chercher chez Malden's. C'est vrai ? Vous savez s'il est là ?

— Oui, dit-il en bégayant, il est revenu avec mon père, il y a à peine quelques minutes.

Il était retombé sur terre, et le choc avait été un peu brutal, mais pas trop, parce qu'elle s'était souvenue de son nom, et s'était adressée à lui avec tant d'empressement. Il n'en avait jamais tant espéré, et de toute façon, il ne pouvait se laisser troubler par quelque chose d'aussi trivial que ses propres désillusions, alors que le visage de Kitty reflétait une telle inquiétude.

— Mon Dieu ! s'exclama-t-elle. Il a été arrêté ?

— Je ne sais pas. Je ne crois pas... Pas encore...

— Votre père est là aussi ? Je préfère que ce soit lui plutôt qu'un autre. Je dois lui parler, Dominic. Il le faut.

Elle relâcha ses mains avec un énorme soupir, et repoussa d'un geste las la mèche de cheveux clairs qui assombrissait son front.

— Je dois lui dire, annonça-t-elle d'une voix calme et fatiguée. Sinon, ils vont mettre ça sur le dos de ce pauvre Leslie, et il a déjà suffisamment subi, non ? Je ne les laisserai pas toucher à Leslie.

Elle leva la tête et regarda Dominic avec la simplicité pleine de bon sens d'un enfant confessant ses péchés, soulagée de se décharger, même au prix d'une punition, d'un poids trop lourd à porter plus longtemps.

— J'ai tué son père, Dominic.

8

Dominic tenta de parler, mais demeura un instant muet. Même lorsqu'il retrouva sa voix, celle-ci dérapa dans une octave supérieure de la façon inquiétante et humiliante dont il pensait être maintenant débarrassé ; mais Kitty ne parut pas le remarquer.

— Vous ne devez pas dire des choses pareilles. Même si... même s'il s'est passé quelque chose qui fait que vous vous sentiez responsable, cela ne peut pas être vrai, et vous ne devriez pas parler comme ça.

— Mais je l'ai fait, Dominic. Je n'en avais pas l'intention, mais je l'ai tué. Il est venu me voir et m'a dit : « Je vais flanquer Leslie dehors une bonne fois pour toutes, et avec quel plaisir ! Ensuite, j'ai quelque chose à vous dire. Pas ici, venez dans la grange, nous serons tranquilles là-bas. Laissez-moi un quart d'heure pour me débarrasser de sa seigneurie, puis venez me rejoindre. » Je n'en avais pas l'intention, j'étais décidée à ne pas y aller. J'ai sorti la voiture et pris le chemin de la maison, et puis j'ai fait demitour par le chemin qui passe derrière la grange. Je me suis garée sous les arbres près du petit bois, et je suis rentrée dans la cour par-derrière. Je me disais que si je le suppliais encore une fois, il pourrait peut-être revenir sur sa position vis-à-vis de Leslie, et se conduire enfin décemment avec eux. Après tout, c'était son fils. Je n'arrivais pas à me persuader que c'était définitif. Les gens ne font pas ce genre de choses, comme ça. Leslie n'était pas là. Son père était seul. Il a commencé à me faire part de tous les plans magnifiques qu'il avait préparés pour l'avenir, ravi de lui-même, avec un magnum de champagne et des verres sur une des tables. Mon Dieu, Dominic, si vous saviez combien c'était ridicule et obscène...

Ses lèvres brûlaient de toutes les choses qu'il voulait mais ne pouvait pas lui dire. Son cœur lui emplissait la poitrine à un point tel qu'il avait du mal à respirer.

— Kitty, j'aimerais tellement pouvoir vous aider, dit-il d'une voix rauque.

— Mais vous m'aidez, vous êtes merveilleux. Vous me regardez comme si j'étais une de vos amies, et vous ne vous êtes pas écarté de moi d'un centimètre. Pourtant, cela viendra !

— Non ! dit-il dans un hoquet de protestation. Jamais !

— Peut-être pas, après tout, ce n'est pas votre genre. Laissez-moi continuer à vous raconter, cela me rend les choses plus faciles, et mon Dieu, j'ai besoin de répéter. Quoi que je fasse, la nuit va être difficile.

Il lui tenait de nouveau les mains. Cette fois-ci, c'était lui qui avait pris l'initiative, et les doigts chauds et fermes, légèrement tremblants, agrippaient les siens avec reconnaissance.

— Il avait eu une idée géniale, reprit Kitty d'une voix suffoquée où se mêlaient le rire et la colère. Puisque Leslie ne voulait pas de moi pour opérer l'association des deux entreprises, eh bien, lui, il allait le faire ! Il allait m'épouser lui-même ! Le champagne et l'excitation, c'était cela ! Il ne me l'a même pas demandé, il m'en a informée. Il n'a même pas prétendu ressentir quoi que ce soit à mon égard. Lorsqu'il m'a prise dans ses bras pour m'embrasser, ce n'était même pas sexuellement révoltant, c'était comme de signer une fusion. Et moi qui n'avais cessé d'essayer de lui parler de Leslie, il n'avait pas entendu un mot de ce que je disais. J'étais tellement furieuse, c'était tellement diabolique, ridicule et horrible, j'étais hors de moi, je n'ai pensé à rien d'autre qu'à m'en aller. Je l'ai repoussé de toutes mes forces. Nous nous trouvions près de la table en haut de l'escalier, où il avait posé le champagne et les verres. Je ne sais pas comment cela s'est produit... il a reculé, glissé au bord des marches, et roulé et dégringolé jusqu'en bas, où il s'est effondré. Je suis descendue en courant et me suis enfuie, terrifiée à l'idée qu'il allait se relever et essayer de m'arrêter. Ce n'était pas de lui que j'avais peur, mais tout cela était tellement sale, s'il avait tenté de me parler, je ne l'aurais pas supporté. Mais il est resté écroulé, face contre terre, sans bouger. Je n'ai pas réfléchi, je ne me suis pas arrêtée pour voir s'il était blessé, j'ai simplement couru jusqu'à la voiture et je l'ai laissé étendu à terre. Je l'ai donc tué, vous voyez. Et je dois le leur dire. C'était involontaire, ce n'est même que dans la voiture que j'ai pensé qu'il était peut-être terriblement blessé. Mais c'est moi qui l'ai fait. Et je ne peux pas les laisser continuer à penser que ce pauvre Leslie avait quoi que ce soit à voir là-dedans.

Lorsqu'elle eut terminé son récit, elle leva les yeux et le regarda attentivement, déjà à moitié désolée et honteuse de s'être montrée si faible, et d'avoir confié le fardeau de ses confidences cruelles et humiliantes à un enfant, trop âgé pour en souffrir, mais pas encore assez grand pour en saisir l'importance exacte. Pourtant, ce n'est pas un enfant qui lui rendit son regard, c'était un homme, un très jeune homme, peut-être, mais sans aucun doute son aîné à cet instant. Il retint fermement ses mains dans les siennes tandis qu'elle tentait de les retirer et soutint son regard alors qu'elle voulait l'éviter.

— Seigneur ! dit-elle faiblement. C'est affreux de ma part de vous entraîner là-dedans.

— Non, vous avez bien fait, Kitty ; je vous assure. Je vais vous le montrer. C'est là tout ce qui s'est produit ? Vous en êtes sûre ? Vous l'avez repoussé, il est tombé dans l'escalier et il s'est assommé. C'est tout ?

— Ce n'était pas suffisant ? Il était mort lorsqu'ils l'ont trouvé.

— Oui, il était mort. Mais vous ne l'avez pas tué.

Il était conscient de ce qu'il se préparait à faire, une chose si terrible que son poids en contrebalançait presque le sentiment de plénitude et de joie qu'il ressentait devant la certitude de l'innocence de Kitty, devant la possibilité qui lui était offerte de lui montrer combien son image était sans tache. Jamais, même lorsqu'il n'était qu'un petit garçon curieux, jamais il n'avait trahi une information dont il disposait simplement parce qu'il était le fils de George. S'il le faisait maintenant, il détruisait un élément essentiel de sa vie, et l'avenir qui s'offrait devant lui sans celui-ci était solitaire et effrayant, impliquait des modifications fondamentales de ses relations les plus intimes, et des introspections devant lesquelles il reculait d'instinct. Mais il était trop tard, il s'était déjà engagé, et l'aurait-il pu qu'il n'aurait pas fait machine arrière.

— Écoutez-moi, Kitty. Tout ce qui a été officiellement publié sur Mr. Armiger, c'est qu'il était mort de blessures à la tête. Mais ce n'est pas simplement en dévalant les escaliers. Je ne sais cela que grâce au travail de mon père, et vous ne devez dire à personne que je vous l'ai confié. Alors qu'il était inconscient, quelqu'un a pris la bouteille de champagne et lui a délibérément enfoncé le crâne, l'a frappé neuf fois et ne s'est arrêté que lorsque la bouteille s'est brisée. Et ça, ce n'était pas vous, n'est-ce pas ?

Les yeux fixés sur lui, dans un mélange de stupéfaction, d'incrédulité et d'horreur, elle murmura à travers ses lèvres entrouvertes :

— Non... Non, ce n'est pas moi, je ne pourrais pas...

— Je sais que vous ne pourriez pas, bien sûr, vous en seriez incapable. Mais quelqu'un l'a fait. Vous comprenez, Kitty, vous ne l'avez pas tué, vous n'avez rien fait d'autre que le pousser et l'assommer par accident. Quelqu'un d'autre est venu après et l'a assassiné. Vous voyez, vous n'êtes pas obligée de parler. Vous ne direz rien, n'est-ce pas ? Cette histoire de gants ne mènera à rien, ils ne toucheront pas à Leslie, vous verrez. Au moins, attendez avant de savoir.

Elle n'avait pas saisi la moitié de ce qu'il lui disait, encore ébahie du soulagement et de la liberté qu'il lui rendait. Les couleurs retrouvées de son visage et l'espoir dans ses yeux le submergèrent d'une sorte d'orgueilleuse humilité qu'il ressentait pour la première fois de sa vie.

— Vous êtes sûr ? Vous n'essayez pas de me réconforter, n'est-ce pas ? Vous ne me racontez pas d'histoires ? Oh non, vous ne feriez pas ça ! Mon Dieu, Dominic, je ne suis pas une meurtrière, alors ? Vous ne savez pas ce que j'ai vécu depuis hier matin, depuis que j'ai appris qu'il était mort.

— Bien sûr que non, vous n'êtes pas une meurtrière. Ce que je vous ai raconté est vrai. Vous n'allez donc rien leur dire, n'est-ce pas ?

— Oh si, je le dois. Mon Dieu, Dominic, qu'est-ce que j'aurais fait sans vous ? Vous comprenez, je m'en fiche, maintenant, du moment que je ne suis pas... ce que je croyais être. Rien n'a d'importance, à présent. Mais je dois leur dire, à cause de Leslie. Je peux leur prouver qu'il était parti, que son père était encore en vie. Je peux prouver qu'il ne l'a pas tué.

Elle le regarda, troublée par la consternation qu'elle lisait sur son visage, mais elle savait où était son devoir.

— Je ne peux plus revenir en arrière, désormais. Je ne dissimulerai plus ce que je sais. Et je peux au moins sortir Leslie de là.

— Mais non, vous ne le pouvez pas, protesta Dominic en lui agrippant le poignet et en l'obligeant à se rasseoir près de lui. Vous ne pouvez que prouver qu'il ne l'a pas tué dans le court laps de temps où vous vous trouviez sur place. Cela ne les empêchera pas de penser qu'il a pu revenir. Quelqu'un est bien venu. Et puis, vous ne voyez donc pas que si vous leur racontez ce que vous venez de me dire, ils penseront que vous dissimulez la fin, ils penseront que vous êtes restée pour l'achever.

— Pourquoi ? demanda-t-elle avec de grands yeux. *Vous*, vous ne pensez pas ça. Vous, vous me croyez. Pourquoi ne me croiraient-ils pas, eux ?

— Parce que leur travail consiste à ne pas croire ce qu'on leur raconte... et comment pouvez-vous le prouver ?

— Je ne le peux pas, reconnut-elle en pâlissant légèrement. Mais je ne peux pas revenir en arrière, je ne le supporterais pas. Ne vous inquiétez plus, vous m'avez rendu le plus beau service qu'on pouvait me rendre.

Si elle n'avait pas dit cela, si elle n'avait pas soudain effleuré un instant du bout de ses doigts sa joue brûlante, il aurait peut-être pu protester encore une fois, peut-être même la persuader. Mais le toucher de cette main lui coupa le souffle et la parole, et il fut incapable d'articuler un mot. Il dut se contenter de demeurer là à suffoquer, muet et paralysé, tandis qu'elle s'éloignait de lui. Et lorsqu'elle se retourna une seule fois pour dire vivement « Ne vous inquiétez pas, je ne parlerai pas de vous », il faillit éclater en larmes, des larmes de rage et de frustration parce qu'il était incapable de lui crier qu'il se fichait pas mal de lui-même, qu'elle seule importait, qu'elle commettait une épouvantable erreur, qu'il ne pouvait pas le supporter, qu'il l'aimait.

Elle n'était plus là. L'obscurité de la porte venait de l'engloutir, et, de toute façon, il était trop tard. Il se rassit, recroquevillé sur un coin du banc, et lutta douloureusement avec lui-même jusqu'à ce que son esprit s'éclaircisse un peu, et lui fasse entrevoir la conséquence la plus dramatique de la scène qui venait de se dérouler, comme un prestidigitateur faisant jaillir un as de son paquet de cartes. Il lui avait dérobé l'innocence qui était sa seule défense ! Lui, et personne d'autre. Si elle s'était précipitée là comme elle en avait eu l'intention, et leur avait déversé son histoire comme elle l'avait fait à lui, ils auraient tout de suite vu la faille évidente, comme lui l'avait vue. Ils l'auraient interrogée sur l'arme du crime, sur les blessures, et elle n'aurait pas su de quoi ils parlaient, sa réaction et son incompréhension auraient sans aucun doute porté la marque de l'authenticité. Mais maintenant, il lui avait dit. Elle ne pouvait prétendre à l'ignorance, elle dévoilerait ce qu'elle savait sans pouvoir s'en empêcher. Pire encore, elle ne leur expliquerait jamais sa trahison, le moyen par lequel elle avait obtenu l'information pour ne pas lui attirer d'ennuis. Si elle laissait échapper qu'elle savait comment était mort Armiger, ils seraient convaincus de sa responsabilité. Les détails de l'assassinat n'avaient pas été publiés, et seule une poignée de gens les connaissait — parmi eux, le meurtrier. Il venait de la condamner sans aucun doute possible.

Sa virilité acquise si récemment et de façon si grisante échappa à son contrôle. Il aurait dû se lever et entrer là derrière elle, leur confier honnêtement sa défaillance, mais il n'en avait pas le courage, la perspective le rendait malade. Ce n'était pas uniquement vis-à-vis de lui-même qu'il faisait preuve de lâcheté, mais vis-à-vis du métier de son père, de sa carrière. Les officiers de la police criminelle n'étaient pas censés débattre des affaires dont ils s'occupaient devant leur famille. Ils avaient représenté une famille exceptionnelle, fiers de leur solidarité, dédaignant de douter de leur totale confiance mutuelle, dépassant les restrictions conventionnelles parce qu'ils étaient tellement sûrs les uns des autres. Tout ceci avait été parfaitement logique tant que cette solidarité demeurait inentamée, mais maintenant qu'il avait rompu la chaîne, qu'allait-il se passer ? Son père était en danger. Dominic devait avouer, c'était le seul moyen de réparer le mal qu'il avait fait à Kitty ; mais il devait le faire en privé, seul face à son père. Peut-être y aurait-il un indice qui tirerait Kitty de là, et qui rendrait une confession inutile. Et si George se sentait obligé de démissionner, et si...

Il désespérait de voir arriver son père, pour pouvoir effectuer son horrible plongeon le plus rapidement possible. Mais lorsque l'écho d'un pas résonna enfin dans le hall d'entrée et qu'il se retourna vivement pour voir qui arrivait, avec espoir et terreur, il ne découvrit que Leslie Armiger, qui sortit d'un pas léger, rayonnant de soulagement. Il marchait comme un homme nouveau, car les vieux gants qu'il avait jetés après avoir repeint l'abri de jardin où il entreposait son matériel avaient révélé un grand nombre de substances intéressantes, créosote, revêtement bitumineux, diverses variétés de peintures et de laques, mais pas une trace de sang. A peine les avait-il vus qu'il avait éclaté d'un rire soulagé ; il se serait battu pour toutes les tortures qu'il s'était infligées par anticipation, tout cela à cause de ces reliques qui ne pouvaient l'incriminer. Sa situation n'était ni meilleure ni pire qu'avant cette tempête dans une tasse de thé, mais il était indéniable que cet incident avait renforcé son crédit, aussi bien auprès des autres que de lui-même. Le sentiment de libération qui l'habitait maintenant valait largement la frayeur qu'il avait éprouvée.

Le sergent Felse avait été appelé pour interroger quelqu'un d'autre dans son bureau, mais Leslie ignorait l'identité de cette autre personne, et si même elle avait un quelconque rapport avec la mort de son père. Il ne le savait pas et s'en fichait. Il rentrait chez lui retrouver Jean, encore libre et presque blanchi, et plus jamais il ne se laisserait aussi facilement terrifier.

Dix minutes s'écoulèrent encore avant que George ne sorte parler à son fils, et ce ne fut que pour lui dire d'un ton laconique qu'il n'allait pas pouvoir rentrer tout de suite, probablement pas avant plusieurs heures, et que Dominic ferait donc mieux de prendre le car. Il apparaissait évident que Dominic n'aurait pas la possibilité de se débarrasser de son fardeau. Son père était reparti avant même qu'il ait réussi à entrouvrir ses lèvres paralysées.

Il obtempéra pitoyablement et rentra chez lui. Il n'y avait rien d'autre à faire. Il répondit aux questions de Bunty par monosyllabes, avala son goûter sans appétit, et se réfugia dans son coin avec des livres de classe dont il ne distinguait même pas les pages tant l'appréhension lui brouillait la vue en un voile aussi palpable que du brouillard. Bunty soupçonna un rhume qui couvait, mais il repoussa ses tentatives pour prendre sa température avec tant de mauvaise humeur qu'elle révisa son diagnostic. Quelque chose le turlupine, se convainquit-elle, et ce n'est pas moi qu'il veut, mais son père. Qu'est-ce que ces deux-là ont bien pu fabriquer ? se demanda-t-elle.

George ne rentra qu'à dix heures moins vingt,

fatigué, énervé et guère à prendre avec des pincettes, mais il n'y avait rien à faire. Bunty lui servit son dîner et respecta son silence, bien qu'elle reconnût à de multiples signes que quelque chose le turlupinait lui aussi, quelque chose qui n'allait pas tarder à sortir. Ce fut de son propre chef qu'il se détendit enfin d'un air las et annonça d'une voix totalement dénuée de plaisir ou de satisfaction :

— Eh bien, le plus important est fait. Nous avons arrêté quelqu'un dans l'affaire Armiger. Nous avons inculpé Kitty Norris.

Le grincement de la chaise de Dominic couvrit l'exclamation de surprise de Bunty. Il bondit, tremblant.

— *Non !* dit-il d'une voix éteinte. S'il te plaît, Papa, continua-t-il avec le calme du désespoir, il faut que je te parle. A propos de ça. C'est important.

Il lança à sa mère un regard implorant, les lèvres frémissantes.

— Maman, est-ce que ça t'ennuie...

— Pas du tout, mon chéri, répondit Bunty en chargeant méthodiquement son plateau comme si de rien n'était. Je vais faire la vaisselle. Vas-y.

Elle paraissait rendre la situation si normale et paisible, comme elle le faisait toujours, qu'il mourait d'envie de lui demander de rester, mais ce n'était pas possible, il devait s'expliquer avec George. Elle débarrassa la table, effleura très légèrement l'oreille de Dominic avec la nappe pliée en rangeant celle-ci, porta le plateau dans la cuisine et ferma la porte derrière elle d'un geste assuré. Ils demeurèrent à se regarder, impuissants, l'un et l'autre désormais incapables de douter qu'ils affrontaient une crise familiale de première amplitude. George reculait devant celle-ci tout autant que Dominic ; il était fatigué et de mauvaise humeur, en était parfaitement conscient, et cet enfant cherchait des ennuis que même leurs bonnes volontés conjointes pourraient bien ne pas éviter.

Il était inutile de chercher à formuler les choses du mieux possible, tout ce qui importait, c'était de passer à l'acte.

— Tu sais que j'étais devant le poste ce soir quand Kitty est venue te parler, commença Dominic d'une voix que tendait le désespoir. Je lui ai parlé avant toi. Elle m'a raconté toute cette histoire à propos d'Armiger qu'elle a poussé dans l'escalier parce qu'il... parce qu'il l'avait insultée. Mais elle m'a dit qu'elle l'avait tué et ce n'est pas vrai ! Tu dois me croire. Tout ce qu'elle a fait, c'est s'enfuir en le laissant là, inconscient. Elle m'a dit...

— Je ne vois pas pourquoi nous devrions discuter de tout ça, dit George, s'efforçant de se montrer patient avec son fils, bien que terriblement peu disposé à débattre encore d'une affaire dont il avait largement eu son content, mais si je suis censé te faire plaisir, je le ferai. Si elle s'est enfuie en le laissant inconscient, comment savait-elle qu'il avait eu le crâne défoncé par le magnum de champagne ? Si ce n'est pas elle qui l'a tué, si elle avait quitté les lieux et que quelqu'un soit venu achever Armiger, comment connaissait-elle la façon dont il a été assassiné ? Tout ce qui a été rendu public, c'est qu'il avait succombé à des blessures à la tête. Alors explique-moi comment elle savait... Comment elle peut savoir et être innocente ?

Ils avaient donc réussi à le lui extorquer, à l'interroger, la contre-interroger, lui tendre des pièges jusqu'à ce qu'elle se coupe. Dominic les détesta tous, même son père, mais pas autant qu'il se détesta lui-même pour s'être à ce point trompé. Il aurait dû savoir qu'elle insisterait quand même pour se confesser, car Leslie devait être protégé quoi qu'il puisse lui arriver à elle, Leslie qui ne voulait pas l'épouser, Dieu merci, l'imbécile, Leslie dont elle était encore si follement et désespérément amoureuse qu'elle ne voyait que lui. Dominic s'assit lentement et précautionneusement à la table, arc-bouta ses mains en sueur sur la surface vernie devant lui et dit d'une voix rauque et forte :

— Elle sait parce que je le lui ai dit.

Il fut heureux d'avoir choisi de s'asseoir. Sa dignité en était peut-être diminuée, mais il se sentait plus en sécurité ainsi. S'il était resté debout, ses genoux se seraient dérobés sous lui. George avait bondi sur sa chaise et s'était levé. Il se pencha sur son fils en posant les mains sur la table, et Dominic se décomposa malgré lui. Il aurait voulu fermer les yeux, mais il ne pouvait pas ; quoi qu'il lui arrive maintenant, il l'avait cherché et n'avait qu'à s'en prendre à lui-même.

— Tu as *quoi* ?

— Je lui ai dit. Je lui ai dit parce que j'ai pensé qu'alors elle n'aurait pas besoin de venir te raconter qu'elle se trouvait sur les lieux. Elle allait te dire qu'elle l'avait tué, mais elle ne savait rien du fait qu'on lui avait défoncé le crâne, elle pensait qu'il s'était tué en tombant dans l'escalier. Je savais donc qu'elle ne l'avait pas tué, et comment pouvais-je lui laisser croire qu'elle l'avait fait ? Je devais le lui dire. Je ne pouvais pas faire autrement. Et je le referais, ajouta-t-il avec une nuance de défi qui ne s'imposait pas.

Après un instant de silence mortel, George parla :

— J'ai bien envie de te flanquer une raclée.

De tout son cœur, Dominic aurait presque souhaité qu'il le fasse, mais de toute sa tête, il savait que son père ne le ferait pas. Le temps de se sortir des situations de cette façon était passé, il y avait maintenant deux ans. Il allait devoir payer sa dette de façon bien plus compliquée, bien plus pénible et bien plus longue. Pour la première fois, il réalisait que la soumission à la discipline juvénile offrait bien des compensations.

— Je sais, dit-il d'une voix morne. Mais je devais le faire. Je n'avais pas d'autre solution. Et maintenant, je n'ai fait qu'empirer sa position au lieu de l'améliorer.

— Quoi que tu aies fait, il nous est maintenant impossible de juger jusqu'à quel point elle dit la vérité. Tu sais également ce que tu as fait d'autre, n'est-ce pas ? ajouta George, impitoyable.

Oui, il le savait. Il avait sapé les fondations de la maison, ébranlé les colonnes qui soutenaient le toit. Il ne s'en serait jamais cru capable ; l'espace d'un instant, son cœur se partagea entre son père, stupéfait et plein de reproches, et Kitty, blessée et emprisonnée. Déchiré entre les deux, il aurait voulu mourir.

— Je suis obligé de rapporter tout ceci à mon supérieur, bien sûr, dit son père. Je suis plus responsable que toi. Je n'ai pas d'autre solution que de lui dire que je me suis montré régulièrement imprudent. D'abord, je n'avais pas le droit de te donner aussi facilement des informations, c'est une conduite totalement contraire à la déontologie. Ensuite, j'aurais dû m'en douter. Il n'était pas raisonnable d'attendre de toi que tu t'abstiennes de jamais parler à tort et à travers, je suppose.

C'était pourtant ce qu'il avait attendu de son fils. Il en avait même été tellement sûr qu'il ne lui était jamais venu à l'idée de mettre en doute sa discrétion. Ce ne fut qu'en perdant cette confiance absolue que Dominic en connut toute la valeur.

— Je ne l'ai pas fait sans réfléchir, se défendit-il en tressaillant. Je ne l'ai jamais fait jusqu'à aujourd'hui.

— Il suffit d'une fois. Demain matin, je verrai le superintendant Duckett, et j'assumerai ma responsabilité. Il faut regarder la réalité en face.

— Je suis désolé, dit Dominic, misérable. Tu es vraiment obligé ?

— Oui, pour être juste envers toi comme envers Kitty. S'il me demande ma démission, il sera parfaitement dans son droit.

La remarque était cruelle, car il était quasiment certain que Duckett, étant donné la situation, l'affaire presque bouclée, et cet indice particulier doté d'une importance bien moins vitale que ne le supposait Dominic, ne lui prêterait qu'une oreille distraite et ne lui infligerait rien de plus qu'une réprimande symbolique.

— Bien sûr, à l'avenir, je m'assurerai que je ne discute pas d'une affaire lorsque tu es dans les parages. Je prendrai soin que ceci ne se reproduise pas, et tu vas me donner ta parole de ne plus te mêler de cette affaire. Tu as causé suffisamment de dégâts.

— Je ne peux pas ! Je ne le ferai pas ! Je te répète que Kitty n'était pas au courant avant que je ne le lui dise. Tu ne comprends donc pas qu'à part cela, il n'y a pas de preuves contre elle ? Tu dois la relâcher, papa, tu le dois ! Tu n'as pas le droit de la garder maintenant que je te l'ai dit. Elle est innocente, et si toi, tu ne le prouves pas, alors moi je le ferai !

George en avait par-dessus la tête. Il ouvrit la bouche pour dire quelque chose qu'il aurait certainement regretté l'instant d'après, et qui aurait coûté à Bunty des jours de négociations rusées et patientes pour les réconcilier, mais la jeune voix déchaînée qui s'adressait à lui se brisa de façon inquiétante, et il s'arrêta net, ce qui le sauva. Il regarda de nouveau plus attentivement le visage pâle et déformé par la colère, le regard farouche qui ne cherchait pas à se dérober, car la situation était trop désespérée pour que des considérations telles que l'amour-propre et la dignité entrent encore en ligne de compte.

George faillit en tomber à la renverse. Quelqu'un à qui vous avez toujours pensé comme un enfant, quelqu'un qui a l'air d'un gamin hystérique, vous lance soudain le regard profond, solennel et débordant de chagrin d'un adulte, d'un homme, et vous coupe le souffle. Cela ne dura qu'un instant, bien sûr, ce n'était pas encore une constante, il allait faire l'aller-retour entre la maturité et l'enfance une centaine de fois avant de perdre à jamais le pouvoir de faire la navette. Mais c'était le premier signe concret de ce qui se préparait, et le choc avait été rude pour lui. Mon Dieu, songea George, consterné, et moi qui l'ai taquiné à propos de Kitty ! A quel point peut-on se montrer aveugle sur sa propre progéniture !

Marchant sur des œufs, comme si même un grand bruit pouvait suffire à les faire tous les deux repartir de plus belle, George s'assit de nouveau à table face à son fils.

— Très bien, mon garçon, autant pour moi. Je me suis montré injuste. C'est la première fois que tu me fais défaut, et tout bien réfléchi, ce n'est pas beaucoup. Je ne crois vraiment pas que tu aies agi à la légère, et je ne sous-estime pas tes raisons. Je ne t'en veux pas de refuser à renoncer à t'occuper de cette histoire. A ta place, j'agirais sans doute exactement comme toi. Étant donné que c'est moi qui suis responsable d'avoir enfreint les règles le premier, ce que je fais depuis des années, autant le faire encore une fois, et te confier où nous en sommes réellement. Tu n'en seras pas plus heureux, ajouta-t-il avec regret, mais cela te tranquillisera. Nous avons travaillé dur sur les détails, ce soir, depuis que Kitty Norris nous a raconté sa version. Nous avons interrogé tous les locataires de l'immeuble où elle habite, et nous avons trouvé au rez-de-chaussée un couple qui l'a entendue et vue rentrer ce soir-là, non pas à dix heures et demie, comme elle l'a d'abord dit, non pas à onze heures dix, comme elle l'a dit ensuite, mais juste après minuit. Elle refuse de se justifier sur ce laps de temps.

— Ils ont pu se tromper... s'acharna Dominic.

— Je n'ai pas dit qu'elle niait être rentrée à cette heure-là, j'ai dit qu'elle refusait de se justifier, dit son père d'une voix de plus en plus douce. Mais ce n'est pas tout, Dom. Nous avons aussi examiné les vêtements que portait Kitty ce soir-là. Je l'ai vue, elle était vêtue d'une robe de soie noire à la jupe ample, je n'ai eu aucun mal à la retrouver. Elle portait également une écharpe indienne, un ruban de gaze bleu et rouge vifs avec des broderies dorées. Pour te citer d'abord ce qui ne va pas, puisque je te dis tout ce qui coïncide malheureusement trop bien, l'extrémité de l'écharpe a un coin déchiré, et nous n'en avons pour l'instant retrouvé aucune trace. Le côté gauche de la jupe porte près de l'ourlet plusieurs traînées, peu visibles à cause de la couleur noire, mais suffisamment pour réagir aux tests. Ce sont des traces de sang, du même groupe que celui d'Armiger. Je n'avais pas remarqué ses chaussures, mais nous les avons trouvées, à cause d'une tache brune sur l'orteil du soulier gauche. Il s'agit également de sang, Dom. Du même groupe, celui d'Armiger, et pas celui de Kitty. Nous avons vérifié.

Dominic ferma les yeux, mais ne put s'empêcher de voir les sandales argentées scintillant dans les mains de Kitty au club de yacht. Ce n'étaient sans doute pas les mêmes chaussures, mais leur image dansait devant ses yeux.

— Je suis désolé, mon vieux, lui dit son père, qui se leva et s'écarta avec précaution.

Regarder Dominic en face devenait trop pénible, il préférait se retirer avec égard. Les épaules minces de l'adolescent demeuraient immobiles et tendues.

— Ce n'est pas la fin du monde, ni de cette affaire, non plus, continua George, mais il est inutile de prétendre que l'issue sera heureuse, Dom. Pour être juste, je devais te le dire. Ne le prends pas trop à cœur.

Il posa un instant la main sur l'épaule de son fils, et effleura doucement la joue tendue.

Dominic se leva brutalement. Dans une course aveugle, il se précipita, croisa sa mère, et grimpa les escaliers à toute allure. Bunty se retourna vers lui, puis vers George, sans savoir lequel des deux suivre. Ce fut George qui lui lança un avertissement :

— Non ! dit-il en secouant la tête.

Cela non plus ne le guérirait pas.

— Laisse-le. Il va s'en sortir, laisse-le tranquille, répéta-t-il.

9

Lorsqu'il descendit le lendemain matin pour le petit déjeuner, Dominic avait longuement réfléchi, et décidé d'adopter une position dont il ne bougerait plus ; cela se lisait dans la ligne de sa mâchoire et dans la résolution peinte sur son visage blafard, qui avait dans la nuit considérablement évolué vers sa forme définitive et adulte. A en juger par ses paupières boursouflées et les cernes bleus sous ses yeux, c'était à la réflexion qu'il avait consacré les longues heures de la nuit, et non au sommeil. Il s'installa à la table du petit déjeuner, calme et tranquille, salua ses parents selon les règles pour montrer que tout était rentré dans l'ordre, et se montra avec Bunty d'une virilité attentive qu'elle ne lui avait jamais connue. Elle réagit sur le même registre ; deux hommes dans la maison, voilà qui allait devenir intéressant. Elle n'avait pas de griefs sérieux contre George, mais un rival dans les parages ne lui ferait pas de mal, et elle allait en profiter. Si seulement cela avait pu lui arriver d'une autre façon ! George et elle avaient discuté longuement de Dominic aux premières heures de l'aube, à voix basse et inquiète, et il leur était difficile de ne pas trahir qu'ils l'observaient maintenant avec une égale anxiété, intensément conscients de la mesure de chacun de ses gestes, de la moindre des hésitations qui précédait chacun de ses mots.

— Papa, à propos d'hier soir, dit-il enfin en se jetant à l'eau dans un plongeon qu'il s'efforça de rendre le plus normal possible. J'ai réfléchi à ce que je devais faire. J'ai réfléchi à tout ce que tu m'avais dit, et... et merci de me l'avoir confié. Mais il y a une chose dont je suis certain, et pour moi, c'est une évidence, même si ce n'est pas le cas pour toi... je veux dire, tu ne peux pas le *savoir* comme moi. Quand elle m'a parlé, Kitty *ne savait pas* comment Mr. Armiger avait été assassiné. Elle ne peut donc pas être la personne qui l'a tué. Je ne te demande pas d'en être sûr, parce que tu ne l'as pas vue et entendue, mais moi si. Donc, toutes les autres choses que tu as découvertes contre elle ne peuvent pas réellement signifier qu'elle est coupable. Elles doivent avoir une autre explication.

— Nous allons encore travailler là-dessus, essayer de combler les blancs, dit son père. Je t'ai dit que l'affaire n'était pas close.

— Non. Mais tu vas essayer de combler les blancs avec une seule idée en tête. Et la conclusion logique de cette démarche, c'est une condamnation, n'est-ce pas ?

George, poussé en partie par une véritable amertume mais également par l'instinct génial de trouver le propos qui les rendrait égaux, demanda avec aigreur :

— Bon sang, tu crois que cette solution me satisfait, moi aussi ?

Pour l'instant, peu lui importait que Bunty saisisse la note irritée de ressentiment personnel dans sa réplique, pourvu que l'amour-propre en expansion de Dominic s'en trouve réconforté.

Les yeux cernés lui jetèrent un regard vif et surpris,

puis se baissèrent de nouveau hâtivement. La fréquence de ces coups d'œil circonspects dans sa direction allait augmenter au cours de la conversation.

— Eh bien, peut-être que non, en effet, dit prudemment Dominic.

Le ton suggérait qu'il aurait aimé s'étendre davantage en son for intérieur sur les conséquences de cette réflexion, s'il n'y avait eu quelque chose de beaucoup plus urgent à considérer.

— Seulement, reprit-il, moi, je pars de ce que je sais, et la situation m'apparaît donc totalement différemment. Alors... eh bien, j'arriverai peut-être à un résultat différent, et je découvrirai des choses que toi, tu ne découvrirais pas. Donc, tu vois, je dois essayer, de toute façon.

— Je vois en tout cas que tu t'y sens obligé, acquiesça George.

— Tu ne t'y opposes pas ?

— Pourvu que tu ne nous gênes pas, comment pourrais-je m'y opposer ? Mais si tu découvres quelque chose de significatif, n'oublie pas que ton devoir est de le confier à la police.

— Et je suppose que cela ne signifie pas que *toi*, tu me confies quoi que ce soit !

Il avait parlé sur un ton si arrogant que George révisa sa position sur le réconfort dont avait besoin son amour-propre ; Dominic avait l'air de se débrouiller très bien tout seul en la matière.

— Non, dit-il d'un ton ferme. Et cela ne devrait guère te surprendre après ce qui s'est passé hier.

— D'accord, dit Dominic confondu et battant en retraite de plusieurs années. Désolé !

Il se leva de table avec la mine résolue, et sortit sans dire un mot sur ses intentions. C'était samedi, il lui serait donc au moins épargné de se faire du souci pour rien sur des livres dont il ne distinguerait pas les pages, ou des cours auxquels il ne comprendrait rien. Bunty le suivit dans le jardin, où il regonflait d'un air sinistre les pneus de sa bicyclette. Elle ne lui posa pas de questions, se contenta d'un « Bonne chance, poussin ! » et l'embrassa. Elle pensait pouvoir aller jusque-là, c'était ce qu'elle avait toujours fait et dit lorsqu'elle l'avait envoyé affronter une épreuve périlleuse, comme un examen ou son premier jour au lycée. Il reconnut le rituel, et leva la tête avec obéissance pour offrir ses lèvres avec autant d'inattention qu'un enfant de cinq ans ; mais au lieu d'effacer le baiser d'un revers de main et de retourner à sa pompe à vélo, il se redressa et la regarda avec les yeux bouleversés de celui qui ne savait pas d'une minute sur l'autre s'il était encore un garçon ou un homme. Il était comme un volant de badminton qui aurait tournoyé de façon incessante entre les trois premiers âges de l'homme.

— Merci, maman ! répondit-il d'un ton bourru en respectant le rituel.

— Une avance sur tes frais, dit-elle en lui fourrant un billet de dix shillings dans la poche.

L'espace d'une seconde, il crut qu'on ne le prenait pas au sérieux.

— Je ne plaisante pas, grimaça-t-il avec raideur.

— Moi non plus, dit Bunty. Je ne connais pas cette jeune fille, mais toi oui, et si tu dis qu'elle n'est pas coupable, ça signifie quelque chose pour moi. Si je peux t'aider en quoi que ce soit, demande-moi. D'accord ?

— D'accord ! Bon sang, merci, maman !

Ce n'était pas simplement pour les dix shillings, qu'il avait d'abord pris comme un cadeau pour l'amadouer, ce n'était pas même pour l'offre d'aide et de soutien, c'était pour tout ce qu'elle avait sous-entendu de sa relation avec Kitty : elle la considérait comme adulte, réelle, revêtue d'une véritable importance et méritant à ce titre le respect. Il éprouva un de ces moments d'amour ravi pour sa mère, où il découvrait en elle de toutes nouvelles facettes, un de ces moments qui constituent les compensations inattendues aux souffrances qu'inflige l'adolescence. Et Bunty, qui savait lorsqu'il était temps de disparaître, se retira en hâte dans la maison, se sentant presque aussi jeune que son fils.

Cependant, ces éclairs de plaisir et de chaleur ne faisaient rien pour résoudre le problème de Kitty, et l'ombre se referma sur lui, plus oppressante que jamais, tandis qu'il enfourchait sa bicyclette et se dirigeait vers Comerford par la route de campagne qui l'amènerait près de *The Jolly Barmaid.* Il mit pied à terre au carrefour faisant face à la maison et s'assit sur le talus herbeux pour réfléchir. Les gens avaient maintenant renoncé à venir baguenauder devant le pub, le centre de l'attention s'était déplacé vers l'endroit où se trouvait Kitty. La nouvelle s'était répandue par l'intermédiaire des journaux et des bulletins radio, et par le téléphone arabe qui reliait toutes les arrière-cours des maisons et prenait racine dans les fondations de la ville. *Kitty Norris !* Vous vous rendez compte ?

Les circonvolutions de fer forgé de la nouvelle enseigne vulgaire rutilaient le long de la route. Les portes de l'établissement ne s'ouvriraient de nouveau au public qu'après l'enterrement, qui avait été autorisé la veille, lors de l'ajournement de l'enquête. Armiger aurait été tellement contrarié de rater les bénéfices d'un week-end à cause du décès de quelqu'un. L'enterrement aurait lieu le lundi, et c'était Raymond Shelley qui s'en occupait, pas Leslie Armiger. Avec une magnifique hypocrisie, les esprits conventionnels commençaient déjà à reprocher à Leslie son manque d'amour filial, et étaient déjà certains qu'il n'assisterait pas à la cérémonie. Pourquoi diable aurait-il dû y aller ? pensa Dominic. Sa filiation avait été reniée, on lui avait interdit de se montrer filial. S'il éprouvait des regrets vis-à-vis de son ex-père, cela constituait de sa part un mouvement de générosité et ne lui était pas une obligation. Et qu'éprouvait-il à l'égard de Kitty, qui s'était délibérément jetée dans les mailles du filet pour lui éviter d'être pris au piège ? Leslie devait être au courant, maintenant. Tout le monde l'était. Même lorsqu'il avait dépassé les premières fermes, Dominic avait senti l'atmosphère chargée du bruissement des nouvelles, et deux femmes aux têtes rapprochées par-dessus une palissade ne pouvaient que se raconter les multiples détails imaginaires de la chute de Kitty.

Dominic entreprit de suivre le trajet de Kitty ce soir-là. Elle s'était arrêtée ici avant de prendre le virage à droite en direction de Comerbourne ; il était alors environ dix heures moins le quart. Quelque part en chemin, elle avait changé d'avis, et regretté de ne pas être restée ; quelque part avant le nouveau virage à droite dans la petite route de campagne qui menait à Wood's End et l'avait amenée sur le chemin de faîte situé derrière *The Jolly Barmaid*, qui serpentait entre les champs en hauteur et les pâturages humides en contrebas. A cet endroit, elle avait dû conduire lentement et avec précaution ; c'était une conductrice rapide mais pas imprudente, et, la nuit, les nombreux virages et les hautes haies bordant le chemin voilaient le pinceau des phares.

Lorsqu'elle avait changé d'avis, il était tout à fait normal qu'elle ait emprunté ce trajet plutôt que de faire demi-tour sur la grand-route. Enfin, normal si elle n'avait pris sa décision qu'avant le carrefour, et c'était le plus probable. Un carrefour invitait à ralentir, à réfléchir sur sa route. Elle avait donc tourné ici en se disant : je vais faire une dernière tentative pour le raisonner.

Cinq cents mètres plus loin, elle avait atteint le prochain virage à droite, sous le panneau indicateur de Wood's End. C'était à peine un village, juste quelques cottages, le chemin de la ferme, une minuscule épicerie, une cabine téléphonique. A partir d'ici, de nouveau à droite, sur la vieille route, et encore cinq cents mètres plus loin, le haut mur d'enceinte de *The Jolly Barmaid*. Elle s'était garée là « sous les arbres près du petit bois ». Lorsqu'il atteignit l'endroit, il comprit pourquoi : la route s'élargissait en une large bande d'herbe foulée sur la gauche, comme une aire de parking sous les frondaisons, et là elle pouvait quitter la route. A ce moment-là, il devait être pratiquement dix heures et demie, l'heure de la fermeture du pub, et bien que la plupart des clients empruntent la route principale, il était tout de même possible que certains partent dans cette direction.

Dominic descendit de vélo et poussa lentement celui-ci sur les cinquante derniers mètres, de l'endroit où elle s'était garée jusqu'à l'entrée de service de la cour. Il n'y avait pas de portail, simplement une large ouverture dans le mur, bloquée par deux poteaux de fer pour que les voitures ne puissent pas sortir par là. La grange-piste de danse était toute proche, elle n'avait qu'à traverser ce coin éloigné de la cour pour l'atteindre. Et là, Armiger l'attendait, tout plein de son nouveau projet, ne se posant même pas de questions sur son assentiment.

Combien de temps la scène avait-elle duré ? Peu, sans doute. Elle, essayant de le convaincre de l'écouter, lui sourd à tout ce qui n'était pas ses mirifiques projets d'avenir, convaincu qu'elle ne pouvait qu'être d'accord avec lui, comme deux personnes tentant de se transmettre un message fondamental sans parler le même langage. Si elle était arrivée là vers dix heures et demie, ou un peu plus tard, en comptant le temps de se garer, de fermer la voiture, et peut-être d'hésiter encore une fois, Dominic estima qu'elle avait dû prendre la fuite bien avant onze heures. Armiger allait toujours droit au but, il n'aurait jamais laissé l'exposé de ses plans durer plus d'un quart d'heure. La déclaration de Kitty, selon laquelle elle était rentrée chez elle à onze heures dix, donnait également une bonne idée du laps de temps écoulé ; le témoignage des voisins détruisait cette version, mais c'était l'heure qu'elle s'était sentie obligée de donner, qui correspondait à l'interprétation de ses mouvements qu'elle voulait imposer. Entre onze heures moins dix et moins cinq, elle était sortie en courant de la salle de danse, laissant Armiger effondré au pied de l'escalier, pensa Dominic avec certitude.

Et ensuite ? Comme elle l'avait dit elle-même, elle ne voulait qu'une chose, s'enfuir. Avait-elle conduit jusqu'au dernier virage et contourné *The Jolly Barmaid* pour rejoindre la route principale ? Ou bien avait-elle fait demi-tour ici sous les arbres et était-elle repartie par où elle était arrivée ? Elle avait fait demi-tour, conclut-il au bout d'un instant de réflexion. Cet itinéraire était plus court et plus tranquille. Il y avait largement la place d'effectuer un demi-tour sous les arbres, et elle avait presque certainement repris la direction de Wood's End. Elle aurait dû être chez elle en quatorze ou quinze minutes. Pourquoi n'était-ce pas le cas ?

Il tourna et retourna le problème, sûr et certain que c'était le seul point sur lequel elle avait menti. Pourquoi ? Il s'était écoulé une heure, et quoi qu'elle ait fait durant cette heure, il était persuadé qu'elle n'était pas retournée tuer Alfred Armiger. Alors pourquoi ne voulait-elle pas leur dire ce qui s'était passé durant cet intervalle ? Parce que quelqu'un d'autre était en cause ? Quelqu'un de tout aussi innocent, mais à qui elle ne voulait pas nuire ?

Son seul désir avait été de s'éloigner. Si elle ne l'avait pas fait, c'est qu'elle ne le pouvait pas.

Il s'était mis à pousser sa bicyclette vers Wood's End, traînant des pieds dans les feuilles mortes sous les arbres. Il avait choisi de marcher parce que son esprit ressassait les maigres informations dont il disposait avec tant de lenteur qu'il avait besoin de se déplacer à la même allure. Là elle avait fait demi-tour, était repartie, et pourtant, elle n'était pas rentrée à Comerbourne avant minuit passé. Elle conduisait, vite, sans doute, pour laisser derrière elle son sentiment de honte, de rage et de frustration. Quelque part sur la route, également, la frayeur s'était emparée d'elle, elle aurait dû rester pour s'assurer qu'il n'était pas gravement blessé ; mais à ce moment-là, il était trop tard, elle ne s'arrêterait plus, au contraire, elle n'en accélérerait que de plus belle. Alors pourquoi n'était-elle pas rentrée chez elle à onze heures, comme elle aurait dû ?

Et soudain, il sut pourquoi.

C'était tellement simple et bête que ce devait être vrai. Il entendit le grondement du moteur qui baissait de régime, le toussotement, la puissance qui diminuait.

Il vit Kitty enclencher la réserve d'un orteil impatient, puis se reprendre avec colère et exaspération parce qu'elle était déjà passée sur la réserve, et qu'une fois encore, elle avait réussi son coup. Elle avait probablement passé la moitié de la journée à se dire sans se faire de souci : « Oh, j'ai bien le temps, il me reste cinq litres, je m'arrêterai chez Lowe's avant de quitter Comerbourne, je ferai le plein à Leah Green... » se jurant d'agir à chaque fois que la nécessité s'en faisait sentir, jusqu'à ce qu'il soit trop tard.

« Je suis incorrigible. Je tombe en panne sèche en plein milieu de High Street, ou bien à mi-chemin du golf. » Il l'entendait encore, et se souvenait de la moindre de ses paroles. Ceux qui ne connaissaient pas Kitty comme il la connaissait, ceux qui n'étaient pas intimes avec elle comme lui l'était, ceux-là auraient été incapables de découvrir l'explication toute bête de cette heure perdue. Elle était simplement tombée en panne d'essence. Cela lui arrivait tout le temps, elle le lui avait elle-même confié.

La question qui se posait ensuite était : où cela s'était-il produit ? Il réfléchit et se dit que ce devait plutôt être près de *The Jolly Barmaid*, et assez loin de Comerbourne. Si elle s'était trouvée près de la ville, elle se serait contentée d'arrêter une voiture sur la grand-route et de supplier le conducteur soit de lui donner de l'essence, soit de laisser le message à son garage. Se retrouver immobilisé sur la grande route de Comerbourne vers onze heures du soir était relativement innocent, cela revenait au même que d'être rentré à onze heures moins dix, et il n'y aurait pas eu d'heure manquante, pas de besoin de mentir. Mais Kitty avait menti, c'était là ce qui l'incriminait le plus. Non, elle s'était retrouvée coincée quelque part par ici, dangereusement près du pub. Ici, elle ne voulait pas arrêter de voiture, elle ne voulait pas que son garagiste vienne la rechercher ; elle ne voulait pas attirer l'attention sur sa présence, en aucune façon, ou laisser qui que ce soit savoir qu'elle s'était trouvée là.

Dominic se représentait son état d'esprit avec tant de passion que ses propres battements de cœur s'accélérèrent et que la panique fit palpiter les veines de ses tempes. Chaque minute écoulée avait dû la plonger dans une hystérie grandissante. Et si Armiger était gravement blessé, et qu'elle l'ait abandonné dans cet état ? Et si même il mourait ? Peut-être avait-elle pensé retourner près de lui, mais elle n'avait tout simplement pu se résoudre à l'affronter de nouveau. Elle n'avait jamais eu l'intention d'accomplir un acte aussi affreux, mais c'était fait, et elle était responsable. Dans cet état d'esprit, elle n'avait pu avoir qu'une idée instinctive en tête, et c'était de dissimuler qu'elle s'était trouvée sur les lieux après être partie par la route principale à dix heures moins le quart.

A supposer que cela s'est produit par ici, se dit-il en marchant lentement sur le côté gauche de la vieille route, son problème a dû être d'éloigner sa voiture le plus possible du centre de la chaussée, car la route est étroite et sinueuse. Si j'ouvre grands les yeux, je distinguerai peut-être l'endroit, car elle a sans doute presque dû rentrer la voiture dans la haie, et je me demande si la carrosserie n'en portera pas les traces.

Il arrivait en vue des cottages de Wood's End lorsqu'il trouva au moins un endroit où on avait poussé un véhicule le plus loin possible sur le talus, les traces de pneus écrasant quasiment le pied de la haie. Impossible de se tromper. Les herbes foulées, les pousses qui dépassaient de la haie, brisées, ces légers signes déjà partiellement effacés par le vent et la pluie n'en étaient pas moins là si on y regardait de près, et la trace des pneus bien visible. Peut-être était-ce Kitty, peut-être pas, elle était la seule à pouvoir le leur dire.

Néanmoins, à supposer qu'elle soit tombée là en panne d'essence, quelle aurait été l'étape suivante ? Elle aurait dû appeler quelqu'un à l'aide, et le plus logique, c'était de se rendre à la cabine téléphonique de Wood's End, et de là téléphoner à quelqu'un de très intime, quelqu'un en qui elle pouvait avoir une confiance absolue. Ce quelqu'un venait à la rescousse, et lui apportait suffisamment d'essence pour lui permettre de rentrer chez elle. Ce qui avait provoqué le mutisme de Kitty, c'était certainement que ce simple mouvement rendait son sauveur susceptible d'être inculpé comme complice. Si elle était condamnée, on pouvait inculper celui ou celle qui l'avait aidée, et Kitty s'y refusait. Rien ni personne n'allait l'obliger à incriminer l'ami qui était venu à son secours. Kitty, c'était ce genre de fille.

Cette longue communion avec lui-même avait amené Dominic à hauteur de la cabine téléphonique. Il regarda celle-ci un moment, puis sans même savoir ce qu'il pouvait espérer y trouver, il tira la porte et examina l'intérieur poussiéreux. Ce n'était qu'une boîte impersonnelle, un élément de machinerie de la vie moderne, avec les graffiti habituels. Il laissait retomber la porte lorsque du coin de l'œil, il perçut un éclair doré incongru. Il rouvrit le battant en hâte. Accroché au gond, aussi indistinct qu'une toile d'araignée, à l'exception de quelques fils d'or déchirés, un lambeau de gaze pendait comme un papillon écrasé.

Il tendit la main pour le dégager, mais s'arrêta, et ne fit rien d'autre qu'aplanir le fragment délicat du bout de ses doigts, jusqu'à distinguer les minuscules fleurs d'or brodées sur la soie presque impalpable. Un coin d'écharpe indienne, bleu et rouge vifs, entremêlée de fils d'or ; l'écharpe que Kitty portait le soir de la mort d'Armiger. Le seul détail pour lequel la police ne disposait d'aucune explication, le seul détail qui ne collait pas ; mais pour Dominic, le puzzle s'emboîtait parfaitement.

Il ne devait pas y toucher. Son père devait le voir exactement là comme il était. Il s'enferma dans la cabine et composa le numéro d'une main qui tremblait d'excitation.

— Je suis Dominic Felse. Pourrais-je parler à mon père, s'il vous plaît ? Je sais, mais c'est important, cela a un rapport avec l'affaire.

George, plongé jusqu'au cou dans la paperasserie, n'était pas d'humeur à se voir interrompu, mais néanmoins trop sensible à ses dernières erreurs pour courir de nouveaux risques en ce qui concernait Dominic. Il prit la communication sans grand enthousiasme, et incrédule, entendit son fils lui annoncer :

— Je suis dans la cabine téléphonique à Wood's End, Papa. J'ai trouvé le coin d'écharpe déchiré de Kitty.

— *Quoi ?*

Dominic répéta patiemment sa déclaration.

— Le morceau est coincé dans le gond de la porte, elle a dû sortir à toute vitesse et le déchirer tout net. Je sais, je l'ai laissé où il était. Je garde l'œil dessus jusqu'à ce que tu arrives.

— Et comment diable es-tu tombé tout droit là-dessus ? demanda George, vexé.

— J'ai utilisé mon génie naturel. Viens et je te raconterai.

Il ne put retenir le petit ton suffisant, mais il ne se sentait pas vraiment transporté d'enthousiasme ; il restait encore beaucoup à faire, et trop de choses en jeu. Tandis qu'il attendait, il se demanda jusqu'à quel point il devait tout raconter à son père. Le seul véritable indice, c'était ce bout de soie, mais il tendait à renforcer sa théorie, et peut-être devait-il se confier entièrement. Ce qu'il avait appris par hasard des habitudes automobiles de Kitty, par exemple, représentait également un indice, ainsi que la haie abîmée. Il finit donc par expliquer à George tout le raisonnement qui l'avait amené à la cabine téléphonique, et on l'écouta avec une attention flatteuse. Il ajouta ses initiales à celles de son père sur l'enveloppe dans laquelle celui-ci enferma le fragment de gaze, tout en éprouvant le léger soupçon que ceci n'était destiné qu'à flatter son amour-propre.

— Tout cela se tient remarquablement, admit George en inspectant la haie. Nous allons examiner la voiture, et voir s'il y a des traces sur la carrosserie. Les ailes de ce véhicule-là ont pénétré très avant dans l'épaisseur des buissons.

— Je suppose qu'il m'est impossible de voir Kitty, n'est-ce pas ? demanda Dominic avec précaution.

— J'en ai bien peur, Dom. Tu aurais besoin d'un excellent prétexte, être son conseiller juridique ou un membre de sa famille... et encore.

— Je comprends. Je pensais bien que ce n'était pas possible. Mais toi, tu peux la voir, non ? Tu pourrais lui poser toutes mes questions à ma place... Où est-elle tombée en panne d'essence, à qui a-t-elle téléphoné. Je ne pense pas qu'elle te réponde, bien sûr, mais elle ne s'attendra pas à ce que tu sois au courant, et elle peut laisser échapper quelque chose sans le vouloir. Elle n'est pas très douée pour les mensonges, expliqua-t-il tandis que sa gorge se serrait. Elle oublie, et donne sans y penser une parcelle de vérité. Mais si elle ment pour couvrir quelqu'un d'autre, elle fera deux fois plus attention.

Il suivit du pied les profonds sillons laissés par les pneus dans l'herbe tendre au pied de la haie, et fronça les sourcils en baissant les yeux.

— Tu ne pourrais pas lui confier un message de ma part ? Oh, rien d'exceptionnel, je voulais juste lui transmettre mes amitiés... et lui dire que je fais de mon mieux pour l'aider.

— Je lui transmettrai le message avec plaisir, dit gravement George.

Il ne lui apprit pas que l'examen de la voiture de Kitty avait révélé la présence d'infimes traces de sang sur le bord du siège du conducteur, provenant de toute évidence de sa robe, ni que les fines éraflures sur l'aile avant gauche les préoccupaient déjà depuis plusieurs heures. Il ne paraissait guère généreux de lui dissimuler ces détails alors qu'il venait de contribuer si efficacement à l'enquête, mais George n'avait pas le choix. Ils s'étaient entendus sur les termes de la trêve, et Dominic n'attendait guère de concessions.

Cet après-midi-là, George alla voir Kitty. Raymond Shelley, épuisé et déprimé, la quittait au même moment, et croisa George dans le couloir, tenant sa volumineuse serviette serrée contre lui dans un geste de défense, comme si elle renfermait la vie de Kitty. Ne serait-ce que se parler leur était devenu difficile, ils représentaient chacun un côté de la barrière, et communiquer leur demandait un gros effort.

— Vous réalisez que sa défense consistera à nier résolument toutes les charges, dit Shelley. N'importe quel médecin un tant soit peu compétent sera capable de démontrer qu'aucune femme ne peut être tenue pour responsable de l'agression, sur de simples critères physiques.

George ne répondit rien. Il avait lui-même soulevé le même argument, et Duckett, avec un regard moqueur, lui avait rétorqué :

— Vous plaisantez ? Avec une cible immobile sur un plancher dur comme de l'acier ? Un gamin de dix ans aurait pu le faire.

— Je n'arrive pas à y croire, encore maintenant, éclata Shelley en secouant désespérément la tête. Kitty ! Je la connais depuis qu'elle est née, elle serait incapable de faire du mal à une mouche. Ce n'est pas possible, Felse, tout simplement pas possible. Je ne me pardonnerai jamais de l'avoir laissée seule ce soir-là. Si j'avais pu penser qu'il avait un tel projet en tête, j'aurais pu l'arrêter.

En aurait-il vraiment été capable ? se demanda George en le regardant s'éloigner avec sympathie. Quelle influence exerçait-il réellement sur Armiger, sur les points importants ? Comment Leslie l'avait-il appelé ? Un homme de paille. C'est lui qui était manipulé ; il n'était dans le secret de son maître qu'aussi longtemps qu'Armiger le voulait, pour servir ses propres desseins. Non, Shelley n'aurait rien pu faire pour arrêter la charge du taureau, et s'il avait essayé, il aurait peut-être fait une victime de plus.

Kitty avait surmonté la première angoisse, les larmes de désespoir, de solitude et de honte qui avaient crucifié le cœur de George la veille. Dieu merci, Dominic ne savait rien de cette demi-heure d'effondrement, et n'en saurait jamais rien. Quoi que son imagination puisse lui infliger comme supplice, ce ne serait jamais à la hauteur de la réalité dont son père avait été témoin et avait souffert. La première chose que fit Kitty ce jour-là fut de s'en excuser, simplement et franchement, sans aucune gêne. C'était passé, et cela ne se reproduirait plus.

— Je suis désolée de vous avoir infligé cela. Je ne m'y attendais pas moi-même, j'étais en état de choc. Comme quoi, on ne sait jamais vraiment comment on peut réagir en cas de crise. Moi qui ai toujours cru être d'un tempérament égal...

— Mon fils vous adresse ses amitiés, dit-il, et m'a demandé de vous dire qu'il fait son possible pour vous aider.

Elle leva la tête et lui adressa un sourire dont il comprit qu'il appartenait de droit à Dominic. Elle paraissait pâle et épuisée, mais sa détresse n'avait fait qu'agrandir encore un peu plus ses yeux et rendre encore plus vulnérables et tendres les courbes de sa bouche. Elle portait la même jupe et le même sweater de couleur neutre qu'il lui avait vus chez elle, et un livre ouvert était posé à côté d'elle ; elle avait l'air d'une étudiante studieuse surprise durant la dernière semaine précédant un examen capital.

— Remerciez-le de ma part. Il est quasiment le seul à me croire lorsque j'affirme que je suis innocente. La vérité sort de la bouche des enfants...

Elle battit brusquement des mains comme pour rattraper cette impardonnable bêtise.

— Non, ne lui dites pas ça. Ce n'est même pas vrai, et cela le blesserait. Remerciez-le simplement pour moi, et dites-lui que je l'embrasse.

Cela, elle y avait réfléchi, et elle ne se reprit pas, refermant d'un air décidé l'arc de ses lèvres sur le mot.

— Nous avons trouvé l'endroit où vous avez poussé la voiture dans la haie lorsque vous êtes tombée en panne d'essence, annonça George sur le ton de la conversation. Pourquoi ne nous avez-vous pas parlé de ça ? Vous auriez dû vous douter que nous finirions par le découvrir.

— C'est lui qui l'a découvert, dit Kitty avec un nouveau sourire, lui aussi à l'adresse de Dominic. Quel garçon fantastique ! Dire qu'il s'est souvenu de ça ! Mais même lui peut se tromper, vous savez. Enfin, n'en parlons plus, c'est un sujet que je n'aime pas, et vous ne pouvez pas m'y obliger. D'ailleurs, en y réfléchissant, il n'y a absolument aucun mal que vous puissiez me faire. Sauf cesser de me rendre visite, peut-être. Je préfère vous voir, vous, plutôt que de ne voir personne. Ce pauvre Ray a l'air si désespérément triste qu'il me brise le cœur. Et qui d'autre est susceptible de venir me voir ?

— Vous avez des tonnes d'amis, et vous le savez, dit George en consentant à la suivre dans ses coq-à-l'âne déconcertants.

— J'*avais*. Kitty, la débutante la plus populaire de l'année. Vous savez combien de jeunes gens bien sous tous rapports ont voulu m'épouser depuis qu'ils ont appris que Leslie n'était plus sur le marché ? Sept d'entre eux sont allés jusqu'à formuler leur demande, et cinq n'en étaient pas loin. Et vous savez combien sont venus me voir aujourd'hui, pour me dire à quel point ils m'aimaient ? Un. Et c'était Leslie, celui qui n'a jamais prétendu m'aimer.

Elle rit, et parce que Leslie était venu, c'était un beau rire authentique, presque joyeux. C'est alors seulement que George comprit que Kitty avait tout de même retiré quelque chose de ce désastre.

— Ils l'ont laissé entrer ?

— Oh oui, il avait un prétexte, celui d'être le fils de

ma victime, qui a été élevé avec moi quasiment comme un frère. Il était très gentil, dit-elle en regardant ses mains et en souriant avec une tendresse pour laquelle n'importe quel homme aurait accompli des prodiges d'amour et de fidélité. Et très bouleversé.

Elle ne se préoccupait plus de savoir qui était témoin de son chagrin ou de son ravissement ; la vie était devenue si précaire qu'elle en était simple, il n'était plus temps de feindre ou d'avoir honte.

— Je crois qu'il se sent même responsable à mon égard, simplement parce que c'est son père qui s'est fait assassiner... Comme s'il pouvait y faire quoi que ce soit. Il a presque l'impression que c'est lui qui m'a mise dans cette situation. Mais c'est moi qui m'y suis mise... et personne d'autre. N'allez pas prendre cela pour une confession, n'est-ce pas ? Ce n'en est pas une.

— Et vous tenez quelqu'un d'autre à l'écart de cette situation.

Elle tourna la tête et le regarda, pas assez brusquement pour qu'on pût affirmer qu'il avait provoqué chez elle une réaction, mais de façon suffisamment catégorique pour qu'il sache que cette fois, elle prêtait attention à ce qu'il disait.

— La personne à qui vous avez téléphoné de venir vous sortir de ce pétrin, dit-il. Nous savons que vous l'avez fait, vous avez laissé un morceau de votre écharpe pris dans la porte de la cabine téléphonique à Wood's End. Vous pensiez vraiment que nous ne le découvririons pas ? Vous devriez nous raconter tout ce qui concerne cet interlude. Ce n'est qu'une question de temps, avant que nous n'apprenions les détails.

— J'ai tout mon temps, dit Kitty avec un sourire presque moqueur, bien que la tristesse qui régnait dans tout ce qu'elle faisait se lût également dans cette raillerie.

— Qui était-ce, Kitty ? Mieux vaut nous donner son nom avant que nous ne vous le donnions.

— Je ne vois pas du tout de quoi vous parlez. Dites-moi, j'ai réfléchi à quelque chose. Si je suis condamnée, je ne peux pas hériter de ma victime, n'est-ce pas ? Que devient l'argent dans ce cas ? Je n'ai pas pensé à demander à ce pauvre Raymond, j'étais trop occupée à lui tenir la main pour le réconforter. Vous savez, vous ?

— Je ne suis pas certain. Mais je pense qu'il devrait aller directement au parent le plus proche, à moins que le testament ne l'interdise expressément.

Il ne savait pas s'il allait pouvoir supporter cela encore longtemps sans oublier qu'il était officier de police, qu'il était là pour son travail. Il aurait aimé penser qu'elle se comportait ainsi volontairement, pour se venger ou par pure bravade, pour ne plus y penser, mais il savait que ce n'était pas le cas. Elle se dérobait à l'interrogatoire, mais posait ses propres questions parce qu'elle voulait connaître les réponses.

— Bien ! dit-elle avec un soupir de satisfaction. Comme ça, Leslie et Jean n'auront plus à s'en faire, ils seront riches. Il faudrait sans doute que je fasse un testament, moi aussi.

George ouvrit la bouche pour lui répondre, mais il fut incapable d'articuler un mot. Elle leva les yeux, car l'épaisseur de son silence choqué avait un instant pénétré son isolement, et en en cherchant la raison dans ce qu'elle venait de dire, elle se trompa de réponse.

— Mais non, s'empressa-t-elle avec bonté. Ce n'est pas ce que je voulais dire. Je le sais ! Même si on en arrive au pire, ce n'est pas un crime capital.

10

— La voilà, annonça Leslie en s'éloignant de la table, la «femme joyeuse» en personne. J'ai suivi votre conseil et suis allé la récupérer chez Cranmer hier. Qu'en pensez-vous ?

Si George avait répondu à cela par la vérité toute nue, il aurait dit : « Pas grand-chose ! » Dressé contre le mur pour recevoir le peu de lumière qui tombait par la fenêtre en ce morne dimanche matin, le panneau de bois ne faisait guère impression, ses couleurs chair devenues jaunâtres et ses tons riches patinés et salis jusqu'à devenir brun sale. Il n'était pas très grand pour une enseigne d'auberge, environ cinquante centimètres sur quarante, et même à l'intérieur de ce cadre, le personnage n'était pas aussi vigoureux qu'il aurait pu l'être. Sur un à-plat qui avait peut-être un jour été vert ou bleu, mais qui était maintenant grenelé de couches superposées de vernis brun résineux, la femme était peinte à peu près jusqu'à la taille. A la base du panneau, ses mains étaient croisées sous ses petits seins de jeune fille, emmaillotés dans un fichu de mousseline mal brossé. Ses épaules étaient bien droites sous les plis du fichu, son cou assez long et informe dans cette dernière version, penché en avant comme une tige de fleur pour contrebalancer la tête rejetée en arrière. De trois quarts, le regard tourné vers la droite, elle levait son grand front aimable à la lumière et riait. Et malgré le caractère rudimentaire des masses plates qui la composaient, et l'absence de modelage de ses traits, la nature de son rire ne faisait aucun doute : c'était un rire de contentement et non d'amusement ; elle ne le partageait avec personne, il lui appartenait à elle seule, et elle méritait parfaitement son nom.

— Je n'y connais rien en peinture, répondit sincèrement George tout en tentant de ne pas donner l'impression qu'il ne s'en portait pas plus mal. Franchement, c'est plutôt laid, non ? Et puis, c'est un mélange bizarre. Cette collerette, ces cheveux remontés sur les côtés comme des ailes, et ces anglaises sur les côtés, on dirait des touches de réalisme victorien. Mais sa pose n'a rien de victorien ni de réaliste, d'ailleurs. Elle est plutôt hiératique... Ce que je dis tient debout ?

— Tout à fait. Que trouvez-vous laid, l'ensemble ou les détails ?

— Les détails, je crois. L'ensemble a un certain équilibre... je parle de la silhouette de la femme sur le panneau. Les touches de peinture sont maladroites, mais je suppose que cela résulte de couches successives déposées au fil des ans par des amateurs à chaque fois qu'elle s'abîmait.

— Faites attention, approuva Leslie, vous allez finir par devenir critique d'art.

Il avait presque oublié, dans son excitation, que sa relation avec George s'était jusqu'ici nourrie de soupçons réciproques et d'antagonismes potentiels.

— C'est exactement ce qui lui est arrivé, reprit-il, et ce probablement pendant deux siècles. A chaque fois qu'elle avait besoin d'être égayée, un membre de la famille au doigté de boxeur prenait un pinceau, quelques couleurs primaires et remplissait les trous sans barguigner, comme une mosaïque. De temps en temps, un des artistes, emporté par son élan, a rajouté les petits détails comme les anglaises — qui, comme vous l'avez justement fait remarquer, ne coïncident pas avec le reste. Je parie qu'on ne les trouve plus sous les deux ou trois premières couches. Mais la silhouette, la façon dont elle remplit l'espace, son maintien, cela date du tout début, et c'est bon. Je veux la tirer de sa gangue. Je veux voir à quoi elle ressemblait, avant d'entrer dans le commerce des boissons, car je suis quasiment certain qu'elle a des antécédents. Elle n'a pas toujours été une enseigne d'auberge.

Jean, qui se dirigeait vers la kitchenette sur le palier, s'arrêta et fixa la femme qui riait avec intensité, mordillant le manche de la fourchette qu'elle tenait à la main.

— Tu sais, elle me rappelle quelque chose, mais je n'arrive pas à savoir quoi. Tu crois qu'elle a toujours ri ?

— Oui, je crois, le rire est dans le rejet de la tête en arrière. Avec un peu de chance, nous découvrirons son origine. Je la porte cet après-midi au type qui s'occupe du musée de l'université, expliqua Leslie, ravi. Je l'ai appelé hier... Brandon Lucas, je me suis aperçu que j'avais connu son fils à Oxford, ce qui nous a permis de rompre la glace. Il m'a dit qu'il était très intéressé, et qu'il aimerait y jeter un coup d'œil.

— Vous avez eu du mal à la récupérer chez Cranmer ? demanda George.

— Non, aucun. Il ne tenait pas beaucoup à s'en séparer, mais je pense qu'il n'avait pas intérêt à montrer trop d'empressement, après votre visite.

— Il vous a fait une offre ?

— Oui.

— Jusqu'où est-il monté ?

George sentit trop tard le léger froid qui envahit la pièce, et la tension qui s'établit entre le mari et la femme. Il n'aurait pas dû poser la question ; l'argent était un sujet qui avait assombri leur courte vie conjugale, le besoin d'argent, la privation injuste d'argent, l'indignité d'avoir à s'abaisser pour en demander.

— Six cents livres, articula clairement Jean avec amertume avant de se diriger vers la porte.

Leslie serra sa cigarette avec des doigts qui maintenant tremblaient.

— Quand papa en a offert cinq cents, tu n'en a pas voulu, dit-il avec indignation. Tu m'as dit que j'avais eu raison de les refuser. Qu'est-ce que cette offre a de différent ?

— C'est cent livres de plus, rétorqua-t-elle froidement, et elles ne viennent pas de ton père. C'est l'argent d'un commerçant, il ne me brûlerait pas les doigts, et ce que j'achèterais avec ne me paraîtrait pas empoisonné.

C'était donc cela. Lorsque l'offre avait atteint un chiffre aussi tentant, elle avait voulu qu'il l'accepte, ce qui était parfaitement logique et compréhensible. Elle s'était transformée en tigresse protégeant son petit ; pas à n'importe quel prix, mais à un prix qui ne porterait pas atteinte à son orgueil. Si sa confiance en Leslie était demeurée totale, elle aurait accepté sans rechigner sa vision des choses, et l'aurait loyalement suivi, mais son désastreux appel à l'aide avait une fois pour toutes terminé la lune de miel. Dorénavant, il aurait à faire ses preuves à chaque fois, et chacun de ses actes serait soumis à une critique et un jugement sans merci, non par intérêt personnel, mais pour son enfant. Jetant un coup d'œil à la pièce sinistre et encombrée, George ne put lui en vouloir de s'accrocher à ce qu'elle pouvait obtenir aujourd'hui plutôt qu'aux potentielles richesses futures.

— Et si j'avais accepté, et que le tableau s'avère valoir dix fois plus, tu ne me l'aurais jamais pardonné non plus, rétorqua Leslie, piqué au vif.

Il rougit de son ton irrité, et pour couper court à l'inconvenante dispute, alla ôter le panneau du mur, son plaisir gâché. Il avait honte d'avoir étalé leurs dissensions devant George, et elle aussi probablement, car, sur le seuil de la porte, elle ajouta sans se retourner :

— Enfin, inutile de se faire du souci, maintenant, c'est fait. On ne sait jamais, nous aurons peut-être de la chance.

— Croyez-moi, Mrs. Armiger, dit George fermement, si Cranmer en a offert six cents livres, c'est qu'il était certain d'en tirer beaucoup plus que cela. Il ne fait pas d'affaires pour le plaisir. Gardez le panneau tant que vous n'aurez pas dessus un avis totalement désintéressé.

Il se rapprocha pour jeter un dernier coup d'œil au tableau. Un curieux ornement était épinglé entre les seins juvéniles, quelque chose qui ressemblait à une énorme broche ovale avec un motif en relief. Il était fixé au-dessus des mains croisées, de longues mains molles et désarticulées, blêmes sous le vernis craquelé.

— Vous avez déjà votre petite idée sur son origine, non ? demanda-t-il à Leslie avec curiosité.

— Oui, c'est vrai, mais je n'ose pas y croire. C'est trop invraisemblable, je préfère ne pas en parler avant que quelqu'un d'autre ne se soit prononcé, quelqu'un de beaucoup plus qualifié que moi.

Il emballa le panneau dans un vieux chiffon et le rangea soigneusement dans un coin.

— Je suis désolé, je n'arrive pas à penser à autre chose, mais vous n'êtes sans doute pas venu me parler d'*elle*. Cela a un rapport avec Kitty ?

A cette pensée, il était devenu grave, ses propres tracas et plaisirs éclipsés.

— Vous avez raison, dit George. Vous lui avez rendu visite hier matin, non ?

— Oui, dès que j'ai pu quitter le magasin. Je ne savais même pas qu'elle avait été arrêtée avant d'aller travailler. Pourquoi ? Cela ne posait pas de problème, n'est-ce pas ?

— Non, non, pas du tout. Je me demandais simplement si elle avait été plus communicative avec vous qu'avec nous. Ce soir-là, entre onze heures et minuit, il y a une heure de son temps pour laquelle elle refuse de nous donner des explications, et il se pourrait que ses raisons pour ne rien dire impliquent une autre personne. Mon sentiment, c'est que tout ce qui a un rapport avec ses mouvements ce soir-là doit être révélé, c'est la meilleure solution pour elle.

— Que ce soit innocent ou incriminant ?

— Innocent ou non.

— Je veux bien le croire parce que c'est vous, finit par dire Leslie après avoir réfléchi. Mais si vous me demandez si elle m'a confié hier matin quelque chose qu'elle ne vous a pas dit l'après-midi, c'est non. Elle n'a pas dit un mot sur mon père ou bien sur cette nuit-là. Nous n'en avons pas parlé. Nous n'avons pas parlé de grand-chose, d'ailleurs. Elle a simplement affirmé qu'elle ne l'avait pas tué, et je lui ai dit que jamais je n'avais pensé une chose pareille. Ce qui est une excellente raison de coopérer avec vous, maintenant que j'y pense.

— Tout à fait, si vous êtes sincèrement persuadé de son innocence. Combien de temps êtes-vous resté avec elle ? Une demi-heure ? Qu'avez-vous fait, si vous n'avez pas parlé ?

Le rouge de la colère s'étendit soudain sur les pommettes de Leslie.

— Pour la plus grande part, Kitty pleurait, et j'essayais de la réconforter.

Son éclair d'indignation s'évanouit aussi vite qu'il était apparu.

— Oh, rien de bien extraordinaire, elle en avait simplement besoin, et avec moi, elle pouvait se le permettre. Elle ne m'a rien dit de cette heure manquante. Vous savez, je le suppose, que vous n'êtes pas le seul à m'avoir posé la question ? Votre fils est venu hier.

— Je ne le savais pas, mais cela ne m'étonne pas.

Dominic n'ayant donné aucune information résultant de ses investigations sur ce point, il lui avait paru probable qu'il n'en avait déniché aucune.

— Nous avons passé un arrangement de travail, expliqua George avec un sourire contraint. Vous a-t-il posé la question suivante ? Si Kitty se trouvait dans une situation désespérée et avait besoin de quelqu'un de façon pressante, quelqu'un qui n'hésiterait pas à venir en pleine nuit la sortir d'un mauvais pas, à qui ferait-elle appel ?

— Non, il ne m'a pas exactement demandé cela, mais nous avons peut-être quand même passé en revue ce même point d'une autre façon. Il fut un temps où j'aurais dit qu'elle se serait adressée à moi. Nous avons été très amis, en grandissant, elle a toujours été comme ma petite sœur, mais l'horrible projet de mon père a tout démoli, ce qui n'était pas étonnant. Kitty est bizarre, gentille, drôle et candide, mais très seule, également. J'ai beaucoup d'affection pour elle, et je crois qu'elle en avait également pour moi jusqu'à ce que papa gâche tout. Je lui ai dit, hier, au nom du ciel, pourquoi ne m'avait-elle pas appelé si elle avait des ennuis, mais elle m'a répondu que je n'avais plus le téléphone, un truc cinglé, comme si c'était une raison pour me faire sortir de sa vie. Vous dites ?

— Non, rien, dit George en secouant la tête. A qui d'autre pourrait-elle s'adresser ?

— Eh bien, elle a un nuage de types autour d'elle qui la suivent comme son ombre, bien sûr, mais je ne la vois pas s'adresser à l'un d'entre eux. Si elle avait vraiment besoin de quelqu'un, je crois que ce serait quelqu'un de plus âgé. Sa tante, par exemple, celle qui l'a élevée, mais elle est morte il y a un an, à peu près. Il y a son administrateur — un vieil homme charmant, qu'elle connaît depuis qu'elle est enfant — ou encore Ray Shelley, qui est comme un oncle pour elle, elle s'est toujours bien entendue avec lui, surtout après qu'il se fut mouillé pour moi lorsque la rupture a éclaté avec mon père. Quelqu'un dans ce genre-là. Je ne suis peut-être pas d'une grande aide ?

— Si, peut-être.

— Ne vous méprenez pas. C'est Kitty que j'aide, pas vous. Vous ne faites que votre travail, je le sais. Mais je ne suis pas policier, je ne suis qu'un ami de Kitty.

— Très bien, je comprends, dit George, résigné à se voir exclu de l'espèce humaine. A propos, je suppose que Dom vous a fait parfaitement comprendre de quel côté il se situait ?

L'esquisse d'un sourire dans les yeux de Leslie lui fit comprendre que c'était bien le cas, et que Dom n'en avait été que mieux accueilli.

Il atteignit la porte, puis se retourna pour déclarer :

— Une dernière chose, qui vous fera peut-être plaisir, nous avons retrouvé quelqu'un qui confirme votre emploi du temps. Un des mineurs de la dernière équipe chez Warren vit au bout de cette rue. Il descendait du bus des mineurs au coin juste au moment où vous tourniez pour rentrer chez vous, ce qui fixe l'heure de façon assez précise à onze heures moins le quart, à une ou deux minutes près. Ce point est donc réglé, même s'il n'a plus beaucoup d'importance maintenant.

— Je vois, dit lentement Leslie. Eh bien, merci de m'en avoir informé. Il y a deux jours, c'est quelque chose qui aurait eu beaucoup de valeur, mais comme vous dites, ça ne représente plus grand-chose aujourd'hui.

— Ce n'est qu'hier au soir que nous avons pensé à vérifier l'heure de passage du bus des mineurs. Je vous l'aurais dit si je l'avais su avant. Eh bien, bonne chance pour votre *Joyful Woman* cet après-midi ! Comment allez-vous la transporter ? Ce n'est pas très pratique en bus ? Je peux vous aider, si vous n'avez pas de moyen de transport ?

— C'est très gentil à vous, mais nous pouvons utiliser la camionnette de Barney Wilson lorsqu'il n'en a pas besoin. Il me laisse un double de ses clés pour que je puisse aller la chercher. Il la range au dépôt sur la grand-route, parce qu'il n'a pas de garage, c'est donc très pratique.

— C'est un homme confiant, dit George en haut des marches de l'escalier. La plupart des gens préféreraient vous prêter leur femme plutôt que leur voiture.

Eh bien, pensa-t-il tandis qu'il prenait lentement le chemin du retour, il n'était pas sorti les mains tout à fait vides de cette entrevue, même s'il restait encore des points obscurs. Entre autres, cette *Joyful Woman*, cette œuvre d'art banale, d'apparence et de provenance si peu reluisantes, et pour laquelle un antiquaire malin était néanmoins prêt à payer six cents livres. Avait-elle ou non un rapport avec la mort d'Armiger ? Elle ne cadrait pas avec la théorie qui le préoccupait depuis sa visite de la veille à Kitty, mais si elle s'avérait revêtir une grande valeur, alors c'était une piste à explorer.

Pourtant, si l'argent était le motif du meurtre, il entrait sûrement beaucoup plus en jeu que les quelques milliers de livres qu'on pouvait tirer d'un trésor artistique. Non pas l'argent pour lequel Armiger avait joué à la fin de sa vie, mais tout l'argent qu'il avait déjà, ce quart de million de livres dont le jeune Leslie avait toujours cru hériter. S'était-il véritablement résigné à se passer de cet argent ? Et même s'il s'était trouvé sur le point d'accepter son nouvel état de dénuement, faute de moyens d'y changer quoi que ce soit, quelle aurait pu être sa réaction si le destin lui avait soudain offert une magnifique et unique opportunité de récupérer sa fortune ?

Leslie avait sans doute quitté ce soir-là *The Jolly Barmaid* sans l'intention de faire rien de plus répréhensible que de rentrer chez lui à pied. Il en avait eu l'intention, et il l'avait fait ; le témoignage du mineur le prouvait de façon concluante. Il ne pouvait pas être resté sur place et avoir été témoin de la fuite de Kitty, puis être retourné achever ce qu'elle avait accidentellement commencé. Il se trouvait à ce moment-là à Comerbourne, à deux kilomètres de distance. S'il avait tué, il serait retourné là-bas dans un geste prémédité, conçu dans l'instant, comme un éclair... ou un appel au secours. Un appel de Kitty.

George en était là de ses réflexions lorsqu'il réalisa

enfin qu'il raisonnait en des termes qui indiquaient qu'il n'entretenait plus le moindre doute sur l'innocence de Kitty. Il ne savait pas si cela venait de Kitty ou de Dominic, mais il n'en était pas autrement surpris ; il ne faisait que reconnaître quelque chose qui était vrai depuis vingt-quatre heures.

Ce n'était pas Kitty, mais quelqu'un d'autre. Quelqu'un à qui elle avait téléphoné de Wood's End ? A supposer que quelqu'un ait découvert par l'intermédiaire d'une Kitty paniquée qu'Armiger était étendu inconscient dans la grange, et à supposer que ce quelqu'un ait eu, ou se soit brusquement découvert à cet instant une raison majeure de vouloir achever le travail : Kitty était déjà en position pour endosser la responsabilité de cet acte, et elle prévenait elle-même le meurtrier. Une chance comme celle-ci ne se présente qu'une fois dans une vie.

C'était Kitty elle-même qui avait fait naître l'idée dans la tête de George, sans avoir la moindre conscience de la graine qu'elle semait. Elle ne s'accrochait qu'à une maigre consolation dans son océan de tristesse : « Si je suis condamnée, je ne peux pas hériter, n'est-ce pas ? Que devient l'argent ? » Et rassurée et consolée, elle avait ajouté : « Bien ! Leslie et Jean n'auront plus à s'inquiéter, ils seront riches. »

Bien que due au hasard, la situation était parfaite. L'assassin n'était même pas responsable de la mort de Kitty, puisque, comme elle l'avait dit, ce n'était pas un crime capital. Mais la distinction entre le meurtre avec préméditation et le meurtre avec légitime défense n'affectait pas la loi qui disait qu'un meurtrier ne peut hériter de sa victime. Condamnée, Kitty pouvait perdre son héritage, et néanmoins sortir de prison après avoir effectué sa peine en demeurant suffisamment riche.

Avec un quart de million de livres en jeu, il s'était peut-être même persuadé qu'il ne lui causait pas un si grand tort que cela. Une telle somme d'argent est souvent capable d'étouffer très efficacement la voix de la conscience.

Il n'y avait à cela que deux obstacles, que George avait vérifiés lors de cette visite impromptue du dimanche matin : Leslie n'avait pas de voiture qu'il aurait pu sortir pour se rendre en hâte à la grange, et comme il l'avait souligné par l'intermédiaire de Kitty elle-même, il n'avait plus le téléphone. On ne pouvait le joindre qu'à l'entrepôt, durant les heures de travail. Deux obstacles, dont l'un venait déjà d'être surmonté, car il semblait que Leslie avait l'usage de la camionnette de Barney Wilson lorsque son propriétaire n'en avait pas besoin. Il disposait d'une clé de rechange et la camionnette se trouvait dans la cour du dépôt. Et maintenant, si le second obstacle se révélait tout aussi illusoire ?

En une heure, la situation s'était bien compliquée, et pourtant, George n'avait cessé de penser qu'en réalité la vérité devait être un simple fil qui traversait tout droit l'écheveau embrouillé, et ne faisait partie que par hasard de ce réseau en expansion de motifs et de sentiments. Et il était là, le fil conducteur, le motif convaincant, la tentation irrésistible. Un homme qui a en vue un quart de million de livres peut se permettre de refuser six cents livres.

Mais... Leslie n'avait pas le téléphone.

11

Le dimanche soir, Dominic vint trouver son père avec une expression si résolue qu'il était évident qu'il avait l'intention d'entretenir une conversation sérieuse. Bunty était à l'église ; George aurait bien aimé qu'elle assiste à leurs discussions, mais ce n'était visiblement pas le cas de Dominic, qui semblait considérer que les mères devaient être préservées des choses aussi choquantes que le meurtre. Dans ses nouvelles dispositions, chargé de responsabilités toutes neuves, il en voulait même probablement à son père de lui avoir infligé ses confidences pendant toutes ces années.

— Papa, j'ai réfléchi à cette histoire de gants, commença-t-il en se carrant les coudes sur la table face au fauteuil de son père.

— Oui ? dit celui-ci, qui ne s'attendait pas précisément à ce démarrage, pourtant pertinent, car les gants étaient un indice indiscutable.

— Les gants de Leslie n'avaient rien, mais quelqu'un a dû être obligé de se débarrasser d'une paire de gants imbibés de sang, n'est-ce pas ? La bouteille était maculée jusqu'au bouchon. Et à la façon dont vous avez tous sauté sur le fait que cette vieille paire de gants de peinture puisse être la bonne. j'ai bien vu que c'est ce que vous espériez et ce que vous cherchiez. Je veux dire, ce que l'assassin portait ce soir-là *a pu* être taché, mais ses gants l'ont été, eux, obligatoirement... et il portait des gants, c'est sûr. Je ne me trompe pas ?

— Non. Alors ?

— Eh bien, tu ne l'as jamais mentionné, mais est-ce que Kitty portait des gants au cours de la soirée ?

Il ne posa pas la question avec le sentiment que la réponse allait prouver quoi que ce soit, il n'était pas aussi naïf que cela, mais elle faisait partie de son raisonnement.

— Pas dans le pub, répondit immédiatement George. Mais elle pouvait très bien en avoir dans la voiture. Lorsqu'elle sortait habillée en ville, elle les portait probablement pour conduire.

— Oui... mais tu n'as pas retrouvé de gants tachés parmi ses affaires.

Ce n'était pas une question, mais une affirmation, il attendait une réaction de ses yeux vifs, et ce qu'il vit le satisfit.

— Eh bien, reprit-il, en gardant cette histoire de gants à l'esprit, j'ai repensé à ce qui avait exactement dû se produire. Si je ne me trompe pas, Kitty est sortie en courant de la grange pour rentrer chez elle, et quelques centaines de mètres plus loin, elle est tombée en panne d'essence. Là, paniquée, elle pense qu'elle a fait quelque chose d'épouvantable, qu'elle l'a gravement blessé, peut-être mortellement, elle doit s'éloigner, elle n'ose pas appeler le garage. Elle court jusqu'à la cabine téléphonique et appelle un ou une amie en qui elle a toute confiance, lui dit où elle se trouve, lui demande de venir la chercher et de lui apporter de l'essence, un jerrican, ou même simplement un tuyau pour siphonner, pour lui permettre de rentrer. Ne dis rien à personne, recommande-t-elle, et viens vite, j'ai fait quelque chose d'affreux. Elle raconte tout ; dans l'état où elle était, elle aurait été incapable de faire autrement. Maintenant, suppose que la personne qu'elle a appelée ait de bonnes raisons de vouloir la mort d'Armiger. Elle n'y a peut-être même jamais pensé avant, mais là, c'est évident, c'est le moment : Armiger est assommé dans la grange; s'il n'en bouge pas le temps que je puisse m'y rendre, voilà quelqu'un qui peut être tenu pour responsable de sa mort. Je ne dis pas que cette personne a décidé de tuer Armiger, mais l'occasion est trop belle pour ne pas au moins envisager la situation. Elle présente bien évidemment des risques, Armiger n'est peut-être plus inconscient, il est peut-être même parti. Mais quelle importance ? S'il est parti, tant pis. S'il est là en train de soigner sa migraine, il n'y a qu'à simuler l'inquiétude, l'aider à regagner sa voiture, et aller rassurer Kitty. Et si Armiger est toujours par terre, et hors d'état de se défendre... Eh bien, elle est là, la chance, une chance sur un million.

« Alors, il se précipite, pas vers Kitty, mais vers la grange. Et Armiger est bien là, dans les pommes.

— Continue, dit doucement George en étudiant le visage concentré qui lui faisait face.

Bien qu'ils ne cessent de la nier, cette ressemblance que Bunty trouvait toujours entre eux, surtout lorsqu'ils l'embêtaient, devait être bien réelle. George avait le sentiment de regarder un miroir placé devant son esprit. Souvent, déjà, lorsqu'ils s'étaient penchés ensemble sur le même problème, il avait trouvé Dominic à quelques pas derrière lui, comme un écho à ses réflexions ; mais aujourd'hui, il ne savait plus vraiment qui avait initié le processus, et qui était l'écho.

— Vas-y, répéta-t-il, voyons ce que tu fais des détails.

— Ils coïncident, dit Dominic. Tous. Ce type est prêt à agir, mais jusqu'ici, il n'y a pas vraiment cru. Il n'a pas d'arme, ne s'est pas vraiment préparé. Il porte des gants simplement parce qu'il a conduit par une nuit froide. Et maintenant, il saisit la chance qui s'est enfin offerte à lui. A l'instant où il passe la porte et voit Armiger qui gît à terre, il attrape l'arme la plus proche... la statuette de plâtre dans l'alcôve à droite en entrant. Je t'ai entendu les décrire, elles sont étonnamment légères et creuses. Il s'en empare, mais la rejette immédiatement parce que c'est un objet stupide qui n'assommerait pas une souris. Elle s'écrase contre le mur, il se précipite dans l'escalier, attrape la bouteille et se déchaîne avec celle-ci jusqu'à ce qu'elle se brise, elle aussi. Alors, il reprend ses esprits. Armiger est bien mort, et il doit effacer les traces de son geste. Se débarrasser des gants, surtout, et le plus vite possible. Il doit faire disparaître ces gants dans les alentours immédiats, parce qu'il doit rejoindre Kitty, tu comprends, et comme promis, l'éloigner, sinon, même si on n'établit pas le lien entre lui et le meurtre une fois que celui-ci sera découvert, elle, Kitty, le fera. La perfection de la mise en scène réside dans le fait que *personne* ne saura. Il peut se permettre de laisser la police remonter jusqu'à Kitty. Il ne peut pas se permettre de la laisser, elle ou sa voiture, là où elles sont, pour qu'on les récupère dans des circonstances où elle sera obligée de tout raconter, et de dire : « J'ai appelé untel, il a juré de venir m'aider, mais il n'est jamais venu. » Parce que même si elle n'en concluait rien, vous, vous en déduiriez quelque chose, non ?

— Le contraire serait impossible, acquiesça George.

— Il n'a peut-être pas réellement prévu de faire retomber la culpabilité sur Kitty. Si le sort en décidait comme ça, elle était là. Mais il n'avait probablement rien contre elle, et préférait qu'elle s'en sorte... aussi longtemps que lui était protégé. De toute façon, il devait procéder à son opération de sauvetage comme s'il s'était précipité tout droit à sa rescousse. La scène dans la grange n'a pas dû prendre plus de quelques minutes, il n'a pas été trop retardé. Il doit donc se débarrasser des gants. Il doit voir Kitty, lui parler, manipuler le jerrican d'essence. Il ne peut pas se permettre de laisser du sang là où il ne faut pas, au risque que Kitty le voie et s'inquiète. Il n'ose pas mettre les gants dans sa poche ou dans sa voiture, ils vont y laisser des traces. La conclusion, c'est qu'il doit s'en délester ou les jeter quelque part *avant de retrouver Kitty*.

— Tu as drôlement réfléchi, dis-moi, remarqua George. Continue, comment se débarrasse-t-il des gants ?

— Il n'a pas trop de temps, et pas trop de liberté de mouvement, n'est-ce pas ? Il doit demeurer hors de vue de Kitty. Il quitte la grange avec précaution, en fermant la porte de la main gauche, parce que ce gant-là a été moins taché, il n'a dû recevoir que quelques éclaboussures. Je ne pense pas qu'il les laisse à l'intérieur, même s'il trouve une cachette, à cause de la poignée de la porte. Mieux vaut y mettre du sang que des empreintes. Puis il ôte les gants en les retournant, en roulant le droit dans le gauche, pour éviter de se salir. J'ai examiné les lieux, il y a une bouche d'égout à l'arrière de la grange, c'est tentant, mais trop évident, parce qu'à moins d'un fort courant, et il n'y en avait pas, des gants se logeraient sous la grille, et de toute façon, c'est le premier endroit où la police va aller regarder...

— Le premier endroit où ils ont regardé. Après la grange, bien entendu. Continue.

— Il ne reste que la route, les fossés et les talus, et le bois en face. Cela paraît évident, mais il doit falloir à une sacrée quantité d'hommes un sacré paquet de temps pour fouiller un bois de cette taille, ou même simplement le bas-côté de la route... parce qu'il n'a pas eu le temps de s'enfoncer trop profond dans le bois. Et sur cette terre couverte de tonnes de feuilles mortes en décomposition, ils peuvent chercher et chercher, et rater quand même ce qu'ils cherchent. En tout cas, c'est ce que j'aurais fait, me précipiter dans le bois, et les fourrer quelque part sous l'humus. Puis il va au secours de Kitty, arrive tout essoufflé et empressé, lui donne de l'essence, et lui dit de rentrer chez elle sans s'inquiéter, qu'elle se fait du souci pour rien, et que ce vieil imbécile s'en est bien tiré. Et Kitty... tu as dit qu'elle portait une robe à la jupe ample... elle est tellement soulagée de le voir qu'elle reste très près de lui tout le temps qu'ils sont ensemble, sa jupe effleure sa jambe de pantalon, là où le sang a giclé, et une goutte tombe de sa manche sur la chaussure de Kitty. Dans le noir, aucun d'eux n'a pu s'en rendre compte. Et voilà tous tes indices. Est-ce que j'ai oublié quelque chose ?

George dut reconnaître que non. Il avait trouvé une signification à tout.

— Tu es certain qu'il a dû tuer Armiger avant de renvoyer Kitty chez elle, et non après ?

— Bien entendu ! Armiger n'allait pas rester inconscient toute la nuit. Si ce type s'était d'abord rendu auprès de Kitty, je doute qu'il ait eu ensuite l'élan ou le courage de retourner voir si sa chance l'attendait toujours.

Jusqu'au bout de sa démonstration, il avait paru très sûr de lui, mais lorsque George demeura silencieux, plongé dans ses pensées, il ne put supporter l'attente. Il avait placé tous ses espoirs dans cet exposé, et celui-ci achevé, se mit à trembler. Il jeta des regards furtifs à son père, guettant un signe d'encouragement, et le bref silence le démonta. Il ne le savait pas, mais George se regardait toujours dans un miroir.

— Eh bien, dis quelque chose ! éclata Dominic d'une voix vibrante de tension. Bon sang, tu ne vas pas simplement rester assis là ! Tu t'en fiches pas mal qu'ils envoient Kitty en prison jusqu'à la fin de ses jours, pourvu que tu obtiennes ta condamnation. Tu te fiches qu'elle soit innocente ou coupable, ça n'a pas d'importance. Tu ne fais *rien !*

George, extrait de ses pensées avec un sursaut, prit son fils par la peau du cou et le secoua, avec assez d'affection pour leur permettre à tous deux de considérer le geste comme un jeu, mais assez durement pour lui faire comprendre qu'il était sérieux. Le flot de paroles s'interrompit avec un hoquet ; l'attaque, en tout cas, bouleversa beaucoup plus Dominic que George.

— Ça suffit. Ressaisis-toi, mon garçon.

— Je sais, je suis désolé ! Mais c'est vrai que tu restes assis là ! Tu ne vas rien me donner, en échange de tout ce que je viens de te dire ?

— Si, je vais te frotter les oreilles, si tu continues à me chercher des noises. Si tu étais allé faire un tour depuis midi près de ton bois, tu l'aurais trouvé débordant de policiers, tous à la recherche de tes gants... tout comme ils l'ont fait dans d'autres endroits, de façon plus ou moins intensive, depuis que nous sommes certains que des gants sont mêlés à l'affaire. Nous ne sommes peut-être pas aussi sûrs de les trouver dans un endroit logique, mais nous sommes tout aussi anxieux de les trouver. Nous avons l'esprit ouvert, que tu le croies ou non, et nous sommes prêts à nous demander si quelques traces de sang sur l'ourlet d'une robe sont vraiment un indice révélateur dans ces circonstances. Tu n'es pas le seul à additionner deux et deux, mon garçon. Nous aimerions même savoir qui elle a appelé cette nuit-là. Travaille donc là-dessus, et quand tu auras la réponse, dis-le- moi.

La qualité du silence qui suivit lui fit comprendre que s'il n'en avait pas trop dit, il n'avait été que trop bien compris. Dominic rectifia son col avec une grande dignité et scruta son père avec intensité, le visage impénétrable et posé.

Ah ! C'est comme ça, lui dit le regard vif et soulagé. Je vois ! Eux, ils cherchent peut-être des gants pour clore leur dossier d'accusation, mais pas toi, toi, tu les cherches pour le démolir. Tu ne crois pas qu'elle soit coupable ! Qu'est-ce que je t'avais dit ? Je savais que tu finirais par être de mon avis. Cette assurance l'avait logiquement ragaillardi, et il était soulagé de ne plus être seul avec ses convictions, mais derrière le calme soigneusement maîtrisé de ce front plein de taches de rousseur, il y avait également autre chose, quelque chose de bien moins prévisible et bien plus troublant. Il était content d'avoir un allié, et pourtant, le fixait d'un regard rien moins que chaleureux. Il était trop pénétrant, reconnaissait avec trop de sensibilité sa propre maladie chez un autre, et avec encore plus de perspicacité chez son père. Il avait désespérément cherché un allié, mais ne voulait pas d'un rival.

— J'y travaille, annonça posément Dominic. Et plus encore, je crois être en bonne voie pour trouver la réponse.

Mais il ne dit pas qu'il allait la partager, avec son père ou avec qui que ce soit d'autre. Saint George avait aperçu un nouvel étendard à l'horizon, et la course au dragon était ouverte.

12

Le lundi matin, une heure environ avant que, contrairement à tous les pronostics, son fils, au visage grave et sombre, n'accompagne Alfred Armiger jusqu'à sa tombe, Kitty Norris comparut formellement devant le tribunal l'espace de deux minutes, pour être renvoyée en détention durant une semaine supplémentaire.

Elle demeura assise en silence pendant les formalités, sans un sourire ou un regard chargé d'une quelconque étincelle pour qui que ce soit, même pas pour Robert Shelley, qui se porta garant pour elle. Elle se déplaça docilement, se leva et s'assit lorsqu'on le lui demanda, comme une enfant écrasée sous le poids d'un décor et de gens inconnus, puissants et capricieux. Ses yeux creusés par les larmes et le manque de sommeil lui mangeaient la moitié de la figure. Ils parcouraient visage après visage les ennemis qui l'entouraient, sans chercher de brèche dans leurs rangs, mais sans véritable frayeur non plus. Elle s'était abandonnée au courant qui la portait, et quels que soient les coups qui lui étaient assenés, elle les acceptait sans un mot, car aucune aide ne pouvait lui venir. La regarder vous brisait le cœur, et George, qui l'avait accompagnée au tribunal, remercia le ciel que ce spectacle ait au moins été épargné à Dominic.

Le temps de sa comparution, la nouvelle s'était répandue comme une traînée de poudre. Une foule compacte l'attendait à sa sortie, et un cameraman solitaire fit irruption devant son visage avant que George n'ait pu la protéger. Il aurait dû se douter que Kitty Norris, dont les flirts, les vêtements et les voitures avaient toujours fait la une, ne pourrait pas y échapper dans ce nouveau rôle, même pour sa première apparition sans tambour ni trompette. Pour la première fois, le beau visage malheureux revint à la vie. Elle se serra contre George, effrayée et décontenancée, prenant une curiosité pure et simple pour de la méchanceté délibérée. Il la souleva quasiment pour la faire entrer dans la voiture, mais même alors, les regards et les murmures la suivirent à travers les vitres tandis que le véhicule l'emportait.

— Pourquoi sont-ils comme ça ? demanda-t-elle en frissonnant. Qu'est-ce que je leur ai fait ?

— Ils ne vous veulent pas de mal, ma petite, la rassura l'infirmière qui l'accompagnait. Ils sont juste curieux. Vous vous y ferez.

Il y avait sûrement mieux à dire pour lui remonter le moral, pensa George, qui ressentait encore de façon exacerbée le frottement de sa manche contre la sienne, et le souvenir douloureux de la chaleur de son corps ; pourtant, ces curieuses paroles de réconfort semblèrent la calmer. Elle n'attendait rien de lui, et ce n'est pas sur son épaule à lui qu'elle laissa reposer sa tête tandis qu'on la ramenait en prison.

— Vous devez reprendre des forces, vous savez, Kitty, lui dit-il en l'aidant à descendre de voiture, lui-même inconscient, avant de l'avoir prononcé, que son prénom était prêt à glisser de ses lèvres à la moindre occasion.

— Pourquoi ? demanda-t-elle en regardant à travers lui, fixant un point éloigné de l'espace.

— C'est un devoir envers vous-même — et envers vos amis, qui ont foi en vous.

Sa gorge se serra, scandalisée qu'il puisse s'en servir pour exprimer des sentiments si peu professionnels. Il se dit plus tard, tout en pansant la blessure d'avoir été mal compris, qu'il n'avait eu que ce qu'il méritait. Car Kitty sourit brusquement avec affection, et l'espace d'un instant, parut véritablement le voir. Elle dit d'une voix douce :

— Oh ! oui, je ne dois pas laisser tomber Dominic. Dites-lui qu'au coup de gong, je serai prête à me battre. Comment puis-je perdre, avec lui de mon côté ?

Eh bien, autant pour moi, rumina George, morose, en reprenant le chemin du centre de Comerbourne. L'homme invisible, voilà tout ce que je suis, une fonction, pas un individu, et une fonction hostile. Cela le fit souffrir. Il savait qu'il se conduisait comme un imbécile, mais la blessure n'en était que plus cuisante. La jalousie est toujours humiliante, mais être jaloux de son propre fils est une indignité difficilement supportable.

Ses nerfs à fleur de peau et le léger et obsédant sentiment de culpabilité à la lisière de sa conscience le rendirent très affectueux et plein d'attentions pour Bunty, ce qui en soi était dangereux, car Bunty le connaissait depuis longtemps, et sous des dehors dénués de toute prétention, c'était une femme dotée d'une grande intelligence. Mais leur longue intimité avait rendu George si imprudent avec elle que même ses subtilités occasionnelles avaient tendance à être innocentes et enfantines. Elle l'aimait profondément, et ses titres de propriété étaient incontestables.

A l'issue des longues journées agitées où si peu s'accomplissait, George s'éveillait de son premier sommeil troublé pour se tourmenter de sa propre inefficacité, et se rapprochait de Bunty, non comme un substitut mais comme un remède à ce qui le rongeait. Elle lui ouvrait ses bras, à demi endormie, et même à demi endormie, elle savait qu'on lui demandait d'être deux femmes à la fois, mais il n'était pas au-delà de ses capacités d'être toutes les femmes que George pourrait jamais vouloir ou dont il pourrait avoir besoin. C'était au milieu de la nuit qu'il se confiait avec le plus de facilité. Ce fut aux premières heures du mercredi qu'il lui parla de sa conviction, aux fondations si précaires, selon laquelle la personne que Kitty avait appelée à son aide la nuit du crime était selon toute probabilité l'assassin d'Alfred Armiger.

— Et elle ne l'aurait pas elle-même soupçonné par la suite ? demanda Bunty. Si elle y a réfléchi et qu'elle est elle-même arrivée à cette conclusion, elle ne garderait pas le silence, n'est-ce pas ? Il n'y a aucune raison pour qu'elle protège un meurtrier, même s'il lui a apporté de l'essence.

— Bien sûr que non, mais elle a dû faire appel à quelqu'un qu'elle connaissait intimement, et en qui elle avait une confiance absolue. Dans la vie réelle, personne ne considère une enquête criminelle sous un angle impersonnel, comme dans un livre, ni ne soupçonne tous ceux qui avaient une occasion ou un motif. On se fie dans une certaine mesure à ce que l'on connaît des gens, et il y en a que l'on considère comme de possibles meurtriers, et d'autres, non. Votre famille, vos amis, sont à l'abri de tout soupçon. Cet homme-là était insoupçonnable. Si tu étais dans le pétrin, que tu m'appelles au secours et que je vienne, puis qu'on découvre plus tard un cadavre qui doit bien avoir un assassin, est-ce qu'il te viendrait à l'esprit que je puisse être le coupable ?

— La pensée ne m'effleurerait même pas une seconde. Mais tu es le seul. Je pourrais regarder n'importe qui d'autre de travers.

— Qui ça ? Dom, par exemple ? Ou le vieil oncle Steve ?

Elle gloussa en pensant à son oncle paternel doux comme un agneau.

— Chéri, ne dis pas de bêtises ! Cet adorable vieux fou !

— Ou bien Chris Duckett ?

— Non, je comprends ce que tu veux dire. Les seules personnes que tu écarterais sont celles que tu ne pourrais jamais soupçonner de quoi que ce soit de mal. Mais si après coup, on te mettait en tête la culpabilité éventuelle de quelqu'un, est-ce que tu ne commencerais pas à te poser des questions ? As-tu présenté les choses à Kitty sous cet angle ?

— Je les lui ai présentées sous tous les angles possibles et imaginables !

Lorsqu'il pensait à Kitty, les mots qui se bousculaient sur ses lèvres jaillissaient en éclats d'indignation et d'inquiétude, impossibles à déguiser même en se réfugiant dans la chevelure de Bunty. De toute façon, il était incapable d'abuser Bunty, aussi renonça-t-il même à essayer.

— Elle n'a pas cessé d'ignorer purement et simplement toutes les questions à propos de ce coup de téléphone. Elle sait que nous savons qu'elle a appelé quelqu'un. Et pourtant, elle... non, elle ne nie même pas, elle prétend tout simplement ne pas comprendre, ou bien elle ne fait même pas semblant, elle reste juste assise là sans rien dire, à mille lieues de nous. J'ai essayé, Duckett a essayé. Personne ne parvient à lui tirer quoi que ce soit. Bien entendu, je lui ai dit que celui qu'elle avait appelé pouvait très bien être le meurtrier. Je l'ai pressée, menacée, je l'ai malmenée — cela n'a fait qu'empirer les choses. Elle est plus déterminée que jamais à ne pas donner son identité.

— Parce qu'elle croit qu'il n'a rien à voir là-dedans.

— Exactement. Il est impossible de lui parler.

— Elle pense donc que ce serait se décharger de ses ennuis sur quelqu'un d'aussi innocent qu'elle.

— Et que nous serions résolus à monter une accusation contre lui tout autant que nous avons paru le faire contre elle, ajouta-t-il avec amertume.

Soudain misérablement reconnaissant à Bunty d'être là et de ne faire qu'un avec lui, de refuser fermement de se laisser influencer par des pressions extérieures ou même par les convulsions du cœur de George, il se retourna et l'entoura de ses bras, nichant son visage dans le creux tiède de son cou. Elle se déplaça doucement pour qu'il s'installe encore plus confortablement, et le pressa contre sa poitrine.

— Et Chris Duckett est toujours persuadé qu'elle est coupable ? demanda-t-elle.

Il eut un murmure d'assentiment, trop fatigué pour libérer sa bouche de sa nuque ; il transforma en un baiser le léger mouvement de ses lèvres.

— Entre le superintendant, qui s'acharne à bâtir une accusation contre elle, et toi, tout aussi acharné à accuser quelqu'un dont elle est certaine qu'il est blanc comme neige, et qui serait tout aussi désarmé qu'elle s'il se trouvait mêlé à l'affaire, il n'est pas étonnant que la pauvre fille ait renoncé à se battre et refuse de dire quoi que ce soit.

George sortit de son refuge pour protester avec indignation qu'il n'était pas du tout acharné à quoi que ce soit de ce genre, que personne ne cherchait à accuser pour le simple plaisir d'accuser, et que des éléments tout à fait logiques poussaient à enquêter soigneusement sur les mouvements de X. Il passa ceux-ci en revue, et, dans le silence de la nuit, ils parurent encore plus percutants que lorsque Dominic les avait exposés le dimanche soir en des termes qui constituaient un défi pour George.

— Alors, puisque c'est comme ça, dit enfin Bunty, et qu'elle ne veut pas te parler, pourquoi ne pas lui envoyer quelqu'un à qui tu es sûr qu'elle pourrait se confier ? Je ne connais pas Kitty aussi bien que toi...

Elle caressa la joue de George. Il espéra qu'elle ne le réconfortait pas de son indigne souffrance, dont elle ne pouvait rien savoir, tout en ayant bien peur que ce ne soit le cas.

— ... Mais je ne peux m'empêcher de penser que si tu la faisais interroger par Leslie Armiger, elle pourrait craquer et tout dire. Je me trompe peut-être, dit-elle avec douceur tout en sachant que non, mais ils ont quasiment grandi ensemble, et je crois qu'ils s'aiment beaucoup.

— Mais c'est justement ce que je ne peux pas faire, rétorqua George.

— Pourquoi ?

— Parce que *c'est lui* ! Parce qu'à l'exception d'un détail que je n'arrive pas à faire cadrer, je suis presque certain qu'il s'agissait de Leslie.

Il sentit l'incrédulité la figer et ses doigts s'immobiliser dans ses cheveux.

— Je sais, il n'a pas le téléphone ! il s'est empressé de me le rappeler. Je sais, mais je considère tout ce qu'il a à gagner dans cette affaire, lui et personne d'autre.

Il lui déballa tout, à moitié endormi sur son épaule, mais parfaitement mentalement éveillé, guettant son moindre souffle, sa moindre réaction à tout ce que sous-entendaient ses paroles.

— Pourtant, je ne vois pas comment cela aurait pu être Leslie, réitéra fermement Bunty une fois qu'il eut terminé.

— Je sais bien, moi non plus, je te l'ai dit. Il n'a pas le téléphone, il n'y a pas à sortir de là.

— Non, ce n'est pas ce que je voulais dire. Je ne vois pas comment cela aurait pu être Leslie, parce que même si elle avait pu l'appeler, je suis quasiment certaine qu'elle ne l'aurait pas fait.

Elle lui expliqua pourquoi. Lorsqu'elle eut fini, il s'était endormi, la bouche contre sa joue. Elle l'embrassa, et il ne se réveilla pas.

— Pauvre chéri ! murmura-t-elle, et elle s'endormit en l'étreignant.

Mais lorsqu'il se réveilla avant l'aube, il se souvint de tout ce qu'elle lui avait dit, et se redressa brusquement dans son lit. Il fallait tout reconsidérer depuis le début, attribuer de nouveaux rôles. Il se rallongea tout doucement, pour ne pas déranger Bunty, et entreprit de tout passer de nouveau en revue, chaque détail douloureux après l'autre.

Ce soir-là, il rentra tard à la maison, énervé par une journée d'activité frénétique jusque-là improductive, et voir Dominic jaillir du salon et lui sauter dessus avant même qu'il ait pu ôter son chapeau et poser sa serviette ne le ravit pas, dans l'humeur où il était. Le miroir venait de lui renvoyer l'image d'un homme de quarante et un ans, au visage tiré de fatigue, avec des cheveux bruns grisonnants aux tempes, et de plus en plus clairsemés, il lui semblait bien, lorsque apparut à ses côtés la copie conforme âgée de seize ans, tout juste achevée, avec des cils fournis comme des fougères et une chevelure épaisse comme un buisson d'ajoncs, un visage encore si jeune que toute l'angoisse et tous les ennuis du monde ne pouvaient lui ôter sa fraîcheur alerte. Le contraste n'était guère réconfortant, non plus que le regard de Dominic fixé sur lui, qui attendait en retenant son souffle les nouvelles auxquelles il avait presque renoncé.

— Désolé, mon garçon, dit George. Nous ne les avons pas encore trouvés.

Dominic ne bougea pas. Les yeux inquiets et concentrés suivirent le moindre de ses mouvements tandis que George suspendait son manteau et se dirigeait vers l'escalier. En son for intérieur, il leur avait donné jusqu'à ce soir ; si d'ici là ils n'avaient pas trouvé les gants, il était inutile de tabler dessus plus longtemps, inutile d'attendre davantage la chance qui ne semblait pas devoir se présenter. Il allait falloir forcer la chance. Lorsqu'un train d'arbres qui descend la rivière se bloque, quelqu'un doit aller placer une charge qui les libérera et fera repartir les troncs. Dominic ne se voyait pas tellement dans le rôle de la charge de dynamite, mais le temps des mesures radicales était venu. Et cette fois-ci, il était absolument impossible de se confier à George, car la police ne pouvait pas encourager le genre de tactique de choc qu'envisageait Dominic. Non, il devait agir seul, ou bien faire appel à quelqu'un d'autre que son père. Avant de se lancer, il devait s'assurer qu'il n'avait rien laissé au hasard, faute d'avoir été suffisamment informé. Il ignorait encore certaines choses qu'il ne pouvait demander à son père, suivant les termes de leur contrat, mais Leslie Armiger pouvait lui dire ce qu'il voulait.

— Maman, je sors, annonça-t-il en la suivant dans la cuisine.

Il était déjà huit heures passées, et elle en fut surprise, mais elle ne lui demanda ni où il allait, ni pourquoi, et se contenta d'un : « Bien, mon chéri, ne rentre pas trop tard. »

C'était une mère fantastique ; il fut soudain submergé par l'envie de l'étreindre avant de s'enfuir, mais elle tenait un fer à repasser brûlant à la main, et il n'en fit rien. Bien que ce fût le cas, elle n'avait même pas dit : « Mais tu n'as pas fini tes devoirs ! » N'importe quelle autre mère n'aurait pas manqué de lui faire des remontrances pour la façon dont il bâclait son travail ces temps-ci.

Il prit sa bicyclette, se rendit à Comerbourne, et pénétra dans le jardin de Mrs. Harkness par la petite grille en fer forgé. Il y avait une sonnette extérieure au nom d'Armiger, mais ils ne l'entendaient pas toujours, il valait mieux entrer, monter l'escalier et frapper à la porte de leur chambre.

Leslie était assis à la table en face d'une pile de livres, en manches de chemise, au milieu d'un nuage de fumée de cigarette. Si Dominic ne faisait pas ses devoirs, Leslie, lui, s'y appliquait avec concentration. Il était sorti d'Oxford sans diplôme, s'étant conduit là-bas exactement comme son père s'y était attendu, c'est-à-dire en dépensant allégrement l'argent qui lui était alloué, jouant avec entrain, peignant avec passion, jouant un rôle attrayant en société et travaillant juste assez pour ne pas s'attirer d'ennuis, peut-être même un peu plus pour apaiser son directeur d'études après chaque remontrance affligée, par pure affection pour cette vieille branche, et comme une concession aux conceptions conservatrices de celui-ci sur l'utilité de l'université. Il avait donc beaucoup de retard à rattraper, maintenant que le mariage et les responsabilités avaient mis un terme abrupt à son adolescence prolongée.

— Oh, je suis désolé, dit Dominic, consterné. Je ne veux pas vous déranger, si vous travaillez.

— Non, non, entre, ce n'est pas grave.

Leslie ferma son livre et mit toute la pile de côté, puis s'étira.

— Je suis ravi d'avoir une bonne excuse pour m'arrêter. Rien de neuf, n'est-ce pas ? A propos de Kitty ?

Dominic secoua la tête.

— Vous ne l'avez pas revue, n'est-ce pas ?

— Pas encore. Inutile de demander trop souvent à la voir, ils m'en empêcheraient. Y a-t-il une autre chose pour laquelle je puisse t'aider ?

— Eh bien, oui. Vous allez probablement penser que c'est bizarre, mais c'est à propos de votre tableau. Si cela ne vous ennuie pas de me raconter comment quelqu'un a essayé de le récupérer, je crois que cela pourrait m'aider, parce que j'ai une espèce de théorie, mais je ne connais pas suffisamment les détails pour savoir si elle tient debout.

— Tu crois que *The Joyful Woman* pourrait être mêlée à cette histoire ? demanda Leslie en l'étudiant avec curiosité à travers la brume de fumée.

Le plus bizarre à propos de ce gamin, c'est qu'il n'avait rien de bizarre, justement. Assez grand, agréable à regarder, raisonnablement extraverti, sûr de lui de façon très saine, se prenant un petit peu au sérieux, mais le contraire aurait été curieux à cet âge. Propulsé au milieu de ses congénères dans n'importe quelle école, il trouverait son équilibre sur ses deux pieds bien solides et se ferait sa place en un rien de temps. On l'imaginait parfaitement à l'aise dans n'importe quel domaine, avec peut-être un point d'avance sur la moyenne en sport, et quelques points d'avance en études, avec suffisamment d'énergie en réserve pour quelques loisirs intelligents, disons d'un côté l'escalade et de l'autre le théâtre amateur, et peut-être une aimable folie, comme une passion immodérée pour les motos de course ou une faiblesse pour les blondes. Un garçon merveilleusement banal, en somme, et pourtant, le voilà qui s'appropriait une affaire de meurtre, et apportait à une situation hors du commun toutes ses qualités terre à terre, transformant le tout en un pur fantasme. Leslie le regarda, et l'espace d'un instant, eut l'impression de ne pas bien avoir fait le point, tant les composantes physiques de l'adolescent étaient de taille disproportionnée. Je suppose que dans ce décor, nous ressemblons tous à un dessin, pensa-t-il ; dans son cas, c'est uniquement sa jeunesse qui accentue le trait.

Leslie lui raconta toute l'histoire de *The Joyful Woman* depuis le début, tandis que Dominic ponctuait son récit de brèves questions et de regards chargés d'espoir. Jean apparut à un moment donné pour lui apporter un bol de chocolat et des biscuits. Élevée en compagnie de trois jeunes frères, elle était habituée par principe à nourrir les garçons à des intervalles rapprochés.

— Donc, l'idée, c'est que cet antiquaire, Cranmer, a soufflé à votre père que l'objet avait de la valeur, commenta Dominic, dont le regard s'était de nouveau animé, chargé d'impatience et d'une lueur calculatrice, et semblait dire que ce qu'il pensait se trouvait confirmé. Mais c'est Mr. Shelley qui est venu vous voir.

— De la part de mon père, bien sûr.

— Pourquoi « bien sûr » ? Vous le savez parce qu'il vous l'a dit, c'est tout. Supposez que les choses se soient passées autrement. Cranmer détecte quelque chose dans ce tableau, il sait que votre père s'en est débarrassé en le croyant sans valeur, mais que la réalité pourrait bien être contraire. Il décide donc que contacter votre père pourrait lui rapporter quelque chose, et l'appelle à son bureau. Mais le hasard fait que celui-ci n'est pas là. On lui passe Mr. Shelley, à qui il fait part de son avis, et dit que votre père devrait réfléchir, qu'il a laissé passer une petite fortune. Mais au lieu de transmettre le message, Mr. Shelley réfléchit. Il est maintenant certain que vous et votre père ne vous réconcilierez jamais, et que vous ne vous amuserez pas à comparer des écritures. Il entrevoit de faire un meilleur usage de ce coup de chance. Il dit à Cranmer, oublions Armiger, si vous gardez le silence, vous et moi nous pouvons faire une bonne affaire, et nous partager le gâteau. Ensuite, il vient vous voir avec cette histoire de regrets de votre père, qui vous offre les cinq cents livres à la place du tableau. Cela ne vous a pas paru bizarre ?

— Pas particulièrement. C'était tout à fait le genre de mon père de distribuer ce genre de somme en liquide. Mais je suis d'accord que cela rend votre version plausible. C'était un moyen facile de mettre la main sur l'enseigne. Mais si ce vieux Shelley travaillait pour son compte, il n'aurait pas pris le risque de pousser les choses plus loin une fois que j'avais refusé, non ? C'était trop risqué.

— Mais si l'enjeu était suffisant ? Vous refusez le marché, il revient donc voler la lettre de votre père, qui est la seule preuve de propriété. Il table sur le fait que vous ne contacterez votre père en aucune façon, une fois qu'il a vu votre réaction — vous ne voulez rien de lui, vous ne voulez pas le voir, ni lui parler, vous n'allez pas l'accuser publiquement pour cette affaire. Il compte que votre rejet vous poussera à ne rien faire, puisque personne, bien entendu, ne va vous dire que cette enseigne a de la valeur, Cranmer se charge de ça de son côté. Vous êtes censé penser, quelle importance, la plaisanterie se retournera contre lui, qu'il aille au diable avec son tableau ! Ce vieil imbécile s'est imaginé des choses simplement parce que nous avions consulté un antiquaire, maintenant, laissons-le se rendre aussi ridicule que gredin et accrocher ce truc au mur pour lui rappeler qu'à malin, malin et demi !

Emporté par sa propre éloquence, Dominic avait employé un langage dont il réalisa soudain qu'il pouvait être considéré comme injurieux, étant donné les circonstances et suivant des critères conventionnels. Même si c'était ce qu'on pensait, on n'était pas censé parler des morts de cette façon, et même si

Leslie n'avait aucune raison d'aimer son défunt père, il devait observer certaines règles et respecter certaines convenances. Et on ne sait jamais combien les gens peu conventionnels peuvent se révéler conventionnels sous la surface. Il pâlit, puis rougit jusqu'à la racine des cheveux.

— Mon Dieu, je ne devrais pas déblatérer comme ça, je suis culotté ! Je suis vraiment désolé. J'aurais dû me souvenir qu'il s'agissait de votre père...

— Ne t'inquiète pas, dit Leslie avec un sourire lugubre. J'aurais très bien pu réagir de cette façon. J'aurais probablement dû, si je n'avais pas été à bout à ce moment-là. Quant à traiter mon père de tous les noms, c'est bien la dernière chose dont il se serait soucié. L'une de ses qualités, c'est qu'au moins il ne pleurnichait pas sur sa vertu lorsqu'il magouillait quelque chose, il faisait tout ouvertement avec allégresse en disant clairement : « Allez-y, essayez de me contrer ! » Continue ta théorie, tu te débrouilles bien.

— Vraiment, vous ne m'en voulez pas ? C'était drôlement insolent. Mais vous voyez comme c'est important si Shelley a réellement pu raisonner comme ça. Sûr que vous n'irez pas réclamer le tableau, maintenant que Cranmer dit que votre père en conteste la propriété, vous allez laisser tomber, et faire porter la responsabilité de tout cela sur votre père. Shelley et Cranmer n'ont plus qu'à disposer du colis et se partager les bénéfices. Et d'un seul coup, alors qu'il est rentré du pub ce soir-là, *Kitty l'appelle*.

« Vous avez dit que Kitty était tout à fait susceptible de s'adresser à lui si elle avait des ennuis. Elle lui raconte tout, lui demande de venir la chercher.

Elle ne réalise pas qu'elle vous raconte une chose terrible lorsqu'elle dit que vous étiez là dans la grange avec votre père — parce que celui-ci lui a dit que c'était vous qu'il allait voir —, mais pensez à ce que cela signifie pour Shelley ! La seule chose dont il était sûr qu'elle ne se produirait pas vient d'arriver. Au lieu de tout laisser tomber, vous vous êtes précipité pour voir votre père, lui tomber dessus pour ce mauvais tour qu'il vous a joué. Bien entendu, il ne savait pas de quoi vous parliez, et toute l'affaire allait être découverte. C'est la fin de Shelley ! Il travaillait avec votre père depuis... combien d'années ? Pensez à ce que cela signifierait pour lui, d'être renvoyé maintenant, de devoir repartir de zéro avec votre père contre lui, sa disgrâce peut-être même rendue publique, une accusation portée contre lui. Mais Kitty est là, au bout du fil, elle dit qu'elle a poussé votre père dans l'escalier et qu'il est étendu inconscient sur le sol de la grange. Si Shelley veut éviter le scandale, et garder sa part de la vente de l'enseigne, c'est maintenant ou jamais. Ne vous inquiétez pas, dit-il donc à Kitty, restez où vous êtes, j'arrive. Il sort la voiture, retourne comme un fou à la grange, et là, il tue votre père.

Ils le fixaient tous deux, les yeux agrandis par le doute et l'interrogation. Leslie dit enfin d'une voix douce et tendue :

— Effectivement, c'est ce qui aurait pu se passer. Si Papa s'était retourné contre lui, c'était la fin du monde pour Shelley. Et dans ces circonstances, il est probable que mon père serait allé jusqu'au bout. Les petites magouilles, il s'en fichait et il s'en accommodait, mais s'il y avait beaucoup d'argent en jeu... Et puis, il aurait été mortellement blessé dans son orgueil, si pour une fois, ce n'était pas lui le plus malin de l'histoire.

— Et quand vous lui avez reproché d'avoir subtilisé sa propre lettre, il a nié l'existence de celle-ci, n'est-ce pas ?

— C'est vrai, dit Leslie, dubitatif, mais il aurait tout aussi bien pu mentir comme un arracheur de dents, et c'est d'ailleurs comme ça que je l'ai pris. Mais enfin, les choses auraient quand même pu se passer comme tu le dis.

Jean était demeurée silencieuse et attentive pendant cet échange, le menton appuyé sur ses poings, les suivant l'un et l'autre alternativement du regard. Elle eut un mouvement de protestation.

— Non, elles ne le pouvaient pas, et elles ne se sont pas passées comme ça. Je suis désolée, les enfants, il n'y a qu'un tout petit problème, mais qui fiche tout en l'air. Oh, je ne dis pas qu'il ne s'agisse pas de Mr. Shelley, mais si c'est lui, cela ne s'est pas produit de cette façon.

Ils s'étaient tous les deux retournés pour la fixer.

— Pourquoi ? demandèrent-ils en chœur.

Avec l'autorité absolue et le bon sens mesuré d'une institutrice de maternelle dispensant un cours à ses élèves les plus doués, Jean leur expliqua pourquoi.

13

Octobre arriva, froid et venteux, avec des journées pleines de bourrasques et des gelées blanches la nuit. La pelouse devant les bureaux d'*Armiger's Ales* cessa de pousser et se recroquevilla dans son sommeil d'hiver. Les feuilles se mirent à tomber plus dru que la pluie jusqu'au moment où les squelettes élancés des arbres apparurent à travers le feuillage jaunissant raréfié sur un fond de ciel tourmenté et balayé par le vent. Et pour la première fois de la saison, on mit en route le chauffage central. En descendant l'escalier à cinq heures du soir ce jeudi, Ruth Hamilton écouta le mugissement du vent et rentra les épaules avec un frisson. La tempête allait souffler cette nuit ; le beau temps s'était évanoui, et les derniers vestiges de l'été s'étaient envolés en une journée.

Le vieux Charlcote, le retraité qui s'occupait du bureau du gardien dans le hall, était sorti de sa cage et avait déjà mis son manteau. Miss Hamilton était généralement la dernière à partir, et il avait souvent l'occasion de maudire son inflexible sens du devoir, jamais devant elle, toutefois, étant donné la place qu'elle tenait dans les affaires de l'entreprise. Il enfilait une de ses moufles bleu marine tricotées main, un œil sur la pendule, l'autre sur les escaliers, et ne consacrait qu'une toute petite part de son attention à celui qui faisait de son mieux pour attirer celle-ci. Que diable un gamin de l'école venait-il faire ici à cette heure, ou même à n'importe quelle heure, d'ailleurs ?

— Qu'y a-t-il, Charlcote ? demanda miss Hamilton en se dirigeant vers lui avec autorité. Quelque chose ne va pas ?

Si seulement elle avait pu descendre une minute plus tard ! Le gamin aurait débarrassé le plancher, et ils auraient tous pu rentrer chez eux tranquillement. Maintenant, son sens des responsabilités allait lui faire examiner sous tous les angles la requête de ce petit enquiquineur, quelle qu'elle soit, et lui allait devoir poireauter encore une heure, au moins, avant de pouvoir fermer.

— Rien que nous puissions faire, miss. Ce jeune homme demandait après Mr. Shelley, mais il est parti il y a dix minutes. Je ne pense pas que ce soit urgent.

Serrant son cartable sous son bras, le garçon protesta avec véhémence :

— C'est très urgent ! Je voulais absolument lui parler ce soir. Mais puisqu'il est parti...

Sa voix gênée s'éteignit misérablement. Les grands yeux inquiets et brillants dévisagèrent miss Hamilton d'un air interrogateur, attendant un signe d'encouragement. Elle vit ses lèvres trembler.

— C'est difficile, reprit-il. Je ne sais pas quoi faire.

— Je suis désolée. Mr. Shelley est parti un peu tôt ce soir. Il a beaucoup de soucis en ce moment.

Elle n'entra pas dans les détails. Que pouvait savoir cet enfant de l'affaire qui occupait l'esprit et le temps de Ray Shelley ?

— J'ai bien peur que vous ne puissiez le contacter ce soir, continua-t-elle. Je sais qu'il a un rendez-vous, et ils vont probablement travailler toute la soirée.

Le rendez-vous était avec l'avocat, et il était prévu un entretien avec Kitty.

— Demain, ça ne va pas ? Il sera là demain.

— Je ne pourrai pas manquer l'école, expliqua l'adolescent avec dignité. J'aurais dû venir plus tôt, mais j'avais un entraînement de rugby. Je me suis dépêché, je pensais arriver à temps.

Il avait sans aucun doute pris sa douche à toute vitesse, car il portait encore des traces de la boue du terrain de rugby derrière l'oreille gauche et juste sous la ligne de ses cheveux bruns fournis, sous la tempe gauche. Les yeux perçants de miss Hamilton les avaient remarquées ; elle connaissait bien les adolescents, et celui-ci était de toute évidence très troublé, derrière son calme de façade. Son agitation était aussi claire que les lignes de saleté.

— Je ne vous ai pas déjà vu quelque part ? Je suis certaine de vous connaître.

Un pâle sourire détendit un instant ses traits figés.

— Nous avons joué deux ou trois fois au cricket contre votre club, cet été, vous avez dû me voir pour le thé qui suivait. Je m'appelle Dominic Felse.

— Felse ? Le même que... le sergent de police ?

— C'est mon père, dit le garçon en serrant encore davantage son cartable, avec une soudaine crispation des muscles, comme s'il venait de frissonner. Je voulais parler à Mr. Shelley de quelque chose en rapport avec l'affaire.

— Mais votre père ne...

— Il n'est pas au courant, dit Dominic avec un hoquet. C'est juste une idée que j'ai eue et dont je me suis dit que je devais l'exposer à Mr. Shelley.

Une intense agitation s'était emparée de lui, de toute évidence, et il lui suffirait du plus léger encouragement pour relâcher le contrôle qu'il exerçait sur lui-même, pour qu'il confie ce qui lui occupait l'esprit. Elle était habituée à recevoir et respecter les confidences des adolescents, dont certains étaient bien plus durs que ce garçon bien élevé. Elle jeta un coup d'œil à la pendule. Charlcote, lui aussi, regarda l'objet d'un air significatif. L'heure, c'était l'heure, il n'avait aucune intention de voir quoi que ce soit de pathétique chez ce casse-pieds, et il avait bien pris soin de ne rien écouter de cette conversation inutile.

— Est-ce que je ferais l'affaire ? demanda-t-elle avec bonté.

Elle surprit le roulement d'yeux suppliant et éloquent de Charlcote et réprima un sourire triste.

— Vous pouvez partir et laisser la porte, dit-elle à l'adresse de celui-ci. Je verrouillerai lorsque nous sortirons, vous n'avez pas besoin d'attendre.

Le vieillard avait déjà boutonné son manteau et sorti sa casquette qu'il n'avait pas terminé de dire, d'un air suffisant :

— Il est de mon devoir de fermer en personne, miss, mais bien entendu, si vous prenez sur vous de donner des ordres contraires...

Elle faillit lui dire : « Sortez, espèce de vieil imbécile, avant que je ne vous démasque ! », mais elle se retint. Lorsqu'on le contrariait, il s'arrangeait pour faire tomber le chauffage en panne ou saboter le thé, et il était inutile de le pousser trop loin dans ses retranchements.

— Vous pouvez considérer cela comme un ordre, rétorqua-t-elle sèchement, et rentrer rejoindre Mrs. Charlcote. Je m'assurerai que nous laissons tout en ordre. Et maintenant, dit-elle en prenant fermement Dominic par le bras et en le guidant vers l'escalier, venez dans mon bureau, autant que nous soyons à l'aise.

— Vraiment ? Cela ne vous dérange pas ?

Il se laissa conduire avec reconnaissance. Elle le sentit trembler légèrement de soulagement et d'espoir, bien que l'inquiétude ne quittât pas ses traits. Celle-ci ne serait pas facile à faire disparaître, mais on pouvait au moins chercher à en connaître la nature, et peut-être la partager. Elle l'installa dans son bureau, sur le siège des visiteurs, et tira une chaise du même côté du bureau pour pouvoir l'observer sans qu'il puisse détourner les yeux. Non pas qu'il en eût l'envie : il la fixait d'un regard pressant et malheureux, et lorsqu'elle prit une cigarette pour lui donner le temps de se ressaisir, il bondit pour s'emparer des allumettes et la lui allumer. Tout cela était très viril, sauf que ses doigts tremblaient tellement qu'elle fut obligée de raffermir sa main de la sienne, et si le geste avait été un tant soit peu plus personnel, elle fut persuadée qu'il aurait instantanément éclaté en sanglots.

— Assieds-toi, mon garçon, dit-elle d'un ton ferme, et dis-moi ce qui se passe. Qu'est-ce que c'est que cette histoire ? Que veux-tu dire à Mr. Shelley ?

— Eh bien, c'est le conseil juridique de miss Norris, et je me suis dit que la meilleure solution était de venir le voir. Il s'est produit quelque chose, expliqua-t-il tandis que les mots se bousculaient sur ses lèvres, quelque chose d'épouvantable. Il faut que j'en parle à quelqu'un, je ne sais pas quoi faire. Ils ont cherché partout, vous savez, ils ont cherché les gants. La police, je veux dire. Ils n'ont pas arrêté de chercher depuis que c'est arrivé. Et maintenant...

— Les gants ? répéta miss Hamilton sans comprendre. Quels gants ?

— Les gants de l'assassin. Ils disent que celui qui a tué Mr. Armiger portait des gants, qui ont dû être tachés de sang, et ils pensent qu'ils ont dû être cachés ou jetés juste après le meurtre. Ils les ont cherchés partout pour clore l'affaire. Et moi aussi, je les ai cherchés, dit-il en levant sur elle des yeux désespérés, parce que j'étais absolument certain que ce ne serait pas ceux de miss Norris, si seulement je pouvais mettre la main dessus. J'étais sûr qu'elle était innocente, je voulais le prouver. Et je les ai trouvés, acheva-t-il dans un murmure.

— Alors, tout va bien, dit-elle d'un ton calme et raisonnable. C'est ce que tu voulais, n'est-ce pas ? Je suppose que tu les as confiés à ton père, et maintenant, tout ira bien. De quoi t'inquiètes-tu ?

Il avait posé son cartable sur le sol à côté de lui. Privées de leur bouée, ses mains se serrèrent sur ses genoux. Il regarda les doigts crispés et rigides, et son visage se contracta.

— Non, je ne les lui ai pas donnés. Je n'ai pas dit un mot à âme qui vive. Je ne veux pas, je ne peux pas, et je ne sais pas quoi faire. J'étais tellement sûr que ce seraient des gants d'*homme* ! Mais ce sont des gants de femme... Ceux de *Kitty* !

Il leva les mains dans un geste saccadé, pour se cacher le visage, dont il ne contrôlait plus l'expression. Il perdit à la fois la voix et la tête, et se mit à pleurer, saisi de petits hoquets honteux qu'il tentait en vain de ravaler. Miss Hamilton posa soigneusement sa cigarette dans le cendrier et le prit par les épaules, le secouant d'abord avec douceur puis de façon impérieuse.

— Allons, c'est ridicule. Raconte-moi tout ça. Où

les as-tu trouvés ? Comment se fait-il que toi, tu les aies trouvés, et pas la police ?

— Je ne devrais pas vous le dire, articula-t-il dans un sanglot, je ne devrais le dire à personne. C'est arrivé, c'est tout. Si je vous le disais... vous seriez obligée de mentir, vous aussi.

— Écoute, j'essaye de t'aider. Si tu ne me dis pas tout, comment puis-je juger de l'importance de ces gants ? Tu peux te tromper à leur sujet, ce ne sont peut-être pas les bons. Tu te tourmentes peut-être inutilement.

— Je sais que ce sont les bons, je le sais. Et ils diront... ils diront qu'elle...

Il tentait de maîtriser les hoquets qui le secouaient, et ne pouvait donner d'autre réponse à ses questions que quelques sons grotesques et incohérents. Inutile d'insister, il était déjà à moitié hystérique. Elle le lâcha, se rendit dans le petit vestiaire attenant à son bureau, et revint avec un verre d'eau, qu'elle lui présenta devant les lèvres avec une autorité qu'il est inutile de préciser. Il but avec docilité, écarlate et en larmes, toujours secoué de convulsions dont l'intensité se calmait.

— Il y a du sang dessus, hoqueta-t-il. Qu'est-ce que je vais faire ?

Elle recula et le regarda d'un air pensif, tandis qu'il s'essuyait les yeux avec colère et étouffait ses sanglots dans un mouchoir chiffonné.

— C'est ce que tu voulais demander à Mr. Shelley ?

Il hocha la tête d'un air malheureux.

— C'est son conseil juridique, et... je me suis dit que peut-être... peut-être je pouvais les lui donner. Il prendrait peut-être la responsabilité, lui, parce que moi... je...

— Tu pourrais les détruire, dit-elle posément, si tu le veux. Les détruire et les oublier.

— Non, je ne peux pas ! Comment pourrais-je ? Vous ne comprenez pas ma position ? Mon père... C'est épouvantable ! Il a confiance en moi !

Il lutta contre une nouvelle envie de pleurer.

— Mais il s'agit de *Kitty* !

Les adolescents de seize ans amoureux sont pathétiques, et sa situation à lui éveillait indubitablement la pitié. Quelles que pussent être ses résolutions, l'issue en était certaine : il ne serait jamais capable de supporter cette charge trop longtemps, tôt ou tard, il finirait par tout révéler à son père. En attendant, quelqu'un devait le soulager de son fardeau immédiat.

— Écoute-moi, Dominic, dit-elle d'un ton ferme. Toi, tu es bien sûr que Kitty n'a pas tué Mr. Armiger, n'est-ce pas ?

Elle se demanda où Kitty avait bien pu dénicher cet improbable admirateur, et par quel miracle ils en étaient à s'appeler par leurs prénoms. Mais les attachements de Kitty avaient toujours été imprévisibles.

— Alors, aie le courage de tes convictions. Ne dis pas un mot à Mr. Shelley. C'est un homme de loi, il serait cruel de rejeter la responsabilité sur lui. Tu peux me donner les gants. Je ne suis pas avocat. Je n'ai pas peur de me reposer sur mon propre jugement.

Les longs cils de Dominic se relevèrent sur des grands yeux brillants d'étonnement et d'espoir. Il la fixa, immobile.

— Que ce soit légal ou pas, affirma-t-elle avec détermination, je ne suis pas prête à aider qui que ce soit à expédier Kitty en prison pour le restant de ses jours, même si elle a tué pour se défendre un vieil homme sans scrupules. Et de même que toi, je suis loin d'être convaincue qu'elle est coupable. Moi, j'en prendrai la responsabilité. Disons que c'est moi qui les ai trouvés.

— Vous voulez bien ? dit-il avec ardeur. Je serais tellement soulagé !

— Tu n'as même pas besoin de savoir ce que j'en fais. Donne-les-moi et oublie leur existence. Oublie que tu les as jamais trouvés.

— Mon Dieu, je vous en serais tellement reconnaissant ! Je ne les ai pas là, parce que je suis venu tout droit de l'école, et je ne pouvais pas courir le risque de les garder avec moi toute la journée. Les copains peuvent être très curieux, sans penser à mal, vous savez, et si jamais quelqu'un mettait la main dessus... Mais je dois revenir à Comerbourne pour ma leçon de musique ce soir. Je peux vous les apporter à ce moment-là ?

— Bien sûr. Mais je dois passer une partie de la soirée au club. Où habite ton professeur de musique ?

Rayonnant de minute en minute, la voix ferme et de nouveau très virile, il lui expliqua. C'était à Hedington Grove, une petite impasse donnant sur Brook Street, près de la sortie de la ville.

— Je sors de là-bas à neuf heures, et je prends en général le bus de neuf heures vingt pour Comerford.

— Ne t'inquiète pas pour le bus ce soir, dit-elle, joviale. J'en aurai fini au club, à ce moment-là, je te prendrai au coin de la rue de ton professeur de musique, dans Brook Street, et je te raccompagnerai. Je serai là à neuf heures. Ça ira ?

— Bien sûr, si cela ne vous dérange pas trop. Vous avez été très gentille.

Il se frotta les yeux une fois encore, rapidement et avec gêne, et lissa ses cheveux d'une main nerveuse.

— Je suis désolé de m'être conduit comme un imbécile, mais honnêtement, je ne savais pas quoi faire.

— Tu te sens mieux, à présent ?

— Beaucoup mieux. Je vous remercie drôlement !

— Bien, va là-bas te laver le visage, puis rentre chez toi et essaye de ne pas t'inquiéter. Mais pas un mot à personne, le mit-elle en garde, ou bien nous sommes tous les deux dans le pétrin.

— Je n'en soufflerai mot à âme qui vive, promit-il avec ferveur.

Ils descendirent ensemble l'escalier, traversèrent le hall silencieux, puis sortirent dans l'obscurité. Éteignant les dernières lumières derrière eux, elle ferma la porte à clé. Le garçon avait repris pied, et d'autant plus désireux d'affirmer sa virilité précaire qu'elle l'avait vue si ébranlée, il s'empressa de lui ouvrir les portes et l'accompagna avec beaucoup de formalités jusqu'au parking où attendait la grosse Riley.

— Je peux te déposer quelque part ? Je peux t'emmener à l'arrêt de l'autobus, si tu rentres chez toi ?

— Merci, c'est très gentil, mais j'ai ma bicyclette, je l'ai laissée près de la grille.

Il l'escorta néanmoins jusqu'à la voiture, lui ouvrit la portière avec cérémonie et la referma soigneusement lorsqu'elle se fut assise. Il patienta tandis qu'elle prenait ses gants de conduite noirs dans la boîte à gants, les enfilait puis faisait démarrer la voiture, recula pour lui laisser la place de faire demi-tour, puis lui fit un signe de la main avec un sourire timide tandis qu'elle s'éloignait.

Une fois partie, il s'éveilla dans le vent avec un frisson. Il courut à toutes jambes vers sa bicyclette, et regagna le centre ville aussi vite que possible. Les boutiques commençaient à fermer, et les lumières reflétées en autant de taches sur les trottoirs humides s'estompaient en un long et vague ruban jaune orangé couleur d'automne.

14

Ce fut dans la soirée de jeudi que le professeur Brandon Lucas, qui se rendait à une école de beaux-arts qui ne l'intéressait pas particulièrement, mais où il avait imprudemment accepté de donner des cours le week-end, décida sur un coup de tête d'effectuer un détour, et rendit visite à Jean et Leslie Armiger. Étant donné qu'il transportait avec lui les notes et croquis concernant *The Joyful Woman*, on aurait pu croire cette visite préméditée, mais il ne se l'était pas avoué avant de voir raccourcir de plus en plus la distance qui le séparait de sa corvée, et sa réticence était devenue trop transparente pour demeurer ignorée. Pourquoi arriver là-bas pour dîner ? Il savait de par ses expériences précédentes que la nourriture à Ellanswood College était à la fois quelconque et insuffisante, tandis qu'il se trouvait à Comerbourne un petit hôtel tout à fait correct. Le léger brouillard ne constituait peut-être pas une excuse plausible à son retard, mais il avait la possibilité de plaider l'importance de la visite aux Armiger, qui pouvait même s'avérer un sujet de conversation qui lui épargnerait de devoir écouter les sottises des autres sur l'art.

Trop myope sans ses lunettes pour lire l'inscription sur la sonnette de Leslie, et de toute façon trop plein d'assurance pour s'embarrasser de tels détails, il réveilla la rue silencieuse en battant le rappel sur le heurtoir de Mrs. Harkness, qui sortit en personne ; mais il fut égal à lui-même, et produisit sur elle une impression si forte que le prestige de Leslie en grimpa de plusieurs crans.

Le professeur monta sans se faire annoncer, trouva Leslie en manches de chemise en train de se laver les mains à l'évier du petit palier et l'odeur de café montant joyeusement du réchaud, et démontra sa finesse en s'exclamant avec ravissement qu'il arrivait à temps, car la cuisine du *Flying Horse* était superbe, mais leur café laissait à désirer. Ayant ainsi fait comprendre qu'ils n'avaient pas à lui offrir à manger, il s'assit confortablement et les rassura avec tout autant d'adresse sur le fait qu'ils n'étaient pas obligés d'essayer de le distraire.

— En fait, je me rends à des cours de week-end. Je n'ai pas beaucoup de temps, mais j'ai pensé venir vous tenir au courant de nos progrès. C'est un travail très intéressant que vous m'avez trouvé, mon garçon, vraiment très intéressant.

Leslie rabaissa ses manches de chemise, puis sortit des verres à liqueur, et le fond soigneusement économisé de la demi-bouteille de cognac que Barney Wilson avait rapportée de ses vacances en France. Jean avait fait apparaître comme par miracle un plat en verre dont il ne connaissait même pas l'existence, et le remplit d'extravagants biscuits au chocolat dont Leslie fut certain qu'ils étaient tout à fait inappropriés, jusqu'à ce qu'il voie à quel rythme ce vieux professeur un peu dandy les engloutissait avec dextérité. Jean avait également échangé sa vieille robe bleue contre un chemisier jaune miel qui faisait ressortir sa chevelure aile-de-corbeau et son teint clair et frais comme la rosée. Une demi-heure auparavant, ils se parlaient encore avec la patience précautionneuse de deux étrangers pour ne pas se disputer, mais lorsque les événements exigeaient d'elle un geste pour soutenir son mari, Jean était toujours là, prête et invincible.

— Vous pensez que cela va donner quelque chose ? J'avais peur d'y toucher moi-même, mais j'ai quand même eu du mal à m'en empêcher.

— Vous aviez une idée bien précise à son sujet ?

— Non pas une idée précise, mais un soupçon à propos de sa date d'origine, et du genre auquel elle appartient.

— Vous l'avez montrée à quelqu'un d'autre ?

— Un antiquaire en ville. Il a avancé qu'il pouvait s'agir d'un portrait d'un peintre local du XVIIIe du nom de Cotsworth.

— Ridicule ! jeta Lucas avec un rugissement de rire, pointant comme une flèche vers le plafond sa barbiche à l'impériale.

— Eh bien, ce n'était pas tant ridicule qu'habile, je crois, car depuis, il m'en a offert six cents livres.

— Tiens, tiens ! Et vous avez refusé son offre. Bravo ! Vous deviez donc vous douter que vous étiez tombé sur quelque chose de plus important qu'une croûte de Dauber. Attention, son actuelle valeur marchande n'est peut-être pas très grande, et je ne suis pas sûr de l'intérêt commercial d'une telle découverte à cet instant. Mais lorsqu'on en aura pleinement mesuré la portée, il est probable que celui-ci sera considérable.

Leslie découvrit avec surprise que ses mains tremblaient de pure excitation. Il se refusa à regarder Jean, car elle pourrait penser qu'il voulait ainsi souligner le soutien que le professeur apportait à son jugement ; elle comptait sur lui pour ne pas manquer une telle occasion, non par méchanceté, mais à cause du sentiment d'insécurité fondamental de Leslie. Et pourtant, il mourait d'envie d'échanger un regard avec elle, de voir si elle tremblait autant que lui. Une étincelle devait encore être prête à jaillir entre eux, alors qu'ils se trouvaient sur le point de faire des découvertes suffisamment extraordinaires pour enflammer ce vieil homme olympien.

— Sa date d'origine, dit Lucas en revenant sur le sujet. A quand croyez-vous qu'elle puisse remonter ?

S'il ne les taquinait pas vraiment, cela y ressemblait beaucoup, en tout cas, leur offrant des merveilles puis les obligeant à jouer aux devinettes pour pouvoir gagner le premier prix. Eh bien, pensa Leslie, si on le mettait à l'épreuve, autant faire bonne figure, et donner son opinion avec autorité.

— Elle est antérieure au XIVe siècle.

Il lui parut affreusement présomptueux de s'exprimer ainsi, il aurait presque voulu rattraper sa phrase, mais il était trop tard. Il se haussa du col et expliqua son audacieuse théorie, parlant sans détours.

— Il m'a semblé que ni la pose, ni les mains — l'absence d'articulation, les longs doigts incurvés sans jointures — ne pouvaient être postérieures. Ensuite, les épaules rejetées en arrière, la tête, et même quelque chose dans la façon dont sont remplies les zones de couleur qui forment la robe. Si nous arrivons à ôter sans dommage ces couches de peinture successives, je ne serais pas surpris de découvrir une sorte de drapé qu'on ne trouve pas plus tard que le XVe siècle.

— Et le genre ? Vous aviez également votre idée sur le genre ?

Leslie inspira profondément et risqua un regard en direction de Jean. Ses grands yeux interrogateurs le fixaient, mais il fut incapable de savoir si elle était avec lui, ou bien si elle s'émerveillait simplement de son culot et s'attendait à voir sa théorie réduite en pièces d'une seconde à l'autre.

— Je pense qu'il s'agit d'un travail local, reprit-il d'une petite voix. Elle est dans le coin depuis des siècles, et ne s'est jamais trouvée très éloignée de l'endroit où on l'a exposée pour la première fois. Et cet endroit n'était pas un pub. Le seul détail qui ne corresponde pas à la tradition, c'est le rire...

— Oui, dit Lucas en regardant le visage du jeune homme d'un œil vif et pensif, le rire. Mais que cela ne vous trouble pas. Le rire est l'une de ces entorses à la tradition qui se produisent de temps en temps, ce coup de génie individuel que personne n'avait prévu, et que personne ne s'aventure à copier par la suite. Et ces anomalies inspirées peuvent constituer des expériences extraordinaires. Continuez. De quelle tradition s'agit-il ? Vous n'en avez pas encore parlé.

S'exprimant lentement, lui-même stupéfait de sa propre imagination, Leslie continua :

— Ce cartouche ovale qui ressemble à une broche, c'est cela qui m'y a fait penser. Dans sa forme originelle, il s'agissait de cet usage étrange, cette sorte de projection dans le monde métaphysique, n'est-ce pas ?

— Et comment !

— Alors c'est cela. C'est une image de l'enfant

qu'elle porte. C'est une Vierge à l'Annonciation, ou la Visitation — en tout cas, avant la naissance...

— Une Vierge au Magnificat, en fait. Vous me semblez vous être très bien débrouillé sans aucun conseil, mon garçon.

— Je n'avais même pas osé y penser sérieusement avant, reconnut Leslie avec un rire tremblant. Mais vous m'avez clairement laissé entendre que même mes plus folles supputations ne seraient pas exagérées, sinon, je ne me serais jamais aventuré à parler. Vous croyez donc vraiment qu'une œuvre de ce genre s'est balancée dans le vent devant un pub ou a croupi dans des greniers depuis le XIVe siècle ?

— Plus probablement depuis la seconde moitié du XVIe siècle. Vous savez sans aucun doute que la maison d'où provient le panneau a été à une certaine époque une des granges du prieuré de Charnock ? Et que le dernier prieur s'y est retiré après la suppression des monastères ?

— Un de mes amis a déniché quelque chose de ce genre dans les archives, mais jusque-là, je dois avouer que je n'en savais rien.

— Non ? Moi non plus, mais il semble bien que ce soit le cas. Ce qui m'a frappé dans votre panneau, c'est sa similitude de proportions et de genre avec l'un des fragments conservés dans l'église paroissiale de Charnock. Je ne sais pas si vous connaissez le pasteur ? Un vieux bonhomme érudit, qui s'y connaît bien en art médiéval. Les vitraux sont sa spécialité, mais il connaît également les enlumineurs et les peintres sur panneaux, et il a passé un certain nombre d'années à rechercher les restes des objets d'art de Charnock disséminés après la suppression des monastères. L'église paroissiale repose sur les restes tronqués de l'église du vieux prieuré, bien sûr, et il a réintégré à leur place les reliques qu'il a pu retrouver. La tête d'ange avec un manuscrit est tout ce qu'il a retrouvé de ce qui paraît être un retable plus grand, provenant probablement de la chapelle de Notre-Dame.

— Et vous pensez que nous avons trouvé la dame ? demanda Leslie, sans vouloir être cavalier, mais simplement trop excité pour supporter la tension et demeurer entièrement grave.

Un haussement de sourcils signala une désapprobation momentanée de la part du professeur, mais l'œil en dessous lisait en lui, et il n'y eut pas de reproche.

— Je crois que la probabilité est très forte. Je suis allé voir le pasteur. Il a des archives qui indiquent qu'une partie de l'ameublement de la maison a dû disparaître avec le dernier prieur, ainsi que des notes et des croquis intéressants qu'il a réunis de sources très différentes. Il estime que l'ange au manuscrit est l'ange du Magnificat, il dispose de références contemporaines et postérieures qui permettent de reconstituer un tableau assez détaillé, et je vous assure qu'il y a toute raison d'espérer que votre panneau est la Vierge de ce même retable. Le nom du maître qui l'a peinte est inconnu, mais on a identifié divers exemples de son œuvre, y compris des enluminures, et l'une d'entre elles ressemble énormément à votre Vierge.

— Le rire compris ? demanda Jean à voix basse.

— Le rire compris. Les preuves sont si éclatantes que je ne pense pas rencontrer de grandes difficultés pour établir l'authenticité de votre fragment. Le pasteur l'a vu, et si moi, je suis disposé à l'authentifier avec toute la prudence nécessaire, lui en est absolument convaincu. Il avait reconstitué avec soin d'après ses diverses sources ce à quoi devait ressembler la Vierge perdue. Il a depuis fait un autre croquis du panneau dans sa forme actuelle et d'après les éléments qu'il a réunis pour montrer ce que nous devrions découvrir.

Il ouvrit sa serviette sur la table et en sortit une liasse de documents et de papiers qu'il étala devant lui avec un sourire satisfait.

— Je vous ai apporté ses notes et ses dessins, si vous voulez les examiner. Voici son dernier croquis. La voilà, telle qu'elle était, et telle qu'elle sera.

L'esquisse était petite, plus petite qu'un in-quarto, et ils se rapprochèrent pour la regarder. *The Joyful Woman* s'était dépouillée de son fichu de mousseline, de ses anglaises et de ses fanfreluches aux poignets, et se tenait dans sa simplicité médiévale anglaise, drapée dans une cape bleue sur une robe safran, sa chevelure relevée de façon austère sous un voile blanc. Le corps rejeté en arrière pour contrebalancer le poids qu'elle portait, elle joignait des mains aussi fragiles que des lys, et l'image symbolique du fils à venir se dressait au-dessus de ses paumes croisées. Les yeux levés au ciel, elle riait de joie. Elle était seule sur le tableau, seule au monde ; elle était seule et pourtant satisfaite, un monde à elle toute seule.

Leslie ressentit l'immobilité de Jean avec autant d'intensité que si elle ne s'était jamais tenue figée auparavant. Il s'humecta les lèvres, et posa la question qui allait inévitablement paraître comme la mauvaise question à ce moment-là, mais il devait connaître la réponse. Il devait savoir ce qu'il faisait, sinon cela n'avait aucune valeur.

— Si je la vends, avez-vous une idée du montant qu'elle peut atteindre ? A supposer que nous ne nous trompions pas à son sujet ?

— C'est une question de chance. Mais l'œuvre du maître est connue et respectée, et il y a peu d'exemples, sinon aucun, qui puisse se comparer à celui-ci. Il faut également prendre en compte l'intérêt des antiquaires de la région. Même en vendant très vite, je crois que vous pouvez en tirer au bas mot sept ou huit mille livres.

Désespérément muets, leurs manches se frôlant, Jean et Leslie fixaient cette promesse de fortune.

— Et le pasteur ? Se mettrait-il sur les rangs ? Il doit en avoir terriblement envie, s'il est tellement certain...

— Il donnerait son bras droit, bien sûr. Depuis qu'il a vu ça, il n'en mange plus, n'en dort plus. Mais il a déjà demandé vingt mille livres de subventions pour réparer sa vieille église qui tombe en ruine, il n'a pas la possibilité de réserver des fonds pour acheter des Vierges.

— Même pour leur faire retrouver leur place, dit Leslie.

Il s'écarta un peu de Jean pour la voir, mais elle garda le visage tourné pour regarder le petit dessin. Il se demanda si elle savait qu'elle avait croisé les mains sous ses seins dans le même geste cérémonieux et possessif.

— Même pour leur faire retrouver leur place. Mais il y aura d'autres offres. Si vous patientez et que vous récoltez suffisamment de publicité avant de vendre, vous pouvez obtenir le double de ce que je vous ai dit.

Le professeur Lucas referma sa serviette et

repoussa sa chaise. Le jeune homme avait de toute évidence besoin d'argent, il n'y avait pas de honte à savourer la somme d'avance.

— Je n'ai pas les moyens de payer le travail qui devra être accompli sur le tableau, dit Leslie d'une voix qui tremblait légèrement tant sa résolution était intense. Votre laboratoire serait-il prêt à en supporter le coût, si je rends l'objet à Charnock ?

Lucas se redressa pour le regarder fixement et se leva.

— Mon garçon, vous réalisez ce que vous êtes en train de dire ?

Oui, il le réalisait, et il devait le dire le plus vite possible, avec fermeté et détermination pour ne plus pouvoir se rétracter. La panique lui montait à la gorge, étouffait ses paroles, qui en devenaient incohérentes. Il avait peur de regarder Jean, maintenant, il savait qu'il venait d'accomplir quelque chose qu'il ne pourrait ni comprendre ni pardonner, mais il y était obligé, il n'aurait pas pu vivre en paix avec lui-même s'il avait laissé passer l'instant.

— Le panneau n'est à moi que par une longue suite de mauvais hasards, et je n'aime pas cela. Il doit retourner à sa place. Et ce n'est pas parce qu'il s'agit de l'église, dit-il presque avec colère, au cas où ses intentions seraient mal comprises. Je ferais de même s'il s'agissait d'un objet séculier. Mais il a été conçu pour un endroit précis, dans un but précis, et je préfère qu'il y retourne. Simplement, ce serait un peu dur, si je le rendais au pasteur et que celui-ci ne puisse faire effectuer le nettoyage nécessaire par manque d'argent.

— Si vous pensez ce que vous venez de dire, inutile de vous inquiéter sur ce point. Je serais tout à fait disposé à assumer le travail dans notre atelier, bien entendu. J'en serais même très fâché, s'il était confié à quelqu'un d'autre. Mais réfléchissez à tout cela pendant le week-end, mon garçon, dit-il avec entrain en lui tapant sur l'épaule, avant de vous décider à vous en séparer. Je vous laisse tout ça, pour que vous puissiez vous persuader de la validité de nos arguments avant de trancher.

— J'ai déjà tranché, mais j'aimerais lire tout ceci, bien sûr. Ce n'est pas que je veuille briller, dit-il avec précaution, même si je l'apprécierais aussi probablement. Mais supposez que j'accepte l'offre la plus élevée, et que la Vierge parte pour les États-Unis, ou chez un collectionneur privé, ce qui ne servirait à personne ? Je m'en voudrais toute ma vie. Je veux qu'elle retourne à sa place, et s'ils ne peuvent pas payer, eh bien, tant pis. De toute façon, j'ai comme le sentiment que ce ne serait pas bien. Là où elle va, elle appartiendra à quiconque aimera la regarder, et on la verra comme elle avait été conçue — ou il s'en faudra de peu. A ce moment-là, j'aurai peut-être l'impression qu'elle est à moi. Ce n'est pas le cas pour l'instant.

— Je ne tente pas de vous dissuader, mon garçon, vous n'avez pas à essayer de me convaincre. Simplement, je ne veux pas que vous agissiez précipitamment, pour le regretter plus tard. Prenez votre décision, et ensuite, faites ce que vous avez à faire. Appelez-moi dans quelques jours, et nous nous reverrons, probablement au musée, si cela vous est possible. Maintenant, je dois partir.

Il cala sa serviette sous son bras.

— Bonsoir, Mrs. Armiger ! Merci pour votre excellent café.

Jean sortit de son état de stupéfaction pour ajouter ses remerciements et ses adieux à ceux qu'exprimait déjà Leslie. Lorsque celui-ci revint après avoir raccompagné leur visiteur, elle se tenait devant la table, le visage pâle, figé dans une sorte d'interrogation grave, le regard rivé au dessin du pasteur.

Leslie referma doucement la porte derrière lui, attendant qu'elle parle, ou qu'au moins elle le regarde, et comme elle ne faisait ni l'un ni l'autre, il se demanda de quelle manière briser le silence sans paraître méprisable ou agressif, ce qui dans l'un ou l'autre cas s'avérerait fatal, il le savait d'expérience. Elle ne semblait pas consciente de la tension qui habitait Leslie, tant elle était perdue dans ses propres pensées.

— Je ne pouvais rien faire d'autre, dit-il désespérément, reconnaissant dans sa propre voix une nuance de défense, mais incapable de la maîtriser.

Elle sursauta, et leva sur lui des yeux où il ne put rien lire, de grands yeux sombres et pétrifiés comme ceux d'une femme en état de choc.

— Il était à moi, déclara-t-il avec brusquerie, je pouvais en faire ce que je jugeais bon.

— Je sais, dit-elle avec douceur, et quelque part au fin fond de ses yeux naquit la faible et distante lueur d'un sourire.

— Je suppose que je t'ai déçue et j'en suis désolé. Mais je n'aurais pas été satisfait si...

Elle eut soudain un curieux petit geste de protestation, et dit :

— Oh, tais-toi ! Espèce d'idiot ! Je pourrais te battre !

Elle se précipita sur lui, le prenant par les épaules comme si elle allait mettre sa menace à exécution, puis glissant ses bras sous les siens et les serrant autour de lui, elle l'étreignit de toutes ses forces et cacha son visage dans sa poitrine.

— Je t'aime, je t'aime ! dit-elle d'une voix étouffée contre son cœur.

Il ne comprenait pas, complètement déboussolé. Il ne pourrait jamais comprendre, éberlué de découvrir qu'il venait de faire quelque chose de bien, autant qu'il l'avait été à propos de tout ce qu'il avait fait de mal. Peut-être en était-il même arrivé à la conclusion qu'elle était tout simplement femme, illogique et répondant à une main ferme, et qu'il devait forcer son autorité innocente pour garder la haute main sur elle.

— Je t'aime, répéta-t-elle.

Il l'avait spontanément entourée de ses bras, et l'étreignait avec précaution, comme si elle allait se briser entre ses doigts, mais la force de sa chaleur et de sa douceur contre lui le fit trembler d'espoir.

— Je suis désolé pour l'argent, balbutia-t-il, se débattant dans les vagues de tendresse, de frayeur et de joie mêlées qui le submergeaient. Mais nous nous débrouillerons. Je sais que tu me prends pour un irresponsable, mais je ne pouvais pas faire autrement, je n'ai jamais eu le sentiment que ce tableau m'appartenait. Oh ! Jean, je t'en prie, ne pleure pas !

Elle leva la tête, et il s'aperçut qu'au lieu de pleurer, elle riait, non pas d'amusement, mais de joie pure. Elle levait la tête vers lui en riant, et ressemblait à la femme du portrait.

— Tais-toi, mon chéri, tu délires !

Et elle l'embrassa, à la fois pour l'empêcher de continuer à dire des bêtises, et pour le simple plaisir de l'embrasser. Inutile d'essayer d'exprimer avec des mots ce qui venait de lui être révélé, le fait qu'elle venait de comprendre à quel point ils étaient riches de ce qui importait vraiment, elle, lui et l'enfant à venir. Avec un tel trésor, comment aurait-elle pu se tourmenter pour des problèmes mineurs ? Comment aurait-elle pu éprouver autre chose qu'une gigantesque pitié à l'égard du vieil Alfred Armiger, qui avait tant possédé et n'avait rien pu donner ? Et par-dessus tout, comment aurait-elle pu redouter une déception de la part de son mari, qui ne possédait rien et pouvait pourtant se permettre de faire un aussi magnifique cadeau ?

— Cela t'est égal ? demanda-t-il hébété, le souffle coupé.

Mais il n'attendit pas de réponse. A quoi lui servait de comprendre d'où provenait cette union soudaine et totale ? Le plus merveilleux était de savoir qu'il l'avait retrouvée, et non de lui demander pourquoi. Toute contrainte entre eux avait disparu, et ils s'étreignirent en silence, rayonnants de reconnaissance.

Un coup frappé à la porte les sépara, le double petit coup sec qui indiquait sans erreur possible Mrs. Harkness, et probablement des récriminations. Leslie laissa aller sa femme à contrecœur, la serra de nouveau brièvement contre lui, puis se dirigea vers la porte.

Mrs. Harkness paraissait anormalement détendue et conciliante, car elle baignait encore dans le nuage bénéfique de l'influence du professeur Lucas.

— Un garçon a apporté ce mot pour vous il y a un moment, Mr. Armiger. Il m'a dit de vous le donner tout de suite, mais comme votre visiteur était encore là, je n'ai pas voulu vous déranger.

— Un garçon ? Quel garçon ? demanda Leslie en pensant immédiatement à Dominic, bien qu'il ne vît pas pourquoi celui-ci lui enverrait un message à cette heure de la soirée, ni pourquoi, si c'était le cas, il ne pouvait venir le lui délivrer en personne.

— Le fils de Mrs. Moore, un peu plus bas dans la rue. J'ai pensé qu'un quart d'heure de plus ou de moins, ce ne serait pas grave.

— Sans doute. Merci, Mrs. Harkness.

Il referma la porte et examina l'enveloppe avec un froncement de sourcils inquiet, sans savoir pourquoi. Le petit Moore était au même collège, avait à peu près l'âge de Dominic, et se trouvait probablement dans la même classe ; il pouvait fort bien remplir le rôle de messager en cas d'urgence. Mais quelle urgence ?

— Qu'est-ce que c'est ? demanda Jean en le regardant attentivement.

— Je ne sais pas, on va voir.

Il déchira l'enveloppe, encore bercé par la chaleur du corps de sa femme, tout contre son bras, et conscient de sa présence plus que de toute autre chose au monde, jusqu'au moment où il se mit à lire :

« Cher Mr. Armiger,

« J'ai demandé à Mick Moore de vous apporter ce mot à huit heures et demie pile, parce que j'ai besoin d'aide à neuf heures, pour une chose très importante, mais je n'ose pas en faire part plus d'une demi-heure avant. Si mon père était au courant trop tôt, il ficherait tout en l'air, mais s'il apprend ça juste à temps pour être sur place comme témoin, j'espère qu'il me laissera aller jusqu'au bout, et qu'il sera dans l'impossibilité de m'en empêcher. Je ne veux pas appeler à la maison, parce que je risque de tomber sur Maman, et je ne veux pas l'effrayer. Je ne veux pas qu'elle apprenne quoi que ce soit avant que tout ne soit terminé. Alors j'ai pensé que le mieux, c'était de vous passer ce message.

« Voilà ce que je veux que vous fassiez. Contactez mon père, et dites-lui de faire surveiller le coin de Hedington Grove et Brook Street à neuf heures. Il y aura là-bas une voiture qui m'attendra et me raccompagnera à Comerford. Je vous en prie, *assurez-vous qu'ils la suivent*, c'est important. J'ai fait quelque chose pour que la situation se débloque, mais *il faut* qu'ils soient là pour être témoins, sinon, ça ne servira à rien, et cela n'aidera pas Kitty.

« S'il m'arrivait quelque chose, je vous en prie, essayez d'aider Kitty, cela m'est égal pourvu qu'elle s'en sorte.

« Merci.

« Dominic Felse. »

— Bon sang ! s'exclama Leslie, ahuri. Tu crois qu'il plaisante ?

— Sûrement pas, pas à propos de Kitty. C'est très sérieux. Il a *peur*, Leslie ! dit-elle en lui agrippant le bras. Qu'a-t-il bien pu faire ?

— Dieu seul le sait ! Quelque chose de fou, il a dû... Seigneur ! dit-il avec un hoquet de consternation en regardant sa montre.

Il fonça vers la porte et dégringola les escaliers. Il était neuf heures moins onze, plus que onze minutes avant l'heure fatidique. Il ne restait plus qu'à prendre l'affaire au sérieux.

Il entendit les talons de Jean claquer sur les marches derrière lui, se retourna sur le seuil pour lui crier de rester là, qu'il s'occupait de tout, qu'il revenait, mais lorsqu'il ouvrit à toute volée la porte de la cabine téléphonique au bas de la rue, elle était à ses côtés, à bout de souffle, enfilant son manteau.

Il eut l'impression de mettre un temps fou à trouver le numéro de téléphone de George Felse, et encore plus de temps à obtenir une réponse, avant que Bunty ne décroche. Dominic semblait croire que les mères ne devaient pas être inquiétées, ce qui empêcha la langue de Leslie de se délier. Non, tant pis, si Mr. Felse n'était pas là, cela pouvait attendre. Tant pis, il rappellerait. Il raccrocha violemment et fit une nouvelle tentative.

— Le poste de police de Comerbourne ? Écoutez, c'est urgent. Faites ce que je vous dis *tout de suite*, et attendez les explications après. Il s'agit de l'affaire Armiger, je suis Leslie Armiger, et je ne plaisante pas. Si Mr. Felse est là, allez le chercher. Non, vous, écoutez...

Jean lui souffla à l'oreille :

— Je vais chercher le van de Barney, je reviens.

Elle sortit en courant de la cabine, et le cliquetis de ses talons résonna dans la rue.

— Au coin de Brook Street et Hedington Grove, à neuf heures, répétait Leslie avec insistance. Nous viendrons à votre rencontre de ce côté-ci... Veillez à être là pour les suivre.

Il était neuf heures moins deux lorsqu'il raccrocha le combiné pour la seconde fois.

15

Dominic exécuta la centième fausse note de la soirée qu'il corrigea d'un plongeon rageur de ses deux mains d'ordinaire habiles, et dit d'un ton résigné :

— Bon sang ! Je suis désolé ! Je ne fais que des bêtises. Vous ne préférez pas que je m'arrête ?

— Je préférerais, dit la vieille miss Cleghorn avec franchise, mais tes parents payent pour une heure de leçon, mon garçon, et tu joueras pendant une heure, même si tu dois me rendre folle. Je me demande si je ne devrais pas en revenir à la bonne vieille règle d'ébène, et te flanquer un bon coup sur les doigts à chaque fois que tu m'infligeras ça.

Dominic plaqua sur le piano une phrase musicale moqueuse et lui fit une grimace. Miss Cleghorn était âgée d'une soixantaine d'années, potelée, vive comme un fox-terrier, et dans les meilleurs termes avec son élève ; d'ailleurs, de son avis à lui, elle était le seul bon point de ces leçons du jeudi soir. C'était Bunty qui considérait que l'art de jouer d'au moins un instrument constituait une part non négligeable du bagage d'un jeune homme, et c'était Bunty qui veillait à ce qu'il ne lève pas le nez de son clavier. Prouesse qui n'aurait pas été aussi exceptionnelle si Dominic n'en était pas arrivé à reconnaître généreusement, dans un coin de son esprit, qu'elle avait probablement raison quant à l'utilité de ce talent.

— Une règle d'ébène, mon œil ! pouffa Dominic. Je suis sûr que vous n'en avez même pas, et encore plus sûr que vous n'avez jamais frappé quelqu'un avec.

— Méfie-toi ! Il n'est jamais trop tard pour bien faire, et ma règle n'a pas besoin d'être en ébène. Allons, n'essaye pas de me distraire. Recommence, et, par pitié, concentre-toi.

Il fit de son mieux, mais le problème était qu'il se concentrait justement avec ardeur sur ce qu'il faisait, et que cela n'avait quasiment rien à voir avec son inoffensive distraction hebdomadaire du jeudi, qui ne servait que d'opportunité. Il serra les dents et se lança de nouveau avec obstination dans son étude, mais son esprit se projetait dans le temps, tentait d'imaginer toutes les hypothèses qui pourraient se présenter, et la meilleure façon de s'en sortir. Ce qui l'inquiétait le plus, c'est qu'il devait baser ses actions presque uniquement sur des suppositions, et que chaque étape présentait une grande marge d'erreur. Mais il était trop tard pour se laisser effrayer par toutes les erreurs qu'il avait pu commettre, car il lui était maintenant impossible de revenir en arrière.

— En tout cas, une chose est sûre, dit miss Cleghorn avec un hochement de tête plein d'emphase lorsqu'il eut péniblement achevé son dernier accord, tu n'as pas touché à un piano depuis jeudi dernier, n'est-ce pas ? Allons, avoue !

Il avoua bien volontiers qu'elle ne se trompait pas, comprenant que de son point de vue à elle, c'était là fort répréhensible, et il lui fit ses excuses d'un ton humble. S'il arrivait à se persuader que ces choses-là pouvaient un jour de nouveau revêtir une importance à ses yeux, ce serait bien, pensa-t-il. Le poids de la réalité pesait sur ses épaules. Le petit monde confortable et quotidien dans lequel les heures des repas et les leçons de musique étaient capitales lui paraissait maintenant étonnamment séduisant et enviable, mais il ne pouvait pas le réintégrer. Tel un missile, il était lancé sur une trajectoire inconnue et ne pouvait plus qu'aller de l'avant.

— Et comment penses-tu arriver à bien jouer si tu ne t'exerces jamais ? Non, n'essaie pas de m'adoucir avec un jeu de mains élaboré, ôte-les de ce clavier et écoute quand je te parle.

Il obéit et posa ses mains sur ses genoux tandis qu'elle le réprimandait. On ne pouvait guère dire qu'il écoutait, même s'il fixait son visage rose et rond avec une intense attention qui dissimulait amplement l'absence de son esprit. C'était réconfortant de la regarder, elle était si banale, saine et dénuée de secrets, fine et sage, à mille lieues de la nuit qui régnait derrière les rideaux tirés et qui commençait à l'angoisser. Il se raccrocha à son invariable twin-set tricoté à la main et sa jupe de tweed courte, sa barrette de celluloïd dans ses cheveux gris coupés au carré, le grain de beauté sur son menton qui s'agitait au rythme de ses remontrances. Il sourit avec affection, ragaillardi par la conviction que rien de sinistre ou d'effrayant ne pouvait cohabiter dans la même dimension qu'elle. Mais dès qu'il détourna les yeux, il sut que cela était possible, que c'était lui qui l'avait provoqué et qu'il ne pouvait s'y soustraire.

— Oh, tu peux bien me sourire et penser que cela suffit, dit-elle avec sévérité. Voilà ton problème, mon garçon, tu crois qu'il te suffit de faire du charme pour te sortir de toutes les situations difficiles.

Elle ne croyait pas si bien dire, mais il ne pouvait se confier.

— Je sais, dit-il d'un ton apaisant, mais j'ai eu beaucoup de choses à faire cette semaine, et honnêtement, je n'ai pas eu le temps. Je promets de faire mieux la prochaine fois.

« Si je suis encore là. » A cette pensée, son cœur se serra, et il eut un frisson. Il lui sourit :

— Allons, il est presque neuf heures, votre supplice est bientôt terminé.

— Et le tien ne va pas tarder, si tu ne fais pas attention. Tu sais ce qui va t'arriver, hein ?

— Oui, s'il vous plaît. Avec beaucoup de sucre.

Il savait qu'il y avait une casserole de chocolat au chaud sur la cuisinière, il y en avait toujours lorsque les soirées étaient fraîches. Elle se leva avec bonne humeur et partit la chercher.

— Allez, reprends tes affaires, c'est fini pour ce soir.

Il n'était pas encore tout à fait neuf heures, et il ne voulait pas être en avance d'une minute sur son rendez-vous. Si Leslie avait rempli son rôle, la police devait surveiller le coin de la rue. S'il arrivait en avance, il risquait de voir débouler un père furieux qui exigerait des explications et démolirait l'édifice qu'il avait bâti avec tant de soins. Même les pères très raisonnables avaient de drôles d'idées sur votre liberté d'action dans des domaines qui empiétaient sur leur autorité ou mettaient en cause votre propre sécurité ; et Dominic n'éprouvait aucun doute quant à la réalité du danger auquel il s'exposait. C'était là tout le problème. S'il ne courait aucun danger, alors il se serait totalement trompé de piste, toute son ingéniosité n'aurait servi à rien, et laisserait Kitty plus abandonnée et piégée que jamais. De plus, il ne pouvait combattre ce danger. Il devait le voir se rapprocher, demeurer pétrifié comme un lapin hypnotisé pour se laisser encercler, car s'il se débattait, il pouvait échouer à démontrer ce qu'il avait décidé de prouver. Il ne devait pas lutter, il devait laisser les autres le sortir de là, en espérant qu'ils seraient à l'heure. Il n'était plus maintenant qu'un appât volontaire.

— Tu es dans un drôle d'état, ce soir, dit miss Cleghorn en lui tirant une mèche de cheveux. Tu n'entends même pas quand je t'offre des biscuits. Je me demande pourquoi je me donne tout ce mal, alors que tu ne mérites que d'aller te coucher sans manger. Qu'est-ce qui t'arrive ? Tu as des problèmes à l'école ?

L'école ! Ils ne pensaient qu'à ça, tous. Quand on a seize ans, les seuls ennuis éventuels ne pouvaient qu'être en relation avec l'école.

— Non, non, je vais bien, je vous assure. C'est juste un de ces jours où je n'arrive pas à me concentrer, je me rattraperai la prochaine fois.

— Tu as intérêt ! Tiens, bois ça, il gèle dehors, tu as besoin de quelque chose qui te tienne chaud au corps, pour attendre ce vieux bus. Je dis toujours que cette station d'autobus est l'endroit le plus sinistre de la ville.

Il fit durer sa tasse de chocolat jusqu'à neuf heures pile. Mieux valait lui laisser une ou deux minutes de plus, si jamais elle était retenue à son club.

— Je dirai à Maman que vous avez dit que je faisais des progrès, annonça-t-il avec impudence en enfilant son manteau. Je peux ?

— Transmets-lui de ma part que tu mérites une fessée, elle te la donnera peut-être. Fais attention, je vois qu'il y a déjà un peu de verglas. Du verglas en octobre !

— Bonsoir ! jeta-t-il, déjà à la grille.

— Bonsoir, Dominic !

Elle referma la porte d'une main hésitante. Que peut bien avoir ce gamin ? se demanda-t-elle avec contrariété. En tout cas, quelque chose le tracasse, c'est sûr. Peut-être devrais-je en toucher un mot à sa mère ? Mais il est à un âge difficile, il s'agit probablement de quelque chose dont il ne veut pas que sa mère soit au courant, et il ne me le pardonnerait jamais si je m'en mêlais. Non, autant lui laisser la paix. Elle alluma la télévision, posa les pieds sur le fauteuil en face d'elle, et quelques minutes plus tard, elle ne pensait plus à Dominic Felse.

Il marcha jusqu'au bout de la rue d'un pas de plus en plus lent, s'efforçant de ne pas remarquer qu'il ralentissait, de ne pas ralentir. Elle m'ôte une épine du pied, je ne dois plus avoir de souci, avoir l'air normal ! Je dois faire les choses comme il faut, sinon, ce n'est pas la peine. Allons, tu es là-dedans jusqu'au cou, maintenant, mets-y tout ton cœur ! Souviens-toi de Kitty ! Il pensa à celle-ci, et sa tension se relâcha, comme si une chaleur soudaine détendait le moindre de ses muscles. Après tout, le danger n'a aucune importance, car tu assures la sécurité de Kitty. Ce qui va se passer ne peut lui faire de mal, au contraire. Même lorsque le danger serait là, il l'affronterait sans faiblir.

Bien sûr, elle pouvait très bien ne pas venir au rendez-vous, en toute honnêteté, elle pouvait y avoir réfléchi à deux fois. Il se pouvait également qu'elle vienne, mais en toute bonne foi, auquel cas, elle prendrait simplement ce qu'il lui donnerait, le rassurerait, et le raccompagnerait chez lui. Les mille morts qu'il avait souffertes en chemin ne seraient qu'une juste punition, et les plus plates excuses qu'il pourrait lui faire ne suffiraient jamais. Tant de pièges le guettaient, il pouvait se tromper sur tant de points ; et pourtant, au fond de lui, il savait qu'il ne se trompait pas.

Elle était là. Lorsqu'il approcha du coin de la rue silencieuse et gelée, dans l'obscurité et le chatoiement des arbres, il aperçut la longue silhouette brillante de la vieille Riley, rangée avec élégance le long du tranchant étincelant du trottoir. Elle lui ouvrit la portière avec un sourire. C'était la première fois qu'il remarquait à quel point ce quartier était désert et silencieux la nuit. Il n'y avait personne en vue, et une voiture solitaire passa tandis qu'il atteignit la large route. Lorsqu'elle eut disparu, seul l'écho de ses pas légers résonna bruyamment, se répercutant avec une terrible obstination sous la lumière des étoiles.

— Bonsoir, Dominic, dit miss Hamilton en débarrassant le siège du passager d'une multitude de choses qu'elle jeta au hasard sur la banquette arrière, une écharpe et un sac, une liasse de photocopies et une grosse torche électrique qui roula jusque dans le fond.

— Bonsoir, miss Hamilton ! C'est vraiment très gentil à vous. Vous êtes sûre que ça ne vous gêne pas ? Je pourrais très bien rentrer en bus.

— Ne dis pas de bêtises, protesta-t-elle d'un ton calme. Monte. Cela ne me prendra pas plus d'un quart d'heure, je serai rentrée en un rien de temps. Et il fait bien trop froid pour attendre le bus.

Elle se pencha, et passant devant lui, verrouilla la portière.

— Il faut que je fasse changer la poignée, elle est usée. Si je ne ferme pas à clé, elle s'ouvre de temps en temps, surtout dans les virages. Et comme j'ai souvent des passagers remuants, cela peut être dangereux, conclut-elle avec un sourire.

— Il n'y en a pas ce soir, dit-il en jetant un coup d'œil derrière.

— Je viens d'en déposer deux. La séance au club n'est pas terminée, mais je n'ai pas le temps de rester toute la soirée.

Elle s'adossa à son siège, et lui adressa un sourire indulgent qui prenait en compte à la fois sa jeunesse et son extrême sensibilité, ses larmes de l'après-midi et le désir qu'il avait de les lui voir oublier.

— Alors, tu les as apportés ? demanda-t-elle avec douceur. Ou bien tu as réfléchi et tu les as donnés à ton père ? Ne t'inquiète pas, je ne t'en voudrais pas, je comprends. C'est à toi de décider.

— Je les ai.

— Alors, le mieux, c'est de me les donner tout de suite, je m'en occuperai, et tu n'auras plus qu'à oublier tout ça. Je ne t'en reparlerai plus jamais, et personne d'autre ne le pourra. Tu n'en as parlé à personne, n'est-ce pas ?

— Non, je n'ai pas dit un mot.

— Bien. A partir de ce soir, cesse de te tourmenter. Kitty s'en sortira si elle n'est pas coupable, et nous sommes tous les deux d'accord qu'elle ne l'est pas. N'est-ce pas ?

— Oui, bien sûr.

Il tira de son sac un petit paquet maladroitement roulé dans du papier de soie, si mal emballé qu'un coin de plastique dépassait, et dans la lumière réverbérée par les néons des lampadaires, un éclair de chevreau noir froissé, souillé et décoloré, brilla à travers le plastique. Il plaça le tout dans la main de miss Hamilton, ses yeux écarquillés fixés sur elle avec confiance, et laissa échapper un grand soupir, comme si on venait de lui enlever un poids.

Elle ne jeta qu'un bref coup d'œil au petit paquet dans sa main, puis le regarda de nouveau. Elle se pencha pour ouvrir le compartiment du tableau de bord devant lui et y fourra les gants tout au fond.

— Ne t'inquiète pas, le rassura-t-elle lorsqu'il lui jeta un regard anxieux, je ne les oublierai pas. Ils sont en sécurité avec moi. Fais ce que je te dis, oublie-les. Tu n'as pas besoin de les revoir ou de jamais y penser. Plus un mot à leur propos, maintenant ou jamais. L'affaire est close. D'accord ?

Il hocha la tête, et au bout d'un instant parvint à articuler :

— Merci !

Elle fit démarrer la voiture. Une motocyclette les dépassa en vrombissant en direction du centre, et sa petite pétarade prétentieuse s'évanouit rapidement. Un vieillard solitaire qui revenait de la boîte aux lettres tourna dans une rue adjacente et disparut. Ils étaient les uniques habitants d'un monde dépeuplé, un monde nocturne et glacial plein d'échos en suspens qui n'avaient aucun son à renvoyer. Il ne devait pas examiner les alentours. Il devait empêcher sa tête de se retourner, ses yeux de fouiller la rue, ses oreilles de guetter le bruit d'une voiture. Il ne devait même pas avoir l'air de vouloir regarder. Il n'était qu'un innocent, un idiot sans le moindre soupçon, un crétin qui n'avait pas dit un mot de tout ceci à quiconque. Sur quoi devait-il se concentrer, maintenant qu'elle l'avait soulagé de son fardeau ? La voiture, naturellement. Celle-ci méritait bien un peu d'enthousiasme, et, à seize ans, les adultes ne s'attendent pas à ce que vos inquiétudes durent bien longtemps, ils tiennent pour acquis que des objets comme les voitures peuvent facilement vous séduire.

— Elle est de quelle année ? demanda-t-il en observant la maîtrise des mains de miss Hamilton sur le volant, et éprouvant un instant de véritable plaisir lorsque le véhicule démarra avec souplesse. C'est vraiment une voiture de collection ?

Il ne s'était trompé que de quelques années. Un léger sourire flottait sur ses lèvres tandis qu'elle lui répondait, ce sourire indulgent et responsable de l'adulte prévenant qui laisse un enfant faire part de ses préoccupations, qui les partage même un moment, mais qui lui envie sa capacité à se passionner ainsi, comme un don du ciel que les adultes ont depuis longtemps oublié. Exactement le genre de sourire auquel il fallait s'attendre dans ces circonstances, et qui ne lui apprenait rien. Quelques indices lui auraient bien servi. Cet unique regard qu'elle avait jeté à son paquet soigneusement mis au point aurait dû être révélateur, aurait dû lui dire s'il avait mis dans le mille ou s'il s'était totalement fourvoyé et trahi ; mais il n'y avait rien eu, pas d'éclair soudain au fond de ses yeux, pas de tension sur ses traits. Il était maintenant trop tard pour se poser des questions.

— Vous l'entretenez très bien, remarqua-t-il sans manquer totalement de franchise.

— Merci, dit-elle avec gravité. J'essaye.

La route s'était rétrécie, la rangée d'arbres sur le trottoir brutalement interrompue, et les haies des champs commençaient à apparaître au milieu des palissades et des murs de jardins. Il aurait aimé pouvoir se pencher suffisamment sur la droite pour jeter un coup d'œil dans le rétroviseur, mais il savait qu'il ne devait pas. Il aurait aimé savoir s'ils étaient suivis. S'il devait subir cette épreuve pour rien, ce serait l'enfer.

— Nous allons prendre la route du bord de la rivière, c'est plus court, annonça miss Hamilton. Tu n'as pas encore commencé à apprendre à conduire ?

— Non, ce serait trop difficile. Je n'ai pas le droit sur route, encore, et l'allée du garage est trop courte. Ils ont parlé de donner des leçons à l'école, il y a beaucoup de place là-bas, mais rien de plus, pour l'instant.

— Ce serait une excellente idée, acquiesça-t-elle résolument. Dans ces conditions, tu apprendrais très vite, par la simple force de l'habitude. Et la conduite, c'est un élément essentiel de l'éducation de nos jours.

— Mais je crois qu'ils ont peur pour leurs plates-bandes, ils cherchent à épater avec leurs roses, vous savez.

Il découvrait avec stupéfaction qu'il pouvait discuter de ces petites choses alors même qu'il avait la gorge sèche et que son cœur cognait dans sa poitrine.

Il jeta un bref regard à son profil qui se découpait dans la lumière des derniers lampadaires, les traits austères et bien dessinés, le léger sourire, la chevelure brune et la forme lisse de la grande torsade sur son cou. Puis ils s'engagèrent sur la route noire sous les arbres, l'arc des phares, tendu comme une corde de violon, arrachant les troncs de l'obscurité l'un après l'autre, fondant en piqué comme des projecteurs et disparaissant dans l'obscurité. Quelque part, là sur leur droite, derrière la ceinture d'arbres, miroitait la rivière, glaciale sous les étoiles gelées. En été, il y aurait eu des voitures garées le long des berges herbeuses, avec à l'intérieur des couples enlacés et seuls au monde, et d'autres couples, encore, se promenant sous les arbres ou bien couchés dans l'herbe ; mais pas à cette saison. Il faisait plus chaud sur les banquettes des cinémas, et les alcôves enfumées des cafés offraient autant d'intimité. Personne ne viendrait ici cette nuit, et sans les amoureux, la route était isolée et silencieuse.

Ce sera là, pensa-t-il, quelque part sur cette portion de route, dans les cinq cents mètres qui viennent, avant de quitter le couvert des arbres. Il agrippa d'un geste convulsif les rebords passepoilés du siège et sentit ses paumes se couvrir de sueur, car il n'était pas sûr de pouvoir tenir jusqu'au bout. Ce n'est pas seulement la peur, pensa-t-il. Comment fait-on, lorsqu'on voit arriver un coup et qu'on ne doit pas plonger, qu'on ne doit pas se mettre à l'abri, mais attendre qu'il s'abatte sur vous ? Comment fait-on ? Il plia les doigts, et il fut surpris d'avoir mal, tant il avait serré le cuir de la banquette avec intensité. Il était fort, il pouvait se défendre seul, mais il ne le devait pas tant que les témoins n'étaient pas apparus. Ils devaient assister par eux-mêmes à ce qui lui avait été réservé, sa parole ne suffirait pas. Et s'ils ne les suivaient pas, s'ils n'arrivaient pas à temps, alors ce qui lui arriverait serait une preuve suffisante pour innocenter Kitty, qui moins que quiconque au monde, ne saurait être tenue pour responsable des morts qui pourraient survenir ce soir.

Miss Hamilton tendit la main et ouvrit la boîte à gants, dans laquelle elle fouilla avec application avant d'en extraire un paquet de cigarettes. Conduisant d'une main, elle avait considérablement ralenti. Elle fit sortir une cigarette du paquet, et la plaça entre ses lèvres avec une économie et une précision de mouvements qui démontraient clairement qu'elle avait déjà fait cela un millier de fois auparavant. Elle fouilla de nouveau la boîte à gants, à la recherche du briquet, sans réussir à le trouver.

— Évidemment, il est dans mon sac à main, dit-elle en laissant s'arrêter la voiture. Tu peux me l'attraper, Dominic ?

Il se retourna pour regarder les objets répandus sur la banquette arrière. Son sac avait glissé dans le creux près de la torche. La vieille voiture était spacieuse, l'espace entre les deux banquettes était large, et il était obligé de se retourner et de s'agenouiller sur le siège pour se pencher par-dessus. Ce qu'il fit, sachant ce qui allait lui arriver, ayant déjà vécu la scène une centaine de fois avant qu'elle ne devienne réalité. Terrifié, révolté, il se força à la passivité contre laquelle tout son corps se rebellait comme un animal pris au piège, et le bras tendu, se pencha, lui offrant docilement sa nuque brune. Oh ! Seigneur, faites qu'elle soit rapide ! Je ne peux pas continuer, je vais devoir me retourner ! *Je ne peux pas ! Oh, Kitty ! Tu ne le sauras peut-être même pas !*

Quelque chose le frappa avec une force telle que l'obscurité lui explosa au visage. Il fut violemment balancé par-dessus le siège, et un second choc terrifiant et douloureux lui coupa le souffle. Puis l'obscurité, implosant de nouveau dans le vide d'où toute lumière s'était évanouie, en une noire spirale, l'aspira dans un puits sans fond où il tomba, tomba, tomba, jusqu'à ce que sa chute s'arrête, et qu'il ne reste plus rien, ni souffrance, ni peur, ni colère, ni effort pour retrouver son souffle, plus d'inquiétude ou d'amour impossible, plus rien.

16

— Si seulement nous savions ce que nous cherchons, dit Jean penchée en avant dans la camionnette de Barney Wilson et scrutant la route à travers le pare-brise jusqu'à l'extrême limite du rayon des phares. Une voiture... ce pourrait être n'importe quelle voiture, nous ne savons pas à qui elle appartient, ce pourrait être un taxi, n'importe quoi. Nous ne savons pas.

— Ce ne sera pas un taxi, affirma Leslie. Il s'est débrouillé « pour qu'il se produise quelque chose ». Ça ressemble plus à une confrontation directe.

— Et nous ignorons même si c'est bien par cette route qu'ils vont déboucher, ce pourrait être par la route principale.

— Si on va par là, nous ne sommes même pas certains qu'ils soient sur l'une de ces routes. Enfin, la police surveille les deux. Que pouvons-nous faire de plus ? Je ne peux emmener la camionnette que sur une route à la fois, et celle-ci est la plus calme et la plus isolée. Attention, voilà des phares, ouvre grands tes yeux.

Les feux qui se rapprochaient se trouvaient encore à

deux ou trois virages de distance, percés de temps en temps par les arbres, mais le véhicule roulait à toute vitesse. Un premier virage, un second, et ils se retrouvèrent en pleine visibilité sur une courte ligne droite. Leslie laissa ses feux de route et roula légèrement au milieu de la chaussée, cherchant à éblouir l'autre conducteur et l'obliger à ralentir. Celui-ci, qui avait déjà baissé ses feux avant d'aborder la ligne droite, lui adressa un furieux appel de phares, et n'obtenant pas de réaction, lui remit les pleins feux pour lui faire comprendre l'abomination de sa conduite. Leslie plissa les yeux, tentant de distinguer quelque chose au-delà du pare-brise. Un seul visage, et impossible de dire s'il s'agissait d'un homme ou d'une femme. Sur une route éclairée, cela aurait été plus facile.

Un klaxon lui claironna aux oreilles avec indignation.

— Seigneur ! s'écria-t-il tout en s'écartant juste assez pour laisser passer la longue voiture, qui poursuivit son chemin, conduite d'une main sûre et autoritaire, à toute allure, vers un but précis.

— Pas de garçon, dit Jean, qui, au même instant, agrippa le tableau de bord en hoquetant tandis que Leslie freinait brutalement. Qu'est-ce que tu fais ?

Ce qu'il faisait était évident, et il ne s'embarrassa pas d'explications. Il se rapprocha le plus près possible des arbres le long de la route pour entamer sa manœuvre.

— Qu'y a-t-il ? Qu'est-ce que tu as vu ? Il n'était pas dedans.

— Pas en vue, en tout cas, rétorqua-t-il en reculant le van avec un aplomb dont il n'aurait jamais fait preuve en toute autre circonstance. Tu n'as pas reconnu la voiture ?

Il effectua un demi-tour dans une accélération qui lui fit frôler le talus et se jeta à toute allure à la poursuite des feux de position qui disparaissaient au loin.

— C'est celle de Hamilton ! Ça ne peut pas être une coïncidence. Dieu merci, je connais tellement bien cette voiture qu'elle ne peut pas klaxonner dans le noir sans que je la reconnaisse. Et elle ne connaît pas cette camionnette. Elle est habituée à me voir au volant de différents véhicules, mais pas de celui-ci.

Jean se serra contre son bras avec un frisson, mais ce n'était pas de froid qu'elle tremblait.

— Leslie, si c'est bien elle... Suppose qu'il ne soit plus avec elle ? Qu'il se soit déjà passé quelque chose ?

Elle ne dit pas qu'il était impensable de soupçonner miss Hamilton de violence et de meurtre, car à cet instant plus rien n'était impensable, toutes les règles avaient déjà été enfreintes et toute retenue perdue.

— Elle l'a peut-être déjà abandonné quelque part sur la route ?

Il n'avait pas pensé à cela, et il en fut bouleversé. Un assassin n'avait pas besoin d'autre arme aussi meurtrière que la Riley. Mais Leslie garda les yeux fixés sur les feux de position vacillants, et le pied sur l'accélérateur.

— La voiture de police sera derrière elle.

— Oui, mais la route est tellement obscure, cette surface noire...

— Elle bifurque, dit-il brusquement en écrasant l'accélérateur à fond, car si elle était seule et occupée à vaquer à ses affaires, pourquoi quittait-elle la route en prenant à droite ?

Il n'y avait là rien d'autre qu'un sentier pour amoureux, une impasse menant à la berge de la rivière. C'était tout juste un chemin carrossable serpentant à travers les arbres, autrefois fermé par une barrière transversale qui n'avait plus servi depuis près d'un an et pendait sur l'herbe, soutenue par des gonds rouillés. Leslie connaissait bien l'endroit, il y avait suffisamment pique-niqué l'été, des années auparavant. Il y avait une clairière au bord de la rivière, où les voitures avaient suffisamment de place pour tourner. Mais qu'est-ce qu'une femme seule pouvait bien avoir à faire là par une nuit d'octobre glaciale ?

Il s'engagea dans le chemin, puis s'arrêta.

— Descends et attends la police.

— Non, protesta Jean en s'accrochant à son bras, je viens avec toi.

— Descends ! Comment sauront-ils que c'est là, si tu viens avec moi ? Jean, par pitié, ne perdons pas de temps.

Elle retira sa main et descendit de la camionnette. Il distingua son visage, un ovale pâle au milieu duquel brillaient deux grands yeux, tandis qu'il s'engageait dans l'obscurité sous les arbres. Elle eut du mal à le laisser partir sans elle. Ils se trouvaient embarqués dans des meurtres, des courses-poursuites, des choses qui ne se produisaient jamais en temps normal ; qui pouvait être sûr qu'il n'y aurait pas non plus d'armes à feu dans cette histoire ? Et quelle sorte d'équipe pourraient-ils former dans le futur si maintenant ils suivaient deux chemins différents ? Elle regarda la camionnette s'éloigner en cahotant sur le chemin, puis demeura là, frissonnante, scrutant la route avec loyauté. Cette unique décision avait établi l'ascendant de Leslie, alors qu'il ne songeait pas une seconde à leur union ou à leur rivalité, et cet ascendant, il n'aurait pu le conquérir dans une épreuve plus difficile. Il n'aurait pu exiger d'elle quelque chose de plus dur que de rester là et le laisser agir seul, maintenant qu'elle avait découvert combien il était important pour elle.

Les roues du van patinaient dans les ornières gelées du chemin, et le véhicule dérapa en une série de ricochets le long du tunnel de verdure. Leslie ne voyait plus les feux de la Riley ni n'entendait de moteur, et faisait de son mieux pour maîtriser la camionnette et la guider vers la faible lumière qui inondait la rive. Les arbres se raréfièrent. Il ralentit, éteignit totalement ses feux dans l'espoir de demeurer invisible jusqu'à ce qu'il puisse se repérer, et glissa tranquillement jusqu'à la lisière du taillis.

Elle avait conduit la voiture jusqu'à l'extrémité de la berge couverte d'herbe givrée, juste au-dessus de l'eau, effectuant un demi-cercle pour pouvoir repartir tout de suite. Les deux portières étaient ouvertes, semblables aux ailes d'une coccinelle prête à s'envoler, et à mi-chemin entre la voiture et le bord de l'eau, elle traînait laborieusement quelque chose sur le sol, quelque chose de mince et mou qui pendait sur ses bras comme un poids mort. Derrière les deux silhouettes se déplaçant comme un animal blessé s'étendait la rivière, tel un ruban argenté, blafarde sous la lumière chatoyante, au flot à la fois rapide et immobile.

Tout le long du chemin sous les arbres, l'esprit de Leslie avait fonctionné avec sang-froid et lucidité, lui dictant exactement la marche à suivre. Ne lui laisse pas d'échappatoire. Mets la camionnette en travers du chemin, il n'y a pas d'autre issue. Assure-toi qu'elle ne pourra plus ressortir. Mais en fin de compte, il ne fit rien de ce que son cerveau survolté lui avait recommandé, le temps lui manqua. Il ne restait à miss

Hamilton que très peu de chemin à parcourir jusqu'au bord, il connaissait les courants et devinait la température de l'eau. Sans réfléchir, il laissa échapper un hurlement dont il ne fut même pas conscient, alluma ses feux de route et accéléra à fond, droit vers elle. Qu'elle s'en aille, qu'elle s'enfuie, tout, pourvu qu'elle laisse le gamin à temps.

Les roues avant quittèrent le chemin et labourèrent la terre du rivage cahoteux comme un animal pataugeant dans l'eau. Sautant et tressautant, il fonça dans un rugissement de moteur, et ses phares la clouèrent dans un éblouissement de noir et de blanc. Frappée à la fois par le bruit et la lumière, il la vit reculer et laisser un instant tomber le garçon. Elle eut un violent mouvement de tête pour tenter de le distinguer, et il découvrit un visage sculpté dans la lumière, aussi dur, lisse et blanc que le marbre, la bouche ouverte et les yeux flamboyants. Il ne pouvait pas se raccrocher à l'espoir qu'elle soit devenue folle, car au fond de ceux-ci brillaient indubitablement l'intelligence et l'autorité. Elle se pencha et saisit l'adolescent sous les bras, le soulevant de terre avec une inébranlable détermination, et se mit à les tirer, lui et elle, dans une course titubante en direction de l'eau. Lourd et inerte, il lui échappa mais elle l'agrippa de nouveau, dans un effort frénétique pour achever ce qu'elle avait entrepris.

Ce ne fut qu'au dernier moment, lorsque le van dérapa et pila dans un hurlement de freins à quelques mètres d'elle, qu'elle finit par abandonner. Elle repoussa le garçon avec un cri de rage soudaine, et courut à perdre haleine vers sa voiture. Sa magnifique torsade austère s'était dénouée, et sa chevelure ondulant sur ses épaules dans sa course dissimulait son visage livide. Leslie dégringola de la camionnette avant même que celle-ci ne soit totalement arrêtée, tenta vainement de lui saisir le bras, puis l'abandonnant pour une tâche plus urgente, sauta sur le garçon recroquevillé là où elle l'avait laissé.

Elle n'était pas loin d'avoir réussi ; quelques secondes plus tard, il se serait retrouvé dans la rivière. Sa tête et l'un de ses bras avaient roulé sur le talus en pente, et ses doigts inanimés pendaient au-dessus de l'eau. Leslie tomba à genoux près de lui et le hissa complètement sur la berge, le retournant sur le dos. Sous ses cheveux en bataille, le visage de Dominic était gris et tiré, les yeux clos. Il respirait avec peine à travers ses lèvres entrouvertes, mais au moins, il respirait. Leslie le tâta rapidement pour vérifier qu'il n'avait rien de cassé et entreprit de le hisser dans ses bras. Il tentait de se relever en ployant sous le poids lorsqu'il entendit la Riley démarrer en rugissant.

Il avait oublié qu'elle avait en sa possession une arme mortelle. Elle n'en avait pas encore fini avec eux. Il y avait entre le van et la rivière suffisamment de place pour qu'elle fonce sur eux, et quelle raison pourrait bien l'empêcher de tuer deux personnes plutôt qu'une ? Il était apparemment seul, et il y avait bien assez de place dans l'eau pour lui et le gamin.

Les phares de la Riley firent le tour de la camionnette, se placèrent parallèlement à la berge, et foncèrent sur lui dans un éblouissement. Pris par surprise, trébuchant sous le poids de l'adolescent, il se mit à courir. Il ne pouvait espérer atteindre les arbres, mais il se précipita vers le van, pour tenter de mettre un coin de sa masse entre lui et la voiture folle. Elle n'emboutirait pas le van, elle ne ferait pas n'importe quoi si cela endommageait l'instrument de sa fuite. Elle était parfaitement saine d'esprit, et on peut au moins prévoir ce que va faire quelqu'un de sain. La lumière l'aveuglait, il ne voyait ni la camionnette, ni le sol, ni le ciel étoilé, il ne put que se jeter sur le trajet de la voiture, droit dans l'obscurité de l'autre côté.

Il se prit le pied dans une touffe d'herbe et s'étala sur son fardeau derrière les roues arrière du Bedford. La voiture ne manqua ses pieds que de quelques centimètres, il sentit la gelée craquer à proximité de ses talons. Puis la lumière et la masse passèrent en rugissant, et il se laissa aller avec un sanglot de soulagement. Il s'écarta de Dominic, laissa un moment reposer son visage dans sa manche et tenta de retrouver son souffle, malade de terreur rétrospective.

Le grondement de la voiture s'éloigna, remontant le chemin en direction de l'endroit où attendait Jean. Leslie reprit ses forces, se leva et se mit à courir, mais à quoi bon ? Plus que quelques minutes, et la Riley aurait atteint la route. Il porta ses mains à sa bouche et rugit, d'une voix qui fit trembler le givre sur les arbres : « Attention, Jean ! Écarte-toi ! »

Elle n'allait pas faire une folie, non ? Comment en être sûr avec Jean, qui ne supportait pas d'être vaincue, et préférait mourir plutôt que de céder ?

Les phares de deux voitures se déplaçant à toute allure apparurent le long de la route sinueuse de Comerbourne. Jean se tenait au milieu de la chaussée, agitant les bras avec détermination, lorsqu'elle perçut l'écho du moteur de la Riley remontant le chemin, sursauta et frissonna au cri de Leslie. Elle retourna en courant pour tenter de percer l'obscurité du tunnel d'arbres. Ce n'était pas le van, mais la voiture. Que s'était-il donc passé en bas ? Où était Leslie ? Que faisait-il ? La Hamilton ne devait pas s'en sortir maintenant, c'était hors de question, même si au bout du compte, cela ne ferait pas de différence. Telle une furie, Jean se précipita, passa une épaule sous la barre supérieure de la vieille barrière déglinguée, et malgré ses grincements de protestation, tira celle-ci du lit d'herbe où elle s'était incrustée. Elle traversa le chemin en trébuchant, la barrière sur l'épaule, et la projeta brutalement contre le solide pilier de l'autre côté. Elle fit glisser avec fracas dans son logement une grande clenche de bois qui subsistait en gémissant, et se jeta de côté sous la haie tandis que la Riley emboutissait la barrière de plein fouet.

La force de l'impact fut telle que les barres volèrent en éclats et que le plus faible des poteaux sortit de son socle. Le bois et le verre projetés à travers les airs retombèrent dans un bruit semblable à une pluie métallique. La voiture n'avait pas l'élan suffisant pour franchir l'obstacle, elle s'arrêta en bringuebalant dans les débris de la barrière, le pare-brise fracassé, un phare arraché. Le moteur se tut. Jean se recroquevilla en tremblant au sein d'un brusque grouillement d'activité qui bruissait de mouvement et de résolution mais ne faisait plus de bruit.

Elle ouvrit les yeux, ôta ses mains de ses oreilles, et rampa hors de la haie avec des gestes mal assurés. Derrière la Riley empalée sur la barrière, apparut le van qui remontait doucement la pente en cahotant ; elle entrevit au-dessus du volant le visage inquiet et échevelé de Leslie, et sur le siège, à côté de lui, la tête de Dominic inconscient, ballottant sur les franges de la vieille housse de Barney Wilson. Les deux voitures de Comerbourne s'étaient rangées le long de la route, et cinq hommes en civil qui en avaient jailli avaient pris la situation en main. Deux d'entre eux se rapprochaient de chaque côté de la voiture accidentée, deux autres démembraient les restes de la barrière et les soulevaient pour dégager le chemin. Le cinquième homme, George Felse, qui s'était précipité vers la camionnette et avait grimpé à côté de son fils, faisait glisser la tête de celui-ci dans le creux de son épaule et passait une main légère dans ses cheveux ébouriffés.

Dominic reprit conscience dans une vague de peur et de douleur, et se retrouva bercé comme un bébé dans les bras de quelqu'un, tandis qu'une main caressait tendrement la douleur effrénée qui résonnait dans sa tête. En tirant une conclusion inévitable, il se blottit davantage encore contre l'épaule réconfortante, et sentant le flot de larmes qui lui montait aux paupières, s'empressa de le dissimuler dans un geignement plaintif :

— Maman, ma tête me fait mal !

Mais ce fut la voix de son père qui répondit doucement :

— Je sais, mon petit, je sais. Reste tranquille, on va te trouver quelque chose pour te calmer.

La surprise le fit sursauter, et il ouvrit les yeux pour s'assurer qu'il ne rêvait pas, mais les referma très vite, car l'effort lui était pénible. Il avait cependant eu le temps de voir le visage qui se penchait sur lui, qui était indubitablement celui de son père. Allons, s'il réagissait de cette façon, les choses ne se présentaient pas si mal du tout. Dominic s'était attendu à se retrouver en prison, au mieux. Peut-être que lorsqu'on rue vraiment dans les brancards, se faire à moitié tuer a ses avantages, même si on souffre.

Dérivant très légèrement en dessous de la surface de la conscience, il se souvint de l'unique point qu'il devait régler, l'unique chose qui lui importait réellement.

— Ce n'était pas Kitty, articula-t-il un peu indistinctement, mais George comprit néanmoins ses paroles. Tu le sais maintenant, hein ?

— Oui, Dom, nous le savons, maintenant. Tout va bien, tout est fini, ne t'inquiète pas, repose-toi.

Il sombrait sans opposer de résistance dans un état d'hébétude et de soulagement, laissant couler ses larmes entre ses paupières fermées contre l'épaule de George, lorsqu'un son effrayant lui fit reprendre totalement conscience. Quelqu'un venait d'éclater d'un rire énorme et plein de colère, un rire aussi discordant qu'un cri.

Dominic ouvrit les yeux, les nerfs à fleur de peau, et au-delà de la tête de George et des solides épaules de Duckett, au-delà de Jean et Leslie, main dans la main, il vit une créature déchaînée dans un tailleur noir déchiré, une joue balafrée par le verre brisé, sa longue chevelure brune encadrant son visage de lourdes boucles, une ménade ensanglantée tordant en vain ses poignets liés, la bouche déformée par le mépris.

— Oui, c'est moi, je l'ai tué, et je me fiche pas mal que tout le monde le sache ! Vous croyez pouvoir m'effrayer avec vos inculpations et vos accusations ? Et alors, si je l'ai tué, ce n'est pas un crime capital, ne croyez pas que vous allez pouvoir m'exécuter, vous ne le pourrez pas ! Je connais la loi, j'ai bien été obligée de l'apprendre. Vingt ans ! hurla-t-elle d'une voix rauque, il a eu vingt ans de ma vie ! J'aurais pu me marier des dizaines de fois, mais non, il fallait que je le choisisse, lui ! Pendant vingt ans, j'ai été sa chose, j'ai été patiente, j'ai attendu que son vieux chameau de femme crève...

Dominic se mit à trembler dans les bras de son père, puis éclata en sanglots convulsifs. Il ne put réprimer ceux-ci, et une fois qu'il eut commencé, ne put se maîtriser. Toute cette dignité en noir et blanc, toute cette discipline, cette austérité, elle les mettait en lambeaux qu'elle lui jetait à la face. Il était incapable de le supporter. Il enfouit désespérément sa tête où battait une douleur lancinante dans l'épaule de George, sans pouvoir étouffer le son de cette voix.

— ... et attendu encore après qu'elle fut morte, sans résultat. Je n'ai fait qu'attendre mon heure, toute ma vie, et qu'est-ce que j'en ai retiré d'autre que *lui* ? Et voilà qu'*elle* me téléphone, *elle*, cette idiote qui me demande mon aide, *à moi*, qui me raconte qu'il s'est mis en tête de l'épouser, *elle* ! Qu'est-ce que j'allais en retirer, après lui avoir donné toutes ces années de ma vie ? Rien, toujours la même chose, ses lettres à taper dans la journée, et lui dans mon lit quand ça lui chantait... et elle, *elle* tenant les rênes ! Oui, je l'ai tué, répéta-t-elle, la poitrine haletante, mais ce n'était pas suffisant. Il aurait dû être conscient, il aurait dû le sentir... Chacun des coups ! Il aurait dû y avoir une façon de le tuer dix fois pour ce qu'il m'a fait !

17

Dominic ne conserva aucun souvenir du voyage de retour dans le van, aux côtés de George qui le berçait avec inquiétude, Leslie conduisant avec autant de précautions que s'il s'était trouvé au volant d'une ambulance chargée d'une cargaison de femmes enceintes, raconta plus tard Jean. L'adolescent était conscient mais complètement égaré. Très légère commotion cérébrale, avait diagnostiqué le médecin, ajoutant que ses souvenirs se reconstitueraient plus tard de façon cohérente. Mais cette partie de la soirée ne remonta jamais à la surface de sa mémoire. Il fut mis au lit, et on lui administra un calmant qui atténua progressivement la douleur, mais fit en même temps disparaître le monde qui l'entourait.

— Il va bien, dit le médecin. Nous le garderons sous sédatif toute la journée, et demain soir, il sera remis sur pied.

Il se réveilla une fois dans la nuit, criant et se débattant avec acharnement, relâchant dans ses rêves toute la résistance qu'il avait dû refréner quelques heures plus tôt. Bunty lui apporta à boire. Il but avec avidité, lui demanda avec étonnement ce qui se passait, puis sombra de nouveau dans le sommeil. A l'aube, il éclata en sanglots violents sans se réveiller, et cet accès persista, même lorsque Bunty rafraîchit son front brûlant et lui fit retrouver par ses caresses un sommeil plus paisible. Au matin, il se réveilla mourant de faim, alerte et loquace, bien qu'encore un peu pâle et tendu, et demanda à parler à son père.

— Ce soir, dit fermement Bunty. Pour l'instant, il est occupé à faire relâcher miss Norris. C'est bien ça qui t'inquiète, n'est-ce pas ? Ne te fais pas de souci, cesse de t'agiter, tout va bien.

— Oh ! Maman, lui reprocha-t-il, presque comme si elle l'avait vexé, tu es tellement calme !

Ce n'était certainement pas ce mot-là qu'il aurait employé s'il avait pu voir son visage au moment où on l'avait ramené chez lui, pensa-t-elle. Il récapitula brièvement les souvenirs qui commençaient à prendre forme dans son esprit, et lui demanda d'un ton enjôleur :

— Tu n'es pas trop fâchée contre moi, hein ?

— Eh bien, répondit-elle avec gentillesse en rangeant le thermomètre qui confirmait qu'il n'avait pas de fièvre, je suis juste un petit peu fâchée.

— Juste un petit peu ? Écoute, j'ai dépensé plus que ce qui m'était imparti. Ces gants coûtaient 23 livres et 11 pence, je n'aurais jamais imaginé que ça puisse être aussi cher. Tu crois que je peux faire une demande de remboursement ?

— On ne peut pas laisser ces frais à la charge du détective, le rassura-t-elle.

Il ne se sentait guère aussi assuré et espiègle qu'il le prétendait, mais inutile de le faire remarquer.

— Je suis surprise que tu ne te sois pas contenté d'aller chez *Haywards* et de le faire mettre sur mon compte, ajouta-t-elle.

— Bon sang ! dit-il, confondu, je n'y ai pas pensé une seconde !

Le soir même, il fut déclaré apte à parler autant qu'il le voulait. Plus tard, il serait sans doute nécessaire d'enregistrer sa déposition, mais ce qui importait pour l'instant, c'était qu'il puisse se soulager de toute son histoire à son père dès que celui-ci rentrerait.

— Tout est arrangé ? demanda-t-il avec impatience avant même que George ait pu approcher une chaise de son lit. Kitty est libre ? dit-il avec un tremblement dans la voix qu'il ne put réprimer à l'énoncé de son nom.

— Oui, Kitty est libre.

George n'ajouta rien de plus, c'était à elle de le faire. Dominic était conscient de ce qu'il avait accompli pour elle, rien de ce que son père pourrait dire n'ajouterait à sa gloire, et celui-ci n'allait certes pas la lui gâcher.

— Tu n'as pas à t'en faire, tu as mené à bien la tâche que tu t'étais fixée. Comment va ta tête ?

— J'ai encore mal, et la nuque est raide. Mais rien de tragique. Avec quoi m'a-t-elle frappé ?

— Tu ne le croiras jamais. Une matraque en caoutchouc lestée de plomb, comme celle des skinheads.

— Ce n'est pas vrai ! s'exclama Dominic, la bouche ouverte. Et où a-t-elle déniché ça ?

— Tu ne devines pas ? Un des garçons de son club. Elle lui a confisqué l'objet il y a quelques semaines, avec un bon sermon sur l'horreur de se promener avec des armes.

Si Alfred Armiger n'était plus là pour apprécier l'ironie de la chose, Dominic, lui, avait grâce à Dieu survécu.

— Qu'est-ce qui t'a lancé sur sa piste ? interrogea son père.

— En fait, c'est grâce à Jean. En pensant que tous les gens impliqués dans cette affaire connaissaient Mr. Armiger depuis des années, je me suis demandé la raison pour laquelle quelqu'un avait pu choisir ce soir-là en particulier pour décider qu'il ne pouvait pas le supporter une minute de plus. Je me suis dit que le véritable motif devait être quelque chose qui s'était passé précisément ce soir-là, quelque chose qui avait entièrement bouleversé la situation d'une seule personne. Lorsque nous avons appris le coup de téléphone, et qu'il est apparu plausible que l'interlocuteur de Kitty soit le coupable, cette histoire de motif s'est réduite à quelque chose qui s'était dit au cours de cette conversation téléphonique. J'ai bâti là-dessus une théorie géniale qui incriminait Mr. Shelley, et j'en ai fait part à Leslie et Jean. Mais celle-ci a tout de suite dit que non, ça ne pouvait pas s'être passé comme ça, parce que Kitty ne pouvait avoir fait appel qu'à une femme, pas à un homme. Elle a dit, continua-t-il en raffermissant sa voix hésitante pour utiliser avec l'autorité qui seyait à un homme les mots d'adulte que Jean avait employés, que Kitty venait de subir une sorte d'agression sexuelle, presque pire que toute autre, lorsque cette vieille brute dégoûtante lui avait fait des avances qui n'en étaient même pas réellement, qui n'étaient qu'un marché dénué de tout sentiment. Et tu vois... ce qui n'a fait que rendre la situation plus horrible, c'est que...

Il tourna la tête sur l'oreiller et fixa le mur avec détermination. Même encore maintenant, il n'arrivait pas à le dire. Ce qui n'avait fait que rendre la situation plus horrible, c'est qu'elle était encore amoureuse de Leslie, et que la demande en mariage pleine de suffisance de son père n'avait pu que lui paraître encore plus insupportable.

— Jean a expliqué que dans ces circonstances, c'était vers une femme qu'elle avait dû se retourner pour demander de l'aide, conclut-il en raffermissant sa voix.

Il n'était pas encore tout à fait remis, et pleurait facilement lorsqu'il ne se tenait pas sur ses gardes.

— Je vois, dit George en se souvenant que Bunty avait elle aussi utilisé à peu près les mêmes arguments, le guidant sur les traces du même gibier, bien qu'il ait employé des méthodes plus lentes et plus orthodoxes. Tu as donc pensé à au moins une personne, une femme plus âgée, que Kitty connaissait bien, et qui s'était trouvée sur place ce soir-là.

— Oui. Je me suis demandé ce que Kitty avait pu lui dire, qui aurait pu provoquer brutalement chez elle le désir de tuer Mr. Armiger, et dès que j'ai commencé à chercher, j'ai trouvé, c'était clair comme de l'eau de roche.

Oh ! oui, c'était clair. Peu de choses échappent aux enfants, et même les bavardages qu'ils dédaignent, ils les enregistrent malgré eux.

— Je parierais même, continua Dominic, que Kitty était la seule à ne pas savoir ce qu'on racontait sur le compte d'Armiger et de miss Hamilton. Elle est tellement en dehors de tout ça. Même si on le lui disait, ça lui entrerait dans une oreille pour ressortir par l'autre. Elle n'entend pas ce qui ne l'intéresse pas.

George n'était guère disposé à s'aventurer avec lui dans les recoins sombres de l'inconscient de Kitty ;

ni l'un ni l'autre ne pouvaient espérer y occuper un jour une petite place.

— Comme nous ne trouvions pas les gants, tu as donc décidé de monter un gigantesque bluff, et de faire croire que tu les avais. Comment t'es-tu débrouillé ?

Dominic lui raconta tout, heureux de se décharger de ce poids. En sécurité dans un endroit familier, il lui était difficile de retrouver le sentiment de peur qui l'avait habité, mais il trembla néanmoins à certains moments.

— Je suis allé là-bas à l'heure où je savais que le vieux Shelley était parti, et j'ai prétendu vouloir lui parler à propos de l'affaire. Dès qu'elle a mordu à l'hameçon et suggéré que je me confie à elle, j'ai été sûr et certain que je ne m'étais pas trompé. Lorsque je lui ai raconté que j'avais trouvé les gants, des gants de femme — en laissant comprendre que j'étais persuadé qu'il s'agissait de ceux de Kitty, et que je voulais les dissimuler — eh bien, la situation a eu l'air encore plus prometteuse, parce qu'elle m'a tout de suite dit que je pouvais les lui confier et qu'elle s'en occuperait. Me laissant comprendre qu'elle les détruirait. Personne n'est prêt à prendre tant de risques pour un garçon qu'il a entrevu une ou deux fois et qu'il ne connaît pas, n'est-ce pas ? En tout cas, pas sans avoir pour cela une raison personnelle pressante. Elle a essayé de me faire dire où je les avais trouvés, pour s'assurer qu'elle avait réellement quelque chose à redouter, mais je lui ai joué une grande scène d'hystérie, et elle n'a rien pu tirer de moi. Tu sais, elle ne pouvait pas se permettre de courir le moindre risque. Même s'il y avait une chance sur cent pour que j'aie quelque chose qui l'incrimine, elle ne pouvait pas la laisser passer. Voilà pourquoi elle m'a suggéré de les lui donner. Si je lui avais obéi à ce moment-là, je ne sais pas ce qu'elle aurait fait, parce que j'avais déjà senti depuis longtemps qu'elle me considérait comme aussi dangereux que les gants, et qu'elle devait se débarrasser de nous deux. J'en faisais des tonnes, je parie qu'elle s'est dit, ce petit crétin sera incapable de la fermer, un de ces jours, il va tout raconter à son père. Je crois qu'elle se serait débrouillée pour qu'il m'arrive quelque chose là-bas, au bureau, puisque nous étions seuls, et qu'avec sa voiture, elle aurait pu ensuite m'abandonner à des kilomètres de là. Mais je lui ai dit que je n'avais pas les gants sur moi, à cause des copains un peu trop curieux, à l'école, et que je les lui apporterais quand je viendrais prendre ma leçon de musique. Tu l'aurais vue sauter sur l'occasion ! Personne ne saurait que nous avions rendez-vous, et si je disparaissais, personne ne penserait à elle. Elle a proposé de m'attendre au bout de la rue en rentrant de son club, et a insisté sur le fait que je ne devais souffler mot de tout ça à personne. A ce moment-là, j'ai été sûr de sa culpabilité. Elle s'était *vraiment* débarrassée des gants tachés de sang quelque part près de la grange cette nuit-là, et c'était *elle* qui avait tué Mr. Armiger. Sinon pourquoi mettre sur pied une telle mise en scène ?

— Et pourquoi, demanda son père avec douceur, n'es-tu pas venu tout me raconter ? Pourquoi devais-tu accomplir ça tout seul ? Tu ne pouvais pas me faire confiance ?

La nuance de reproche, bien que voilée, était une erreur.

— D'accord, d'accord, oui, je sais, s'empressa de dire

George. Ce n'était pas une preuve, et tu avais le sentiment que tu devais apporter une preuve irréfutable. Mais à ce prix-là ? En t'utilisant comme appât ?

— Au point où j'en étais, je ne pouvais plus qu'aller de l'avant. Et si je te l'avais dit, tu m'aurais empêché de continuer. Tu n'aurais pas pu faire autrement. *Moi*, je pouvais le faire, mais *toi*, tu ne pouvais pas me laisser le faire. Tu ne me le reproches pas, hein ?

— Ce n'est pas à toi que j'adresse des reproches, mais à moi-même. J'aurais dû me débrouiller pour que tu puisses avoir davantage confiance en moi.

Ce n'était pas non plus la bonne solution. Battre sa coulpe parut avoir un effet encore pire sur Dominic.

— Aucune importance, s'empressa-t-il d'ajouter. Tu as fait ce qui te paraissait être ton devoir, restons-en là pour l'instant. Comment as-tu su quel genre de gants montrer ? Tu as dû te torturer l'esprit. D'un coup d'œil, elle pouvait se rendre compte que tu mentais.

— Mais à ce moment-là, elle savait également que je la soupçonnais, et que j'essayais de lui tendre un piège, non ? Et cela revenait au même, il demeurait essentiel qu'elle se débarrasse de moi tant qu'elle en avait l'opportunité. Mais bien que cela n'ait donc pas eu d'importance, j'ai quand même fait de mon mieux. J'ai constaté qu'elle n'avait pas de gants lorsque nous avons quitté le bureau, je l'ai donc accompagnée jusqu'à sa voiture, et ils étaient là, dans la boîte à gants, une paire en chevreau noir toute simple et toute neuve, aux articulations encore toutes lisses. J'ai tablé sur le fait qu'elle avait dû racheter une paire aussi semblable aux autres que possible, je suis rentré en ville, et je m'en suis procuré. Je les ai mis sous le robinet, je les ai salis et j'ai essayé de leur donner l'air moins neuf, mais je les ai quand même enveloppés pour qu'elle ne puisse que les entrevoir.

« Tu connais la suite, conclut-il en se renversant sur ses oreillers avec un énorme soupir. Je ne pouvais pas prévoir que mon message à Leslie Armiger serait transmis aussi tard, sinon je lui aurais dit huit heures au lieu de huit heures et demie.

— Je m'en doute, dit George avec chaleur. Il était neuf heures quand ils m'ont retrouvé au garage près de chez elle, et lorsque nous sommes arrivés à Brook Street, il n'y avait plus aucune trace de toi ni de la Riley. Si le jeune Leslie n'avait pas été là...

Il n'acheva pas sa phrase, par égard pour lui-même autant que pour Dominic.

— Et si elle revenait sur ses aveux ? Tu pourrais quand même l'inculper sans les vrais gants ?

— Oh ! Nous n'avons aucun souci à nous faire. Sa voiture est pleine de traces de sang, toutes les coutures de sièges le montrent. Le cuir a été lavé, mais elle a commis l'erreur commune d'utiliser de l'eau chaude, et puis, de toute façon, on ne peut jamais éliminer le sang des fils de textile. D'autre part, nous avons retrouvé dans les cendres de la chaudière de son immeuble la fermeture Eclair ainsi que deux boutons de métal de la jupe noire qu'elle portait ce soir-là. Elle a dû se dire que sa veste ne portait pas de marque distinctive, et elle l'a expédiée à une vente de charité, mais nous l'avons retrouvée, et la manche droite est légèrement éclaboussée de sang, elle aussi. Oh ! Ne t'inquiète pas, le dossier est solide. Je pense qu'elle a dû s'agenouiller sur le sol près de lui... En tout cas, elle a jugé nécessaire de brûler la jupe. Pas étonnant que l'ourlet de la robe de Kitty se soit trouvé taché à l'endroit où elle a frôlé la sienne.

Fixant le bord du drap qu'il tortillait entre ses doigts, Dominic demanda brusquement :

— Tu l'as vue, aujourd'hui ?

— Qui, Ruth Hamilton ?

— Non, dit Dominic en se raidissant. Kitty. Quand ils l'ont... quand elle a été relâchée.

— Oui, je l'ai vue.

— Tu lui as parlé ? Comment allait-elle ? Elle a dit quelque chose ?

— Elle avait l'air encore un peu égaré, répondit George avec précaution, se souvenant des yeux rougis et hébétés qui avaient considéré avec stupéfaction la liberté qui lui avait été offerte. Laisse-lui un ou deux jours pour redevenir elle-même. La révélation de la vérité n'a d'abord constitué pour elle qu'un choc supplémentaire, mais elle commençait à s'en remettre lorsque je l'ai quittée. Elle m'a dit qu'elle allait s'acheter une nouvelle robe et se faire coiffer.

Dominic demeura silencieux, triturant toujours le drap, le regard détourné.

— Et elle m'a demandé si elle pouvait venir te voir ce soir, si tu étais suffisamment en forme pour recevoir des visites.

Dominic se redressa en rejetant ses couvertures, les yeux brillants.

— Elle a dit ça ? Tu ne me racontes pas d'histoire ?

Il s'agrippait à cette éventualité de toutes ses forces, mais la prudence lui souffla :

— Je suppose que tu lui as dit que je devais rester au calme, ajouta-t-il d'un ton soupçonneux.

Inutile de les laisser penser qu'il ne les avait pas entendus parler de lui la veille au soir, même s'il avait été hors d'état de leur opposer une résistance.

— Je lui ai dit que tu n'avais rien de plus grave qu'une grosse tête. Je ne crois pas que ça, elle arrive à y faire quoi que ce soit, dit son père avec un sourire, mais enfin, elle sera là vers huit heures. Tu as un quart d'heure pour te rendre présentable.

Dominic était déjà à moitié debout, appelant sa mère à la rescousse. George le fit recoucher avec fermeté, et lui apporta sa nouvelle robe de chambre de soie vert foncé, son dernier cadeau d'anniversaire, trop beau pour être porté en dehors des grandes occasions.

— Reste là et ne gaspille pas tes forces. Tu as l'air très à ton avantage. Voilà, occupe-toi des détails, dit-il en déposant peigne et miroir sur le lit, et en l'abandonnant à son ravissement.

Il refermait la porte lorsque Dominic s'exclama : « Hé ! », et demanda lorsqu'il tourna la tête :

— Quelqu'un a dû lui dire, pour moi. Je veux dire, ce que j'ai fait. Autrement, comment saurait-elle... Pourquoi est-ce qu'elle voudrait...

— Certainement ! Je me demande qui a bien pu le lui raconter ?

George croisa dans les escaliers Bunty qui accourait à l'appel du pépiement de sa progéniture. Il ouvrit les bras, dans un élan de gratitude et de soulagement pour lequel il ne se donna pas la peine de chercher une raison et la souleva de terre. Il l'embrassa dans les airs et la reposa doucement sur le palier au-dessus. Elle lui rendit son baiser avec chaleur avant de reprendre sa course. Lequel des deux lui inspirait le plus de pitié, elle ne le savait pas, mais elle était certaine qu'ils survivraient tous les deux. En réalité, George avait le cœur plus léger qu'il ne le supposait, et il venait à peine de réaliser qu'il était tellement plein d'orgueil et de joie à l'égard de Dominic qu'il avait perdu en chemin la pointe de jalousie qui lui revenait en propre.

Bunty se montra plus respectueuse que George du souci pressant et inhabituel que son fils manifestait pour son apparence. Celui-ci ne la fit pas sourire, et bien qu'ayant tendance à s'en occuper comme s'il avait eu sept ans, elle se montra aussi empressée que Dominic. Elle lui apporta l'écharpe de soie de George, qu'elle lui noua artistement autour du cou. Trop agité pour s'offusquer de ses attentions pourvu qu'elles produisent l'effet recherché, il se laissa débarbouiller et coiffer comme un enfant convalescent.

— Ne la bouleverse pas trop, lui recommanda-t-elle avec tact en s'affairant avec son peigne, souviens-toi qu'elle a vécu une épreuve pénible et qu'elle se tracasse facilement. Sois calme et gentil avec elle, et tout ira bien.

Elle fut récompensée de son stratagème lorsqu'elle sentit qu'il réprimait fermement la tension qui le faisait trembler, et prenait une profonde inspiration qui le calmait.

Kitty apparut à l'heure dite. Plus mince et pâle que la dernière fois qu'il l'avait vue, elle arborait son léger sourire triste avec étonnement, comme si elle le redécouvrait après une longue séparation. Elle s'était mise en frais pour lui. Son nouvel ensemble de soie sauvage était d'une couleur qui oscillait entre le miel et l'ambre, le mouvement soyeux du faisceau de sa chevelure attestait du soin qu'on avait accordé à sa nouvelle coiffure, et le parfum qui s'en dégageait lorsqu'elle bougeait suffisait à faire tourner la tête de Dominic. Elle s'assit près de son lit, étendit ses magnifiques longues jambes gainées de bas presque invisibles, fixa les extrémités de ses absurdes et fragiles chaussures, puis leva les yeux sur Dominic.

Un moment d'embarras plana au-dessus d'eux comme une bulle irisée tandis qu'ils retenaient leur souffle de peur de briser autre chose que le silence. Puis d'un seul coup, elle fronça le nez et sourit, et il sut que tout allait bien, que tout ce qu'il avait fait en valait la peine. L'ombre n'avait pas totalement disparu, le sourire n'était pas tout à fait authentique, pas encore. Mais un jour viendrait où il le serait, et ce jour-là, même s'il n'était pas adressé à Dominic, ce serait grâce à lui qu'elle l'aurait retrouvé.

— Que puis-je vous dire ? Voilà qui tend à prouver qu'une bonne action est toujours récompensée. Si je n'avais pas eu l'idée saugrenue d'aller donner mon sang, je ne vous aurais peut-être jamais rencontré, et où est-ce que j'aurais atterri ? Dans le pétrin !

— Ils auraient découvert la vérité sans moi, protesta-t-il avec humilité. Papa aussi était sur la bonne piste, mais je ne le savais pas. Je suis comme ça, j'ai la grosse tête. J'étais persuadé que personne d'autre que moi ne faisait des efforts.

Qu'auraient pensé de lui George et Bunty s'ils avaient pu l'entendre ? L'adulation de Kitty lui donnait envie de se mettre à genoux pour confesser tout ce qu'il n'aimait pas chez lui, demander pardon de ne pas être plus parfait et en même temps crier de joie parce qu'elle voyait en lui quelqu'un de beaucoup plus aimable et bon qu'il ne l'était en réalité.

— Je sais comment vous êtes, affirma Kitty avec assurance. Vous êtes sûr que tout va bien ? Vous ne souffrez pas ?

— Je suis en parfaite santé, mais ils ne veulent pas que je me lève avant demain. Et vous ?

— Oh, ça va. J'ai perdu cinq kilos en prison, dit-elle avec un sourire de plus en plus chaleureux et assuré. C'est ce qu'on appelle voir les choses du bon côté. Je ne vous parais pas en forme ?

— Vous êtes magnifique, dit-il avec une ferveur dénuée de toute réserve.

— Tant mieux ! C'est pour vous.

Elle se pencha vers lui, jouant avec le rebord plissé de son édredon.

— Je voulais vous parler de mes plans, Dominic. Vous êtes le premier à qui je vais le dire. A propos de tout cet argent. Je n'en veux pas. Ce que je voudrais, c'est le refuser, mais avant, je dois m'assurer que si je le fais, il ira bien à Leslie. Sinon, il faudra bien que je l'accepte, et que je trouve un moyen de le transférer après à Leslie et Jean. Je suis résolue à ce qu'ils le récupèrent, la seule question, c'est de savoir comment. Je vais en parler à Ray Shelley demain.

— Leslie ne voudra pas l'accepter, remarqua Dominic, avec une certaine hésitation, car il connaissait Leslie depuis si peu de temps qu'il paraissait présomptueux de sa part de juger de sa réaction.

— Oh, je sais qu'il ne le voudra pas. Mais il le fera quand même, parce qu'il ne veut pas me rendre malheureuse.

Elle avait failli dire « plus malheureuse que je ne le suis déjà ». Dominic était si grave, si gentil et si adorable qu'il était difficile de ne pas oublier qu'il était lui aussi susceptible de souffrir.

— Et je crois que Jean le laissera accepter, ajouta-t-elle, pour la même raison. Quant à moi, je vais m'en aller. S'ils ont besoin de moi pour le procès, je suppose que je serai obligée de rester jusqu'à la fin de celui-ci, mais ensuite je partirai. Je ne peux plus vivre ici, Dominic, c'est fini.

Elle leva la tête, et ses grands yeux violets plongèrent dans ceux de Dominic. Il la vit emmurée dans le cristal de sa solitude, et sentit le merveilleux sentiment de responsabilité à son égard alourdir ses propres épaules. Qui d'autre que lui pourrait la faire sortir de cette forteresse ?

— Oui, je comprends, dit-il en tentant de maîtriser un cœur devenu trop gros pour sa poitrine. Je crois que vous avez raison.

— Ce n'est pas à cause de la prison ou parce que j'ai peur d'affronter les gens. Ce n'est pas cela. Simplement, je dois partir d'ici.

— Je sais, dit Dominic.

— Vraiment ? Savez-vous ce que c'est que d'aimer quelqu'un qui ne remarque même pas votre existence ?

Il fut incapable de rien répondre à cela. Son cœur turbulent était remonté dans sa gorge et l'étouffait. Mais soudain, il entendit ce qu'elle venait de dire et comprit la réponse qu'il n'avait pas faite. Elle glissa de sa chaise et tomba à genoux près de son lit avec un malheureux petit cri de remords et de tendresse, prit les mains de Dominic dans les siennes et posa sa joue dessus. Sa chevelure se répandit comme une vague sur les genoux de Dominic.

Il lui sembla que son cœur éclatait, et il fut de nouveau capable de respirer et de parler. Il prit doucement une de ses mains, lui caressa les cheveux, puis sa seule joue visible, l'arc soyeux de ses sourcils, effleura sa bouche du bout de ses doigts tremblants.

— Vous trouverez quelqu'un d'autre, dit-il vaillamment. Laissez passer le temps. Vous allez quitter cette ville, et tout sera différent.

Il écoutait sa propre voix, stupéfait, abasourdi. Les mots qu'il avait crus amers étaient aussi doux que du miel et avaient le goût de l'accomplissement plutôt que celui du renoncement.

— Ne vous contentez pas de vous installer ailleurs, Kitty, pas tout de suite. Voyagez, faites le tour du monde, donnez-lui une chance de vous trouver. Car vous le trouverez, vous verrez.

Elle demeura immobile, le laissa l'apaiser, écoutant les échos de sa voix qui allait en résonnant de façon de plus en plus grave, cherchant à atteindre l'âge d'homme par grands bonds successifs. Elle n'avait jamais eu l'intention de se conduire ainsi. Toute la journée, elle s'était demandé ce qu'elle pouvait lui apporter, quel était le cadeau qu'elle pouvait lui offrir en retour pour tout ce qu'il avait fait, mais elle n'avait rien trouvé qui ne diminue son triomphe plutôt que de le compléter, aussi avait-elle fini par venir les mains vides. Et voilà que sans l'avoir voulu, elle lui avait donné ce qu'il fallait, sa vie contre la sienne, le don de sa personne solitaire et perdue à modeler, chérir et lancer sur une nouvelle trajectoire. Il l'avait retrouvée, il avait le droit de disposer d'elle. Et pourquoi pas, après tout ? Comerbourne n'était qu'une petite partie du monde. Un seul homme ne pouvait représenter le monde, à moins qu'elle ne ferme la porte à tout le reste. Maintenant, je dois vivre, pensa-t-elle, je suis une partie de sa vie, je lui dois de vivre.

— Vous savez quoi ? souffla-t-elle doucement, articulant contre sa paume. Vous avez entièrement raison. C'est exactement ce que je vais faire.

— Partez pour les Indes, pour l'Amérique du Sud, tous ces endroits aux noms merveilleux. Partout, il y a des gens. Des gens gentils. Il vous suffit de les laisser parvenir jusqu'à vous.

— Il y en a même quelques-uns d'aussi gentils que vous, dit-elle avec un sourire en berçant sa main contre sa joue.

Elle hésita, se demandant si elle allait faire durer son plaisir, l'inviter à projeter avec elle l'endroit où elle se rendrait, et ce qu'elle y ferait, puis se ravisa. Non, elle pouvait encore faire quelque chose pour lui, et c'était sortir maintenant de sa vie, lui laisser le souvenir parfait d'une expérience irréfutable, protégée de toute déception. Termine en beauté, et va-t'en ! Il serait malheureux pour un temps, mais ce serait un merveilleux malheur. Pas comme le mien, pensa-t-elle, traîné jour après jour, mois après mois. C'était de ma faute, ma propre faute ! Je refuse de voir une chose pareille lui arriver. Je suis seule à blâmer. Si j'avais prêté suffisamment d'attention aux autres, si j'avais eu des sentiments, j'aurais pu éviter tout cela. Il serait encore en vie, *lui*, et cette pauvre Hamilton, frustrée, calculatrice, vindicative, n'aurait pas eu besoin de se transformer en meurtrière. Mais je n'ai rien vu d'autre que mon propre malheur. Aujourd'hui, je regarde Dominic, et je ne me vois plus aussi distinctement, mais je le vois, lui, il est réel. Je ne commettrai pas d'erreur avec lui.

— C'est exactement ce que je vais faire, répéta-t-elle. Et lorsque je le trouverai, vous serez le premier informé.

Elle se redressa sur ses genoux, se pencha vers lui, et son visage se trouva juste au-dessous de Dominic, là où doit être un visage de femme. Elle tendit une main hésitante qu'elle passa doucement sur sa nuque, là où ses cheveux étaient coupés court. Le toucher de ses doigts était presque trop léger pour qu'il puisse le sentir, et tout près du sien, il ne distinguait plus du visage de Kitty que de grands yeux chaleureux et une bouche compatissante. Il inspira profondément, puis brusquement, passant ses bras autour de sa taille, il la serra contre son cœur, et l'embrassa trois fois, d'abord sur la gorge pour finir sur ses lèvres, sans expérience mais sans maladresse, avec une passion brutale et virginale.

Sa bouche était fraîche et douce, et provoqua chez elle un déferlement d'espoir, d'émotion, de rire et de tendresse. Elle comprit qu'il ne désirait plus rien au monde, n'avait plus besoin de rien, même pas d'elle. Elle le laissa entamer et finir l'étreinte, et le tint tendrement tant qu'il le désira, puis lorsqu'il se reprit et se dégagea avec fermeté en ayant l'impression que c'était lui qui la laissait aller, elle ôta ses bras, se recula, et se releva d'un seul mouvement souple.

— Au revoir, Dominic ! Dieu vous bénisse ! Je ne vous oublierai jamais.

Elle avait déjà quitté la pièce, et refermait doucement la porte lorsqu'il parvint à articuler d'une petite voix abasourdie : « Au revoir, Kitty ! Bonne chance ! » Il ne dit pas qu'il ne l'oublierait jamais, mais elle le savait.

Lorsque Bunty vint lui rendre visite une demi-heure plus tard, il dormait à poings fermés, recroquevillé sur ses oreillers, avec un léger sourire de bébé content et repu.

Kitty tint parole. Neuf mois plus tard, un matin, au plus fort de l'été, Dominic trouva près de son assiette du petit déjeuner une carte postale en provenance de Rio. Elle disait :

« Je l'ai trouvé, et vous êtes le premier à l'apprendre. Il s'appelle Richard Baynham, il est ingénieur, et nous nous marions en septembre. Je suis affreusement heureuse. Dieu vous bénisse !

« Baisers, Kitty. »

Dominic lut la carte d'un air intrigué, déchiffrant une écriture qui lui était totalement inconnue. Il n'était pas tout à fait réveillé, et le message ne lui dit tout d'abord rien. C'est long, neuf mois. Il finit par dire d'une voix intriguée : « Kitty ? » puis sur un tout autre ton : « Oh ! *Kitty* ! » Ce fut tout. Mais il n'abandonna pas la carte postale dans un coin, il la rangea soigneusement dans son portefeuille, et personne ne la revit plus jamais. Lorsqu'il se leva de table, et alla vaquer à ses affaires avec une vive lueur de réminiscence dans le regard, plus grand de quelques centimètres, c'était un homme avec un futur et un passé.

Achevé d'imprimer par Elsnerdruck
à Berlin

N° d'édition : 2448
Dépôt légal : octobre 1994
Nouveau tirage : janvier 1998
Imprimé en Allemagne